# Leder & Kant

*Trident Security Boek 1*

Samantha Cole

*Vertaald door*
Lenna DuFin

Suspenseful Seduction Publishing

# Noot Van de Auteur

Het verhaal in deze pagina's is volledig fictief, maar de concepten van BDSM zijn echt. Als je er toch voor kiest om deel te nemen aan de BDSM levensstijl, onderzoek het dan zorgvuldig en neem alle voorzorgsmaatregelen om jezelf te beschermen. Fictie is gebaseerd op het echte leven, maar het echte leven is niet gebaseerd op fictie. Onthoud: veilig, gezond en concensueel!

Alle informatie betreffende personen of plaatsen is gebruikt met creatieve literaire vrijheid, dus er kunnen verschillen zijn tussen fictie en werkelijkheid. De missies van de Navy SEALs en hun persoonlijke kwaliteiten zijn gecreëerd om het verhaal te verbeteren en, nogmaals, kunnen overdreven zijn en niet overeenkomen met de werkelijkheid.

De auteur heeft volledig respect voor de leden van het leger van de Verenigde Staten en de verschillende leden van de wetshandhaving en dankt hen voor hun voortdurende dienst om dit land zo veilig en vrij mogelijk te maken.

# Hoofdstuk 1

"Verdomme!"

Kristen Anders klapte haar laptop dicht, zette haar bril af en haalde geërgerd haar vingers door haar lange bruine haar. Ze wierp een blik op de digitale klok van haar kabelkastje en kon niet geloven dat het al één uur 's middags was. Drie uur verspild. Als ze niet snel met een werkbare verhaallijn kwam, zou ze gek worden. Nu haar verhuizing naar Tampa achter de rug was, haar spullen waren uitgepakt in het gehuurde tweekamerappartement en de lege verhuisdozen in de prullenbak lagen, had ze geen excuus meer om niet verder te werken aan haar nieuwste roman. Geen excuus behalve haar verdomde schrijversblok.

Op het bureau ging haar telefoon, en ze rolde met haar ogen toen ze de naam op het scherm zag. Net wat ze nodig had . . . Jillian Tang. Haar redactrice had haar drie weken gegeven om alles wat met de verhuizing te maken had af te handelen voordat ze een nieuw plot zou eisen. En volgens de Playgirl kalender die haar neef haar als gelukkig echtscheidingscadeau had gegeven, waren die drie weken vier dagen geleden verstreken en Kristen had alleen nog maar een werktitel.

Ze drukte op de opnametoets en bracht de telefoon naar haar oor. "Hé, Jillian."

"Zeg niet 'Hé, Jillian' tegen me tenzij je al iets meer hebt dan een werktitel."

*Leder en Kant* zou het vervolg worden op haar eerste oh-zo-non-vanille roman *Satijn en Zonde*, waar haar lezers helemaal gek van werden. "Nog niet, en voordat je tegen me schreeuwt, wil je het snel, of wil je het goed?"

Jillian's lach kwam over de lijn en Kristen moest glimlachen. Ze spraken tegelijk: "Klinkt als iets wat mijn ex-man zou zeggen."

Beiden wisten hoe het was om te scheiden van een vreemdgaande echtgenoot.

Nadat haar gelach was weggeëbd, sprong Jillian terug op het oorspronkelijke onderwerp. "Je weet dat je lezers staan te popelen om je volgende BDSM-roman in handen te krijgen. Ik ben nog steeds verbijsterd dat je die weg bent ingeslagen na negen 'vanille' romans, maar gezien de manier waarop je verkoopcijfers omhoogschoten, hoor je mij niet klagen."

Kristens eerste twee boeken waren zelf-gepubliceerde e-boeken. Nadat ze in groten getale waren gedownload en lovende recensies hadden gekregen van haar lezers, had Jillian contact met haar opgenomen met een voorstel om een door Red Rose Books goedgekeurde auteur te worden. Ze was erg blij geweest, want gevraagd worden door de grote uitgeverij die gespecialiseerd was in het romance genre, was een eer waar de meeste zelf-gepubliceerde schrijvers alleen maar van konden dromen. De deal was voor beide partijen voordelig geweest. Red Rose Books had een nieuwe en populaire schrijfster met een vaste schare fans die op haar volgende boek zaten te wachten, en Kristens boeken waren nu zowel in druk als online verkrijgbaar. Ze hoefde zich niet langer bezig te houden met redigeren, uploaden, boekomslagen ontwerpen en promoties.

"Ik klaag ook niet, maar ik kan niet eens beslissen welk sub karakter mijn nieuwe held moet worden."

"Shit, ik moet naar een vergadering." Kristen kon het geritsel van papieren aan Jillians kant horen. "Luister. Ga naar die fantasiewereld in je hoofd en stel je elk van die knappe kerels voor. Een van hen zal opvallen. Ik bel je morgen en je kunt maar beter een antwoord voor me hebben. Hou van je. Doei."

Kristen liet haar mobieltje naast haar laptop vallen en zuchtte. Ze stond op en liep naar de grote slaapkamer, terwijl ze haar shirt over haar hoofd uittrok. Ze hoopte dat een warme douche, gevolgd door een verandering van omgeving, zou helpen om haar creatieve sappen te laten stromen. Plus, ze had honger. Misschien was het tijd om naar die Ierse pub een paar straten verderop te gaan. Ze was de afgelopen weken verschillende keren langs Donovan's gekomen en had gemerkt dat het een populaire plek was. Tijdens de lunch was het er niet al te druk, maar tijdens het happy hour zat het er meestal stampvol en dat bleef zo tot diep in de nacht.

Terwijl ze door haar slaapkamer liep, dacht ze eraan Will te bellen om een hapje mee te eten, maar dat idee liet ze even snel varen als het gekomen was. Hoezeer ze ook van het gezelschap van haar neef hield, omdat hij haar altijd aan het lachen kon maken en kon laten ontspannen, Kristen wist dat ze met hem in de buurt geen werk gedaan zou krijgen. Niet lang na haar aankomst in Florida had Will het op zich genomen om haar in Tampa rond te leiden en haar aan al zijn vrienden voor te stellen, omdat hij de enige persoon in de buurt was die ze kende. Helaas voor haar waren de meeste mensen met wie hij optrok homoseksueel, niet dat daar iets mis mee is. Ze had zich al lang geleden op haar gemak gevoeld met de homoseksualiteit van haar neef, ook al had ze het naar haar zin als ze met Wills vrienden omging, ze was het beu om verzoeken van zijn lesbische vriendinnen om uit te gaan af te slaan. Kristen had geen seksuele belangstelling voor vrouwen en geen van de mannen in de kring van haar neef was in haar geïnteresseerd als iets meer dan gewoon vriendschap. Het was een leuke groep mensen, maar nu haar scheiding was afgerond, wilde ze weer uitgaan. Ze was niet op zoek naar een vaste relatie, haar mislukte huwelijk had haar verzuurd van iets blijvends, maar misschien zou een friends-with-benefits-ding iets zijn waar ze zich in kon vinden. Hoewel het voordelengedeelte daarvan een probleem zou kunnen zijn.

Ze was niet erg goed in seks en, als ze eerlijk was, verveelde het haar. Ze vond dat ze dat eindelijk aan zichzelf kon toegeven, ook al had haar ex-man Tom het als excuus gebruikt om haar te bedriegen. Hoewel ze een orgasme kon krijgen tijdens het masturberen, was ze nooit in staat geweest om klaar te komen tijdens de seks. In het begin van haar huwelijk zei Tom dat het kwam omdat ze niet genoeg ontspande om ervan te genieten, waar Kristen het misschien mee eens was. In het begin was ze zo nerveus, wilde hem plezieren, maar wist niet hoe. Maar na meer dan zes maanden van teleurstellende seks, begon haar man haar te vertellen dat ze frigide was en niet reageerde. Misschien was ze dat ook wel. Maar omdat ze niets anders had om het mee te vergelijken, wist ze niet zeker of het waar was of niet. Ze was een vierentwintigjarige maagd op haar huwelijksnacht en Tom was de enige man met wie ze ooit had geslapen.

Ze stopte bij haar dressoir en pakte de grote enveloppe met haar scheidingspapieren. Het was een paar weken na hun eenjarig huwelijksfeest geweest toen ze erachter was gekomen dat Tom haar voor en na hun huwelijk met verschillende vrouwen had bedrogen. Ze had hem er dezelfde dag nog uitgeschopt, maar ze kon het niet opbrengen om ook maar aan seks met iemand anders te denken totdat de inkt van de papieren droog was. Of haar ex zijn geloften serieus nam of niet, zij nam haar huwelijks-geloften ter harte en kon pas verder gaan als alles definitief was. Hoewel de papieren in haar hand twee weken voor haar verhuizing naar Tampa waren getekend, had ze nog geen gelegenheid gevonden om haar vleugels uit te slaan, of haar benen, zoals Will het zo welsprekend had gezegd.

Ze legde de envelop terug waar hij lag, ging op de rand van haar bed zitten en omhelsde een van haar sierkussens. Kristen geloofde dat ze seks kon laten, maar wat ze miste was de intimiteit die met seks gepaard ging. Ze kneep het kussen steviger vast en besefte wat ze het meest van alles miste. Het was het knuffelen en praten na de seks. Ze kon leven zonder de daad zelf, maar het voelde als een eeuwig-heid geleden dat ze tegen een warm lichaam had aange-kropen en zich tevreden had gevoeld.

Tevreden. *Huh?* Wat een saai woord.

Haar lezers zouden geschokt zijn als ze hoorden dat de schrijfster van een bestseller in BDSM alleen tevreden was met haar seksleven. Jammer dat het leven geen stomende liefdesroman was, met een hete en lekkere held die op haar deur klopte, klaar om haar van haar sokken te blazen, op bed te gooien, vast te binden en ondeugende, sensuele dingen met haar te doen. *Juist, alsof dat ooit zou gebeuren.* Maar dat was wat geweldige fictie maakte. Fantasieën. Fantasieën over heerlijke en vieze seks.

Hoewel haar eigen seksleven te wensen overliet, had Kristen in de loop der jaren veel erotische romans gelezen en besloot ze haar laatste boek op te leuken door het te baseren op een privé-seksclub voor de rijken der aarde. Tot haar schrik en genoegen was het een groter succes geworden dan haar eerste vier van de negen vanilleboeken bij elkaar. Nu moest ze een nog spannender vervolg schrijven waar haar fans om zaten te springen en ze kon niet eens beslissen over welk sub karakter uit het eerste boek ze een verhaal wilde schrijven.

Moest ze Meester Zach, de sexy filmster die zijn onderdanigen graag tot een orgasme geselde, als haar nieuwe held gebruiken? Of Meester Wayne, de blonde miljardair die zijn vrouwen het liefst deelde met zijn beste vriend, Jonah. Of misschien moest ze Meester Xavier kiezen, die eigenaar was van de seksclub, Leathers, waartoe ze allemaal behoorden. Hij was het sterke, broeierige type waartoe vrouwen zich altijd aangetrokken voelden in romantische boeken.

Kristen gooide het kussen terug op het bed en stond op om haar joggingbroek uit te trekken. Ze gooide ze, samen met haar shirt, in de wasmand toen ze de badkamer in liep. Ze zette de douche aan en liet hem opwarmen, waarna ze haar ondergoed uittrok. Ze stapte in het bad en het warme water omringde haar terwijl ze aan Meester Xavier dacht. Hij was geen hoofdpersonage geweest in *Satijn en Zonde*, maar ergens tijdens haar schrijfsessies was de fictieve man haar toch gaan aanstaan.

In haar hoofd haalde ze het beeld naar boven van de sterke alfaman zoals ze hem in haar boek had beschreven - hetzelfde alfamannetje dat op de een of andere manier in een paar van haar eigen fantasieën de hoofdrol had gekregen. Een meter negentig lang, gitzwart haar, oogverblindend blauwe ogen, een gebeitelde kaak met een lichte stoppelbaard, en een lichaam waardoor elke heteroseksuele volwassen vrouw haar slipje in een oogwenk zou laten vallen. Ze stelde zich zijn diepe Dom-stem voor die in haar hoofd weerklonk terwijl hij haar zei dat ze zichzelf moest aanraken terwijl hij erbij stond en toekeek. Ze pakte een flesje van haar favoriete douchegel, spoot een klein beetje in haar handpalmen en zette het terug op de plank van het bad. Ze sloot haar ogen en zwierf met haar handen over haar verwarmde huid met lichte sensuele bewegingen.

"Raak je borsten aan," zei hij. "Speel met je tepels. Knijp erin en trek eraan."

Kristen deed wat haar fantasie-Dom haar opdroeg, haar handen streelden haar zware borsten. Terwijl ze met de gevoelige toppen speelde tussen haar duimen en wijsvingers, schoot het groeiende gevoel van genot rechtstreeks naar haar clitoris, waardoor die ging kloppen. Waardoor ze daar aangeraakt wilde worden.

*"Spreid je benen wijder, mijn liefste. Laat me je blote poesje zien. Het is van mij en ik wil zien wat van mij is. Ik wil zien hoe je jezelf vingert voor mij."*

Haar ademhaling nam toe terwijl ze een hand langs haar torso liet glijden. Ze wilde sneller bewegen maar wist dat Meester Xavier dat nooit zou toestaan. Hij zou haar straffen als ze sneller ging zonder zijn toestemming. Misschien zou hij haar op haar kont slaan met zijn sterke eeltige handen, of misschien zou hij haar keer op keer tot op de rand van een orgasme brengen en haar toch de ultieme extase blijven ontzeggen.

*"Dat is het, liefje, raak je kutje aan. Wrijf je parelachtige clitje voor me. Stel je voor dat het mijn vingers zijn die je aanraken, die van je houden. Mooi en langzaam. Zo'n braaf*

*meisje. Stel je mijn tong voor tussen je benen, je zoete room likkend."*

Kristen kreunde terwijl haar vingers de eisen van haar Meester bleven opvolgen, alsof ze een eigen wil hadden.

*"Dat vind je lekker, nietwaar, liefje."* Hij zou het niet vragen, maar het als een feit stellen en zij zou het niet ontkennen. Dat kon ze niet.

*"Je doet me een plezier, liefje. Je maakt dat ik je voorover wil buigen en je van achteren wil nemen, je natte kutje neukend, langzaam in het begin. Zo heel langzaam, tot je me smeekt om sneller te gaan. Harder. Smeek me, liefste, smeek me."*

"Alsjeblieft," fluisterde Kristen hardop terwijl ze de druk voelde oplopen, die haar over de rand van de afgrond dreigde te sturen.

*"Sneller, liefste. Sneller. Kom voor me, liefje. Nu!"*

En toen vloog ze. Ze schreeuwde haar bevrediging uit, haar lichaam schokte door de kracht van het orgasme dat door haar heen scheurde terwijl ze probeerde en faalde om overeind te blijven. Op de een of andere manier belandde ze op haar knieën op de vloer van het bad zonder zichzelf pijn te doen. Ze hapte naar lucht alsof ze een kilometer op topsnelheid had gerend en vertraagde de hand die nog steeds tussen haar benen zat toen de laatste sidderingen door haar lichaam wegebden.

*Jezus Christus!* Dat was het meest explosieve orgasme van haar hele leven geweest en het was van haar eigen hand terwijl een fantasiemens die ze had verzonnen haar vertelde wat ze moest doen. Het was gek - gek, maar verbazing-wekkend!

Terwijl ze terugdreef naar de realiteit, merkte ze dat het water dat haar rug bekogelde, begon af te koelen. Op wankele benen stond ze op, greep de shampoo en haastte zich om haar haren te wassen en uit te spoelen voor het te laat was. Toen ze het water uitzette en een schone handdoek pakte, wist Kristen dat ze haar besluit had genomen. Meester Xavier zou zeker de held van Leder en Kant worden.

# Hoofdstuk 2

Een half uur later wandelde Kristen met haar laptopkoffer in de hand Donovan's Bar & Grill binnen en werd meteen verliefd op de plek. De combinatie van de hoge tafels en stoelen in donker hout, samen met de smaragdgroene muren, gaf de pub een comfortabele sfeer. Vergrote foto's van Ierse landschappen en bezienswaardigheden hingen in verschillende groeperingen aan drie van de vier muren. De vierde muur rechts van haar was het decor van een prachtige kersenhouten bar met koperen accenten. Hij liep over de hele lengte van de ruimte en bood plaats aan minstens vijfentwintig mensen, met extra ruimte tussen de bar en de tafels voor degenen die wilden blijven staan. Achter de barman en de rijen drankflessen bevond zich een grote spiegel omlijst met hetzelfde kersenhout. Het Keltische houtsnijwerk in de lijst maakte er een kunstwerk van en Kristen vroeg zich af hoe lang het had geduurd om zo'n majestueus meubelstuk te maken. Boven de spiegel hingen verschillende flatscreen tv's aan het plafond. Ze waren allemaal afgestemd op sportkanalen, met uitzondering van één waarop een nieuwsuitzending te zien was. De tv's waren gedempt terwijl klassieke rock door onzichtbare luidsprekers door de bar speelde, luid genoeg om gehoord te worden, maar toch zacht genoeg om de klanten te laten praten zonder hun stem te hoeven verheffen.

Nadat ze het decor van de pub had gezien, bekeek ze de huidige aanwezigen. Een paar tafels waren bezet met groepjes van twee tot vier personen, en een paar oudgedienden, goedmoedig ruziënd over een of ander sportevenement, hadden zich voor de middag geïnstalleerd aan het dichtstbijzijnde uiteinde van de bar. Kristen zette een stap verder in de ruimte, wierp een blik op het einde van de kroeg en struikelde bijna, ze was er zeker van dat ze over haar eigen tong was gestruikeld. *Jezus Christus!* Aan de andere kant van de bar stonden en zaten zes mannen die bijna net zo majestueus waren als de bar zelf. Over een *Playgirl*-kalenderfantasie gesproken die uitkwam.

"Wie heeft er twaalf hete mannen nodig als deze zes beschikbaar zijn?" mompelde ze in zichzelf. Elk van hen kon twee maanden voor zich nemen en Kristen zou meer dan gelukkig zijn.

"Hoi, kan ik je helpen?"

Kristens hoofd draaide zich om naar de knappe jonge vrouw die naast haar was verschenen. Ze was gekleed in een zwart poloshirt, met Donovan's Bar & Grill op de linkerzijde geborduurd, en een spijkerbroek. Haar lange aardbeiblonde haar was opgestoken in een paardenstaart en haar algemene look was netjes, maar toch een aanvulling op de relaxte sfeer van de pub.

"Oh, hi . . . Ik bedoel, ja," stamelde Kristen, waarna ze even pauzeerde en vergat waar ze was en waarom ze daar was. Oké, hou je meisjesdelen en hersencellen onder controle, zei ze tegen zichzelf. Het was niet zo dat ze nog nooit een stel knappe mannen had gezien, maar verdomme, de testosteron die van de groep afrolde deed haar bijna ter plekke smelten.

Ze haalde diep adem, herwon haar kalmte en zei tegen de serveerster dat ze daar was om iets te eten, en nee, ze wachtte op niemand anders. Ze zou alleen eten. Yup, dacht ze. *Helemaal alleen. Tafel voor één persoon.* Oh wel - tussen het heerlijks aan de bar en haar eerdere fantasie onder de douche, zou ze meer dan genoeg inspiratie moeten hebben om aan Meester Xaviers verhaal te beginnen.

De jonge vrouw pakte een menukaart van de nabijgelegen balie en gebaarde naar de rest van de zaal. "Wil je een tafel of een booth?"

"Een booth, alstublieft." Kristen tilde haar laptoptas op zodat de vrouw hem kon zien. "Dan is het makkelijker om wat werk te verrichten."

"Begrepen. Geen probleem. We hebben een paar vaste gasten die tijdens hun lunchpauze doorwerken. Ze vertellen me dat de booths comfortabeler zijn dan de cafétafels."

Kristen volgde de vriendelijke serveerster en besefte dat ze steeds dichter naar de Sexy Six-Pack werd geleid. De enige onbezette zitplaatsen waren links achter in de kroeg, recht tegenover hen.

"Alsjeblief," De vrouw legde het menu neer bij de booth die ze haar aanwees. Het was de op één na laatste voor de keukendeur. "Kan ik iets te drinken voor je halen?"

Kristen legde haar laptop neer en nam plaats met zicht op de voorkant van de kroeg. "Hebben jullie ijsthee?"

"Ja, die hebben we. Gezoet of ongezoet?"

"Gezoet, graag."

"Zeker. Ik ben zo terug. Oh, en de specials staan op de achterkant van het menu."

Ze glimlachte toen de jonge vrouw naar de bar liep en haar bestelling plaatste. Vrolijk klein ding. Omdat het een schooldag was, was het duidelijk dat de serveerster niet meer op de middelbare school zat, misschien al een jaar of twee. En als Kristen moest raden, was ze pas achttien of negentien jaar oud. Terwijl ze aan de bar stond te wachten op Kristens ijsthee, boog een van de Sexy Six-Pack zich voorover en zei iets tegen het meisje, waardoor ze giechelde en bloosde. Kristen fronste haar wenkbrauwen. Serieus? De man moest midden dertig zijn en hij probeerde een meisje te versieren dat net ouder was dan de gevangenisleeftijd. Nou, niemand zei dat perverselingen lelijk moesten zijn. Kristen had plotseling de neiging om iets te zeggen, maar ze kende deze mensen niet en het meisje leek te genieten van de aandacht.

Ze wilde zich net omdraaien om haar laptop uit de tas te halen toen een beweging aan de andere kant van de Sexy Six-Pack haar aandacht trok. Haar adem stokte toen haar blik een paar ijsblauwe ogen ontmoette. *Meester Xavier.*

*Oh. Mijn. God!* Kristen kon het niet geloven. Als Meester Xavier een echt, levend persoon was, zou dit hem zijn. Hij had gitzwart haar, een beetje lang in de nek, een stevige kaak met een beginnende stoppelbaard, en een lichaam dat haar bijna deed rondkijken om te zien of een van de weinige vrouwen in de kroeg haar slipje had verloren. Maar het waren die ogen, die verbazingwekkende blauwe ogen die haar recht aankeken, alsof ze haar ziel konden zien, die haar in de ban hadden. Ze kwijlde waarschijnlijk, maar, Heer heb genade, ze kon niet wegkijken. Toen de man zijn rechterwenkbrauw ophief als duidelijke erkenning van haar blik, werd haar mond droog en ze verplaatste haar blik naar de vloer voor ze weer opkeek. Ondanks zijn intense blik meende ze te zien dat zijn mondhoek trilde, alsof hij een glimlach inhield. Oh God, wat zou ze hem graag zien glimlachen en ze vroeg zich af hoe het zijn gezicht zou veranderen. Als hij net zo zou glimlachen als de rest van hem, dan wist ze zeker dat zijn glimlach verpletterend mooi zou zijn.

Geen van beiden bewoog en haar ogen gingen weer omhoog naar de zijne, haar polsslag bonzend in haar aderen. Net toen Kristen dacht dat ze zou verdrinken zonder een druppel water in zicht, verdwenen die ogen toen haar serveerster terugkwam, haar lichaam blokkeerde Kristen het zicht op de achterste helft van de bar.

"Alstublieft." Het meisje zette een glas thee voor haar neer en haalde een schrijfblok en pen uit het kleine zwarte schort dat om haar middel gebonden was. "Heb je al besloten wat je wil?"

Hoofdschuddend probeerde Kristen haar zintuigen weer onder controle te krijgen en zich op de vraag te concentreren. "Eh . . . nee. Kunt u . . . . ." Ze schraapte haar keel. "Kun je me een paar minuten geven? Ik heb nog niet naar het menu gekeken."

"Natuurlijk, neem jouw tijd."

Kristen wilde die ogen graag weer zien en hield haar adem in toen de jonge vrouw weer doorging, om vast te stellen dat haar Meester Xavier-look-alike weer tegenover de barman stond. Teleurstelling ging door haar heen toen ze een slokje ijsthee nam om haar uitgedroogde keel te lessen en het menu oppakte. Zonder geluid te maken, probeerde ze de man te dwingen zich weer om te draaien, terwijl haar blik heen en weer ging van de menukaart naar de bar. Deze keer weigerde ze hem onbeschaamd te observeren en hield haar hoofd voorovergebogen. Iedereen die naar haar keek zou denken dat ze het menu aan het scannen was, maar haar ogen bleven hem vanuit haar ooghoeken bekijken.

Een paar minuten later, haar lunchbestelling geplaatst, legde Kristen zich erbij neer dat de man zich niet meer zou omdraaien. Ze haalde haar laptop tevoorschijn, startte hem op en ging aan de slag.

* * *

Devon "Devil Dog" Sawyer kon het niet helpen. Hij was gewend om een voyeur te zijn in de club, maar hier in de bar van de broer van zijn vriend, voelde hij zich bijna een griezelige stalker. Ondanks dat gevoel staarde hij toch het grootste deel van het laatste uur naar de weerspiegeling van de brunette in de spiegel. Nou ja, het was alleen maar eerlijk, omdat ze eerst naar hem had gestaard. En ja, nu was hij van een griezelige stalker naar een kinderachtige lagere-school-leerling gezakt.

Hij en zijn teamgenoten maakten gebruik van een rustige dag om te lunchen en naar een honkbalwedstrijd van de Tampa Bay Rays te gaan, toen hij haar voor het eerst zag kijken naar zijn vriend, Brody, die met Jennifer praatte. Om een of andere reden fronste ze haar wenkbrauwen en Devon vroeg zich af wat ze dacht. De jongens maakten altijd grapjes met Jenn, ook wel bekend als Baby-girl, en daar was niets mis mee. Als zij er niet waren geweest, denkt Devon niet dat hun nichtje zich zo snel aan het leven in Tampa zou hebben aangepast als ze deed. De laatste zes maanden waren zwaar voor haar geweest, maar het was duidelijk dat de aanwezigheid van haar surrogaat ooms haar door het ergste heen had geholpen. Tussen hen en de therapeut waar Jenn mee omging, was ze haar depressie aan het overwinnen en ging ze verder met haar leven. Hij was blij te merken dat ze naarmate de tijd verstreek meer lachte en grapjes maakte. Ze had dan wel zonder waarschuwing haar ouders verloren en haar wereld werd op zijn kop gezet, maar haar ooms waren vastbesloten om haar nooit te laten vergeten dat ze haar als familie beschouwden. Ze zou altijd geliefd zijn en door hen beschermd worden.

Devon bestudeerde de vijf mannen die als broers voor hem waren - hoewel zijn oudere broer Ian, links van hem, de enige was met wie hij bloedverwant was. De anderen waren broers van zijn hart. Ze waren samen door de hel gegaan en, door een wonder, overleefden ze het met slechts een paar littekens. Ze steunden elkaar altijd, en er ging zelden een dag of twee voorbij zonder dat ze elkaar zagen werken bij Trident, rondhingen hier bij Donovan's, of speelden bij The Covenant - tenzij ze weg waren voor een opdracht.

Brody "Egghead" Evans, die aan het eind van de bar stond waar Jenn haar bestellingen ophaalde, was de grappenmaker en flirt van de groep, en tevens hun tech-nerd. De man kon de meeste computerhackers te schande maken, en ondanks de pogingen van de FBI in de loop der jaren om hem te rekruteren, bleef Brody liever bij zijn team - eerst bij de SEALs en nu bij Trident Security. Marco "Polo" DeAngelis, hun helikopterpiloot en communicatiespecialist, zat naast Brody terwijl hij rotzooi uitkraamde over de geliefde Dallas Cowboys van zijn maatje. Marco was geboren en getogen in Staten Island, New York, en was een levenslange Giants fan. Zoals hij het vertelde, zou geen enkele zichzelf respecterende Giants-fan een kans voorbij laten gaan om zich boven een Cowboys-fan te zetten. Dat was het enige discussiepunt tussen de twee mannen - voor de rest waren ze beste vrienden, ze kenden elkaar van de basistraining via de SEAL-training tot ze in hetzelfde team zaten. Ze waren zelfs zo hecht dat ze op hetzelfde moment de marine verlieten om bij Trident te gaan. Dus voor hun vrienden was het geen verrassing dat ze af en toe hun vrouwen deelden. Het duo was erg populair bij de onderdanigen in de club.

Hij keek toe hoe Brody een blik wierp op de brunette en Polo een duwtje gaf terwijl hij zijn hoofd in haar richting schuin hield. De andere man keek over zijn schouder en grijnsde toen naar zijn ménage-partner. "Sorry Egghead, maar ik heb plannen met mijn zus vanavond. Een andere keer."

Devon was verbaasd toen zijn gespannen lichaam ontspande. Hij had zich niet gerealiseerd dat zijn spieren stijf waren geworden bij de gedachte dat de twee mannen de vrouw aan de haak zouden slaan waar hij al een uur of wat een oogje op had.

De volgende in de rij van zijn teamgenoten was Jake "Reverend" Donovan, hun scherpschutter en jongere broer van Mike, de eigenaar van Donovan's, die deze middag achter de bar stond. Mike had het horeca vak van hun vader geleerd en nam het café over toen de oude man een paar jaar geleden overleed, Jake had zich aangemeld bij de marine op de middag dat hij afstudeerde aan de middelbare school. Van wat Devon begreep, was de relatie tussen Jake en zijn vader verwoest tijdens het laatste semester van Jakes laatste jaar na een ruzie. Jake zag af van de footballbeurs voor Rutgers die iedereen van hem verwachtte en ging uiteindelijk naar de basistraining. Devon wist niet zeker wat de oorzaak was van de diepe kloof tussen de twee, maar hij had het gevoel dat het over Jakes seksuele geaardheid ging. Het zat Devon of de andere jongens niet dwars dat Jake homo was, maar met het "vraag niets, zeg niets" beleid dat al jaren van kracht was in het leger, was het niet iets waar ze over gesproken hadden toen ze bij de marine zaten. Na het leger vond Jake het prettiger om zijn persoonlijke leven voor zichzelf te houden, en de rest van hen respecteerde zijn beslissingen terwijl ze hem wel lieten weten dat ze hem steunen. Devon vermoedde dat zijn jongere broer, Nick, homo was en het stoorde hem helemaal niet. Ian, Devon en hun vrienden hadden allemaal hun eigen kinks en perversies, dus wie waren zij om over iemand anders te oordelen.

Jake praatte met Boomer die aan zijn andere kant zat en ze leken een discussie te hebben over iets onbeduidends. Boomer draaide zijn hoofd om en staarde Ian aan met een ongelovige blik op zijn gezicht, en Devon grijnsde bij zijn vraag. "Heb jij Savannah McCall getopt? Verdomme wat? Hoe komt het dat ik dit niet wist?"

Ian haalde zijn schouders op, maar de glimlach op zijn gezicht vertelde hun explosieven- en sloopexpert dat het gerucht waar was. De Boss-man had een D/s relatie gehad, hoe kort die ook was, met het dertig jaar oude supermodel, die nog steeds heet genoeg was om de huidige cover van *Sports Illustrateds* jaarlijkse badpak editie te sieren. "Voor jouw tijd, Baby Boomer. Ze was nog een worstelend model toen ik haar jaren geleden ontmoette."

"Vervloekt en verdomme! Zoals gewoonlijk, buig ik voor jouw grootheid."

Hoewel ze allemaal enkele jaren in hetzelfde team hadden gediend, bleef Ben "Boomer" Michaelson nog twee jaar bij de marine nadat de anderen afzwaaiden. Hij had zich pas een paar maanden geleden weer bij hen gevoegd na een ongeluk met een raketgranaat, dat hem bijna zijn linkerbeen kostte en hem drie maanden in het ziekenhuis deed belanden. Hoewel hij nu een kunstknie had, hadden de dokters het been gelukkig kunnen redden, maar het was een tijdje kantje boord geweest. Na zijn herstel was hij klaar om over te schakelen op een loopbaan waar minder mensen hem met projectielen wilden doden.

Boomer was met zijn dertig jaar de jongste van de

groep, dus soms noemden ze hem "Baby Boomer" om hem te plagen. Maar dat deden ze alleen als ze hem wilden opjutten, want je wilde de man met de explosieven niet te kwaad maken. Boomer stamde uit een lange familie van militairen en zijn vader was hem voor gegaan als SEAL.

Devon keek op toen zijn broer van zijn kruk opstond. "Ga je ergens heen, Boss-man?" Ook al waren ze vijftig procent mede-eigenaar van hun bedrijven, Devon noemde zijn oudere broer het hoofd van het bedrijf omdat Ian in de marine een hogere rang had gehad en hun teamleider was geweest.

Ian gaf een van zijn gebruikelijke grommen terwijl hij wat geld op de bar gooide. "Ja, ik wil nog even terug naar kantoor om een paar dingen af te handelen voordat ik naar de club ga. Ga jij later?"

Devon wierp nog een blik op de reflectie van de brunette in de spiegel voor hij antwoordde. "Weet ik nog niet zeker."

Ian wierp een snelle blik over zijn schouder in de richting van de booth achter hem en draaide zich toen terug naar Devon met een wetende grijns op zijn gezicht. "Uh-huh."

Devon grinnikte toen zijn broer hem op de schouder klopte. Ian zei tegen de anderen dat hij ze later zou zien en liep naar de deur, terwijl hij Jenn een kusje op de wang gaf. Via de spiegel zag Devon hoe het huidige voorwerp van zijn lust weer fronste toen ze Ian zijn nichtje zag kussen op weg naar buiten. Hij kreunde bij zichzelf toen hij zich realiseerde dat ze waarschijnlijk dacht dat ze een stel perverselingen waren, die een mooie tiener versierden die jong genoeg was om door één van hen verwekt te zijn. Misschien niet door Boomer, want die was ongeveer tien of elf jaar oud toen zij werd verwekt, maar zonder het hem te vragen, wist Devon het niet zeker.

Ja, veel mensen zouden hem een afwijking noemen, *huh?* Devon de afwijking . . . dat was best grappig . . . als ze wisten van de kinks waar hij en zijn vrienden van genoten. En ja, in het verleden was Devon met veel negentienjarige meisjes geweest, maar toen was hij nog een tiener en een begin twintiger. Dat was zo goed als afgelopen toen de zevenentwintigjarige Ian hem op vierentwintigjarige leeftijd inwijdde in de BDSM-levensstijl.

De eerste jaren van Devons marine carrière was hij gestationeerd aan de westkust, terwijl Ian vanuit Virginia op pad ging. Ze kwamen pas op dezelfde plaats terecht nadat Devon de Basic Underwater Demolition/SEAL training, ook wel bekend als BUD/s, had afgerond en werd ingedeeld bij Ians SEAL Team Vier. Een paar weken na hun reünie nam zijn broer hem voor de eerste keer mee naar een privé seksclub. De club was ongeveer dertig minuten van de basis en een paar van de jongens waren regelmatige bezoekers als het team op Amerikaans grondgebied was en geen dienst had. Ian zat al een paar jaar in de levensstijl en erkende dat zijn broer baat kon hebben bij de controle die een Dom met zich meebracht. Ondanks de vijf en een half jaar sinds hun achttienjarige broer, John, was gestorven, had Devon nog steeds met zijn verdriet geworsteld.

Hij nam de levensstijl aan als een SEAL en spendeerde zijn eerste jaren met het leren van Ian en andere Doms, en ook van verschillende ervaren onderdanige vrouwen die er plezier in hadden een nieuwe Dom te leren . . . nou ja, een Dom te zijn. Ian benadrukte altijd dat dit de beste manier was om een goede, verantwoordelijke Dominant te worden. In feite was het motto van de BDSM gemeenschap "veilig, gezond en consensueel". Een onervaren Dom die met een onervaren onderdanige speelde was een recept voor een ramp en de kans dat de onderdanige lichamelijk of psychisch gewond zou raken nam dramatisch toe. Het laatste wat Devon of een respectabele Dom wilde was een onschuldige onderdanige meer pijn doen dan nodig was.

Naarmate hij ouder werd, bleef hij de voorkeur geven aan ervaren onderdanigen, wat betekende dat hij niet vaak speelde met vrouwen onder de vijfentwintig. Dat betekende niet dat er geen oudere nieuwelingen waren, maar het was waarschijnlijker dat de onderdanigen op die leeftijd al wat geëxperimenteerd hadden en bekend waren met de dynamiek van BDSM. De meer ervaren onderdanigen wisten dat ze het spel niet moesten verwarren met iets meer dan het was. Hij had het in de loop der jaren zien gebeuren bij andere Doms met subs die nieuw waren in BDSM. Hoe vaak hen ook werd uitgelegd dat het feit dat een Dom een paar keer met een sub speelde, dit niet betekende dat ze een traditionele "vriendje-vriendinnetje" relatie hadden. Hij had menig nieuwe, jonge, subs als gevolg daarvan hun hart zien breken.

Dat alles gezegd en gedaan, betekende het niet dat Devon niet graag een nieuwere sub van tijd tot tijd opleidde, maar hij zorgde ervoor dat hij de vrouw in de club een aantal weken observeerde voordat hij haar benaderde om een scène te onderhandelen. Zo kon hij er zeker van zijn dat zij niet het type was dat zich aan hem vastklampte en te gehecht raakte. Gehechtheid was niet zijn ding. Een of twee scènes was alles wat hij deed met een sub voordat hij naar de volgende ging. Hij had wel een paar favorieten, met wie hij meer optrok dan met anderen, maar hij wachtte wel een paar weken of maanden tussen scènes met dezelfde sub. Gelukkig voor hem waren er in The Covenant genoeg ongebonden subs waaruit hij kon kiezen.

The Covenant was een elite en privé BDSM club die Devon bezat met Ian en hun neef, Mitch. Nadat Devon en zijn broer de SEALs hadden verlaten, iets meer dan drie jaar geleden, vestigden ze zich in Tampa en begonnen hun particuliere beveiligingsbedrijf, Trident Security. Toen Mitch hen benaderde om de club te beginnen, vonden ze een groot stuk grond met vier pakhuizen. Het was in beslag genomen door de regering nadat ze hadden ontdekt dat het werd gebruikt om een illegale drugshandel te runnen, vermomd als een import-export bedrijf. Het lag in de buitenwijken van Tampa, ver genoeg van alle buren, en was perfect voor hun plannen, dus toen het pand geveild werd, kochten ze het voor veel minder dan het waard was.

Het omheinde terrein, compleet met een gewapende bewaker bij de poort, was omgeven door bossen en gaf hen de privacy die ze nodig hadden voor de club en voor Trident. Met de connecties die ze in de loop der jaren bij de overheid hadden gemaakt, deed Devon en Ians team werk in opdracht van een aantal alfabet-agentschappen. Ze hadden een kantoor nodig waar niemand zou letten op hun komen en gaan, evenals het incidentele bezoek van federale agenten. Het eerste gebouw op het terrein huisvestte The Covenant. Van buiten was het een blauw metalen en betonnen pakhuis. Maar van binnen was het de droom van elke fetisjliefhebber.

De andere drie gebouwen, identiek aan het eerste aan de buitenkant, waren gescheiden van de club door een tweede hek. Het eerste bevatte de kantoren en de oorlogs-kamer van waaruit Trident werd geleid. Aan de achterkant van het gebouw was een garage, samen met kluizen voor wapens, munitie en uitrusting. Op de tweede verdieping waren er zes extra slaapkamers en badkamers, naast een recreatieruimte waar het team kon neerploffen en naar het grote scherm tv kon kijken of darts en een spelletje pool spelen. Een kleine kitchenette completeerde de voorzieningen.

De volgende structuur bevatte opslagruimtes op de tweede verdieping, en op de eerste, een indoor schietbaan, een gymzaal en trainingsruimte, en een paniek-veiligheidsruimte in geval van nood. De ruimte leek op een oude atoomschuilkelder, maar was bovengronds met muren van gewapend beton en staal en was een onverwachte vondst na de aankoop van het terrein. In het laatste gebouw waren de appartementen van Ian en Devon ondergebracht, hoewel, net als bij de andere gebouwen, de buitengevel geen indicatie gaf van wat er binnen was. Toen de renovatie voltooid was, waren beiden meer dan tevreden met het resultaat.

Terwijl hij nog een slok van zijn cola nam, bestudeerde Devon de brunette opnieuw. Hij had in de loop der jaren veel aantrekkelijke vrouwen gehad - meer dan hij durfde te tellen - hij zou haar niet als een beeldschone vrouw karakteriseren, meer als een knap buurmeisje. Ze was onmiskenbaar een vrouw waar de meeste mannen een tweede of derde blik op zou werpen. Hij was er niet honderd procent zeker van door de afstand tussen hen, maar hij dacht dat haar ogen hazelnootkleurig waren. Haar zijdebruine haar was opgestoken in een paardenstaart, en hij vroeg zich af wat ze zou doen als hij naar haar toe liep en de elastiek verwijderde die het op zijn plaats hield, zodat de zachte lokken rond haar gezicht konden vallen. Zijn vingers jeukten om het te weten te komen.

Ze had geen bril op toen ze voor het eerst ging zitten, maar had hem opgezet voordat ze begon te typen op haar computer. De bril gaf haar een ondeugende bibliothecarisblik die hij graag bij een vrouw zag, en hij voelde de halferectie die hij al had sinds hij haar voor het eerst opmerkte, nog wat meer zwellen. Hij liet zijn ogen dwalen en nam de hartvorm van haar gezicht in zich op, haar hoge jukbeenderen, en die mollige roze lippen die er fantastisch uit zouden zien om zijn pik.

*Verdomme!* Als hij zo doorging, zou hij hard worden als graniet, en hij had zijn blik nog niet eens verder dan haar nek laten gaan. Nou, in ieder geval niet in de laatste twee minuten, en yup, nu dat de gedachte bij hem opkwam, staarde hij naar haar borst. Ze droeg een T-shirt met korte mouwen en een V-hals, waardoor hij een klein beetje van haar decolleté kon zien, en op basis van zijn enorme ervaring met het vrouwenlichaam schatte hij dat ze een cup 80-C had. Niet te groot of te klein, precies zoals hij ze graag had. Hij vroeg zich af of haar beha dezelfde vuurrode kleur had als haar shirt en de gedachte deed hem watertanden. Hij slikte hard en keek toe hoe ze achterover leunde en haar armen boven haar hoofd strekte in een duidelijke poging de knopen weg te werken die in haar rug en schouders moesten zitten na zo lang getypt te hebben. De beweging duwde haar borst een beetje naar buiten en . . . oké, het was officieel, hij stond nu pijnlijk hard. Hij verschoof zich om de druk te verlichten en wist dat als hij enige hoop had om hier vanmiddag nog weg te kunnen lopen zonder dat zijn lul hem de weg zou wijzen, hij moest ophouden met naar haar te staren.

Hij had haar misschien nog niet ontmoet, maar hij verwedde er zijn 1966 Mustang cabriolet om dat ze een onderdanige was. De vraag was, wist ze het? Hij betwijfelde het. Nadat hij eerder haar blik had gevangen, had hij een paar seconden gewacht voor hij zijn wenkbrauw optrok in een blik die de meeste onderdanigen zou hebben doen afvragen of hun woorden of daden hen in de problemen zouden brengen. Het deed hem genoegen te zien hoe snel haar blik naar de grond was gezakt voor hij weer naar zijn gezicht was gekropen, alsof ze de drang om hem aan te kijken niet kon weerstaan. Als Jenn zijn blik op de vrouw niet had onderbroken, zou hij aan de verleiding hebben toegegeven om zich aan haar voor te stellen, iets wat hij buiten de club al lang niet meer had gedaan.

In de loop der jaren had hij geleerd dat de meeste vrouwen die hij buiten de BDSM-gemeenschap ontmoette, ofwel werden afgeschrikt door zijn kinks, ofwel alleen maar dachten te begrijpen wat er bij genot-pijn kwam kijken voordat ze het zelf probeerden te ervaren. Devon had in het verleden een paar korte ontmoetingen gehad waarbij de vrouw in paniek raakte door zijn eisen en pogingen om haar uit haar comfortzone te trekken. Op dat moment stopte hij de scène zonder te klagen en wachtte af of zij verder wilde gaan. Als ze dat niet wilde, zorgde hij ervoor dat de vrouw in orde was en weer de juiste gemoedstoestand had voordat hij haar het beste wenste en de deur uitliep. Hij zou nooit iemand zijn levensstijl opdringen - nogmaals, veilig, gezond en consensueel. De meeste mensen beseften niet dat een zekere mate van pijn kon worden omgezet in intens genot met de juiste mix van vertrouwen en opwinding. Zonder de juiste mix was elke D/s ontmoeting gedoemd te mislukken. Daarom vond hij het zo veel makkelijker om zijn afspraakjes over te laten aan de onderdanige vrouwen in de club. Maar verdomme, hij wou dat hij zijn kleine bibliothecaresse in de club ontmoette, want hij kon haar zeker versieren, zonder de woordspeling bedoeld . . . of misschien was het dat wel.

"Oh mijn God! Echt?"

Devon draaide zich om bij de plotselinge luide uitroep van zijn nichtje. Jenn stond naast de brunette en haar stem was weer zachter geworden, maar het was nog steeds duidelijk dat ze ergens enthousiast over was. Hij probeerde met moeite te horen wat ze zei, zonder succes, en vroeg zich af waar al die opwinding over ging. Wat het ook was, beide vrouwen glimlachten nu en babbelden terwijl Jenn de lege plaats in de booth innam.

Verdomme, hij wenste dat hij nu Jenn was.

# Hoofdstuk 3

Er ging een uur voorbij voordat Kristen achterover leunde in de booth, tevreden met de ruwe schets van de eerste twee hoofdstukken. De inspiratie had toegeslagen en ze was erin geslaagd een interessante achtergrond voor het verhaal te creëren. Aan het eind van hoofdstuk twee had Meester Xavier net voor het eerst de toekomstige liefde van zijn leven, Rebecca, gezien. Kristen zuchtte terwijl ze haar armen over haar hoofd strekte en om zich heen keek. De meeste tafels waren nu leeg en de serveerster was er een aan het afvegen met een vochtig doekje. Terwijl ze naar de bar keek, zag ze dat de Sexy Six-Pack - ze moest ophouden ze zo te noemen - nu met één man minder was, de man die de serveerster bij het weggaan had gekust. De kruk links van de man waar ze eerder zo op had zitten kwijlen was leeg en het leek erop dat hij niet van plan was dichter bij zijn maten te gaan zitten, hij bleef gewoon staan.

"Dus, je hebt besloten om even wat lucht te komen halen."

Kristen draaide haar hoofd om naar de serveerster die nu naast haar stond en glimlachte. "Ja, ik denk het wel.

Soms ga ik zo op in mijn schrijven dat de rest van de wereld ophoudt te bestaan."

De jonge vrouw lachte. "Dat kan ik zien. Ik ben een paar keer bij je komen kijken en je zat helemaal in je eigen wereld, dus bleef ik je ijsthee maar bijvullen."

Kristen keek omlaag naar het hoge glas en zag dat het inderdaad weer vol was. Aangezien er een bord naast stond met een paar frietjes en wat kruimels, was het een veilige gok dat ze haar broodje kipsalade had opgegeten, wat ze zich dat niet meer herinnerde. Ja, ze was daar duidelijk een tijdje weg geweest. "Bedankt," zei ze tegen de vrouw. "Ik waardeer het."

"Geen probleem. Wat ben je eigenlijk aan het schrijven? Je was zo'n beetje non-stop bezig, maar af en toe keek je een paar minuten naar het plafond, zei dan 'a-ha' en begon weer te typen."

Kristen bloosde van schaamte. "Oh jeetje, zeg me dat ik dat niet te hard deed."

De serveerster giechelde en het deed haar nog jonger lijken. "Nee, helemaal niet. Sterker nog, ik denk dat ik de enige was die het opviel."

"Godzijdank," antwoordde ze met een overdreven zucht van opluchting. "Ik schrijf een boek en soms laat ik me meeslepen."

"Werkelijk? Wat voor soort boek? Fictie?"

"Ja." Kristen knikte. "Een combinatie spanning en romantiek. Ik heb er een paar geschreven die gepubliceerd zijn en ik begin nu aan een nieuwe."

"Oh wow, dat is zo cool. Ik heb massa's romans op mijn e-reader staan." Ze wees naar de kleine tablet die uit de zak van haar schort stak. "Ik vraag me af of ik iets van jou gelezen heb.

"Dat is mogelijk. Ik ben Kristen Anders."

De serveerster slaakte een luide gil. "Oh mijn God! Echt?" Ze bedekte haar mond even met haar hand en ging verder op een lager decibel. "Ik ben er nu één van jou aan het lezen. Ik denk dat het je tweede is. Ik lees zo veel boeken en ik ben vreselijk in het onthouden van de titels, maar de personages zijn Jeb en Amy."

Kristen knikte. Het deed haar altijd plezier als ze uit het niets een van haar lezers ontmoette. Haar ex-man was neerbuigend geweest over haar boeken, zei dat ze het resultaat waren van haar kleine hobby, en hij was altijd geschokt als hij hoorde dat mensen ze hadden gekocht, gelezen, en er inderdaad van hadden gehouden. "Ja, dat is mijn tweede, *Wildvuur*. De eerste was *Harten in Vuur en vlam* met Keith en Shannon."

"Ja! Dat is de eerste die ik las. Ik vond het zo goed dat ik keek of je nog iets anders had geschreven en de volgende twee uit de serie heb gedownload."

Kristen glimlachte toen de vrouw tegenover haar plaatsnam in de booth, zich waarschijnlijk niet eens realiserend dat ze bij een klant zat, maar Kristen vond dat niet erg. "Ik ben zo blij dat je het leuk vond. Ik vind het geweldig als ik een van mijn lezers tegenkom en ze me vertellen dat ze van mijn boeken genieten."

"Oh, dat doe ik. Dat vind ik echt. Je hebt een geweldige mix van spanning en romantiek, waardoor ik het niet wil neerleggen. Toen ik *Harten in Vuur en Vlam* uit had, was ik tot drie uur 's nachts op omdat ik niet kon wachten hoe het afliep. Ik bedoel, het is een roman, dus er is altijd een gelukkig einde, maar ik kon er maar niet achter komen wie de moordenaar was. En ik haat het als ik er al achter ben, lang voordat de auteur wil dat je weet wie het is." De serveerster stak haar hand uit over de tafel. "Tussen haakjes, ik ben Jennifer . . . Jennifer Mullins."

Kristen schudde de uitgestoken hand. "Leuk je te ontmoeten, Jennifer.

"Oh, het is ook erg leuk om jou te ontmoeten. Ik heb nog nooit een beroemd iemand ontmoet."

Ze kon niet anders dan grinniken om het enthousiasme van het meisje. "Nou, ik weet niet of ik wel beroemd ben."

"Nou, voor mij ben je dat wel. Nu kan ik echt niet wachten om de rest van je boeken te lezen."

"Daar ben ik blij om, maar koop ze niet." Ze wist hoe het was om je door de universiteit heen te werken. Haar ouders hadden haar collegegeld en boeken betaald, maar Kristen had geld verdiend voor extra's en plezier door te werken in een bagelwinkel vlakbij de campus en daarna als proeflezeres voor iedereen die haar diensten wilde. Ze was er zeker van dat de serveerster haar geld voor belangrijkere dingen nodig had dan een paar romans, en als Kristen haar een paar dollar kon besparen, dan zou ze dat doen. "Ik heb een paar gedrukte exemplaren in mijn appartement die je mag hebben. Ik zal ze voor je meenemen de volgende keer dat ik kom lunchen."

Jennifer piepte weer, maar niet zo hard als de eerste keer, tot Kristens opluchting.

"Serieus? Dat is zo aardig van je, maar je hoeft het niet te doen."

"Ik weet dat het niet hoeft, maar ik wil het wel. Mijn uitgever geeft me altijd een heleboel exemplaren om uit te delen aan wie ik maar wil, dus het is geen probleem," verzekerde Kristen haar.

"Jennifer."

Bij het geluid van de mannenstem keken beide vrouwen naar de bar, waar de barman naar de voorkant van het restaurant wees. Toen ze hun hoofd omdraaiden, zagen ze een paar mensen bij de balie staan. Kristen was blij te zien dat de barman, van wie ze aannam dat hij de baas was, niet boos was dat Jennifer met een klant zat te praten. In plaats daarvan liet hij het meisje vriendelijk weten dat er mensen stonden te wachten. Ze wilde niet dat het meisje in de problemen kwam omdat ze zo gezellig was, wat volgens Kristen zorgde voor terugkerende klanten.

Jennifer sprong op. "Oeps, ik moet weer aan het werk. En bedankt voor het aanbod om me de boeken te brengen. Ik ben hier elke middag, behalve op woensdag als ik les heb."

Knikkend met haar hoofd bevestigde Kristen, "Elke dag behalve woensdag. Begrepen."

"Ik ben zo terug met jouw rekening."

"Neem je tijd." Kristen stelde haar gerust met een zwaai van haar hand toen de andere vrouw zich omdraaide om zich naar voren te haasten.

Wat een lief meisje, dacht Kristen bij zichzelf, terwijl ze haar aandacht weer op haar laptop richtte. Terwijl ze de muis aanraakte, haalde ze hem weer uit de slaapstand en haar hart stopte. Het scherm was leeg.

"Oh, nee," fluisterde ze terwijl het lood haar in de schoenen zakte. Ze kon zich niet herinneren of ze op de knop Opslaan had gedrukt nadat ze was gestopt met typen. Het programma moet normaal om de paar minuten een "auto-save" doen. "Alsjeblieft, zeg me dat het opgeslagen is."

*Verdomme!* Ze wist dat ze een nieuwe laptop had moeten kopen voordat ze weer begon te schrijven. Deze had haar de laatste tijd problemen bezorgd, bevroor en herstartte zichzelf zonder waarschuwing, maar dit was de eerste keer dat een manuscript was verdwenen. Ze herinnerde zich dat ze een nieuw bestand had aangemaakt toen ze voor het eerst begon te typen, maar nu kon ze niet eens in het programma komen om het te vinden. Ze begon op verschillende toetsen te drukken terwijl haar paniek begon toe te nemen. "Nee, nee, nee! Dit kan niet waar zijn."

"Wat is er?"

Ze keek op en zag dat Jennifer terug was en haar rekening op tafel legde met een bezorgde blik op haar gezicht.

"Ik weet het niet." Ze bleef proberen om de computer te laten reageren. "Hij werd gek en ik denk dat ik mijn eerste twee hoofdstukken kwijt ben. Verdomme, ik haat computers!"

Jennifer legde haar hand op Kristens onderarm. "Wacht, stop! Doe niets. Mijn oom is een computergenie. Als het daar ergens is, kan hij het vinden."

"Je oom?" vroeg ze, maar het was al te laat, want Jennifer had zich omgedraaid naar de bar en zwaaide.

"Oom Brody? Kun je even hier komen? We hebben jouw super-duper technische krachten nodig."

Kristen keek toe hoe de man met wie Jennifer eerder had gelachen, zijn wenkbrauw optrok in een stille vraag en zijn biertje neerzette voordat hij naar hen toe liep. Nou, hij liep niet echt, het was meer slenteren.

Hij glimlachte en grinnikte toen hij dichterbij kwam. "Je hoeft mijn ego niet op te vijzelen met complimentjes, Baby-girl. Je weet dat ik alles voor je doe." Hij legde zijn arm om de schouders van de jonge vrouw en keek op Kristen neer. "Wat is het probleem, schat?"

*Oh Heer, heeft hij nu echt zijn charme gebruikt met een sexy trekje?* "Oom Brody," zoals Jenn hem had genoemd, was ongeveer één meter negentig groot en leek geen grammetje vet op zijn gebeitelde lichaam te hebben. Zijn korte blonde haar was netjes op een klein stukje na dat over zijn wenkbrauw viel en zijn chocoladebruine ogen fonkelden terwijl hij zonder schaamte met haar flirtte. Hij droeg een strak zwart T-shirt met een spijkerbroek, een zilveren riemgesp en westernlaarzen. Hij had alleen nog een cowboyhoed nodig en ze zag hem al zitten op een ranch, waar hij een paar stieren met zijn lasso ving. De man was pure zonde op twee benen en wist dat.

Kristen schudde haar papperige hersens even door elkaar en keek weer naar haar laptop. "Ik weet niet wat er gebeurd is. Ik was in de tekstverwerker en nu, poef! Het is weg. Ik denk dat ik het bestand kwijt ben waar ik mee bezig was."

"Poef, huh?" Plaagde Brody en gebaarde toen naar de lege stoel aan de overkant van de tafel. "Mag ik?"

Haar hoofd stuiterde als een bobble-head pop. "Oh, alsjeblieft. Ik zou je hulp op prijs stellen. Ik weet niets van computers."

Jennifers oom ging zitten, draaide de laptop naar hem toe en begon op toetsen te drukken. Het verschil tussen wat zij eerder had gedaan en zijn acties was dat hij een idee leek te hebben wat hij deed, terwijl Kristen dat niet had. Ze draaide haar handen in haar schoot en bad dat hij het bestand zou vinden. Ze was erg tevreden geweest met alles wat ze tot nu toe geschreven had en wist niet zeker of ze zich de precieze bewoordingen kon herinneren die ze gebruikt had.

"Alles in orde?"

Ze huiverde bij het geluid van een diepe mannenstem, die door haar hele lichaam drong en galmde, waardoor al haar meisjesachtige delen overeind kwamen en gingen opletten. Toen ze opkeek zag ze dat Jennifer was opgestapt en dat de man met die prachtige blauwe ogen nu in haar plaats stond en op Kristen neerkeek.

"Niets wat ik niet aankan, Devil Dog."

Kristen was zo blij dat de man die Brody heette zijn vriend antwoordde terwijl hij verder typte op haar toetsenbord, want haar gedachten waren een complete leegte geworden, behalve de gedachte dat ze "Devil Dog" weer wilde horen spreken. Hij was ongeveer even lang als Brody, maar niet zo breed. Hoewel hij iets slanker was, was hij net zo pezig, en haar handen verlangden ernaar zijn borst en buikspieren aan te raken om te zien of ze zo hard waren als ze eruit zagen. Gekleed in een marineblauw T-shirt, een spijkerbroek en gympen, kon hij elke man zijn die op straat liep, maar nee, dit was niet zomaar een man. Deze man deed vrouwen hun eigen naam vergeten. Deze man was sterk, viriel en eiste alleen al met zijn aanwezigheid de aandacht op, maar toch kon ze zich voorstellen dat hij zachtaardig kon zijn als dat nodig was. Ze bleef naar hem staren tot ze merkte dat zijn mond was opengetrokken in een geamuseerde glimlach. Hij boog zijn hoofd in de richting van Brody, en op dat moment besefte ze dat de andere man iets tegen haar had gezegd.

Ze slikte haar verlegenheid in en keek naar de andere kant van de tafel om te zien dat hij ook een grijns op zijn gezicht had.

"Het spijt me, wat zei je?"

Brody grinnikte naar haar. "Ik vroeg wat de naam van het bestand was dat je zocht."

Ze voelde haar wangen warmer worden en knalrood branden. Serieus? Hij moest de naam van het bestand weten? *Natuurlijk wil hij dat, idioot... Hoe zou hij het anders kunnen vinden?*

"Leder en Kant," mompelde ze, terwijl ze naar het donkere oppervlak van de tafel keek en wenste dat het een zwart gat was waar ze in kon vallen.

"Wat was dat?"

Nog steeds naar beneden kijkend, schraapte Kristen

haar keel en herhaalde luider en duidelijker: "Leder en Kant."

Toen geen van beide mannen sprak, en ze ook geen getyp hoorde, keek ze op en zag dat ze allebei naar haar keken. Oh, Heer help haar, dit was zo vernederend.

Brody's grijns werd nog breder en toen ze in zijn ogen keek, zwoer ze dat ze de lach zag die hij probeerde in te houden. Ze wilde niet eens weten wat ze zou zien als ze omhoog tuurde in de blauwe ogen van de man die nog steeds naast de tafel stond.

"Nou, oké dan." Brody gaf haar een flirterige knipoog voor hij weer begon te typen. "Hier is het. Leder en Kant."

Kristen rolde met haar ogen bij de manier waarop de man die laatste drie woorden uitsprak met zijn sexy trekje voordat ze doorhad wat hij zei en rechtop ging zitten in haar stoel. "Oh mijn God, je hebt het gevonden? Serieus?"

"Natuurlijk, schat. Fluitje van een cent."

"Dank je wel," gutste ze. "Je hebt mijn leven gered."

Hij lachte om haar overdrijving. "Misschien niet je leven, maar wel een uur werk, toch?

"Juist. Ja. Ik weet niet hoe ik je moet bedanken."

Haar wangen vlamden weer toen hij antwoordde: "Nou, ik weet zeker dat we een manier kunnen verzinnen om me te bedanken waar we allebei van zullen genieten."

Jeetje, daar was die schattige charme weer en, wacht. gromde "Devil Dog"?

"Heb je het gevonden?" vroeg Jennifer toen ze weer bij hen kwam staan.

Brody stond op en knipoogde naar haar. "Was er enige twijfel?"

"Helemaal niet, oom Brody," zei ze op een plagerige manier. "Ik zou nooit twijfelen aan je superieure nerd vaardigheden."

"Vlegel." Brody kneep in de neus van de jonge vrouw als een duidelijk teken van genegenheid voordat hij Kristen aankeek. "Kijk eens of alles waar je aan werkte opgeslagen is. Als je me even de tijd geeft om mijn laptop uit mijn truck te halen, kan ik je harde schijf een beetje opschonen, zodat dit niet nog eens gebeurt."

Ze knikte en draaide de laptop weer naar haar toe. "Dat zou geweldig zijn. Ik zou het waarderen."

Terwijl hij naar de uitgang liep, voelde Kristen de blik van de man naast haar. Ze probeerde de plotselinge brok in haar keel weg te slikken, keek op en zag dat hij niet meer glimlachte. Dat zou haar teleurgesteld hebben als ze niet de hitte in zijn ogen had gezien terwijl hij haar bestudeerde. Een nieuwe rilling schoot door haar ruggengraat en haar slipje werd doorweekt van een plotselinge opwinding.

"Zo." Zijn stem had een lage klankkleur die ze voelde van haar hoofd tot haar tenen. "Leder en Kant?"

"Is dat de titel van je nieuwe boek?"

Kristen had zich niet gerealiseerd dat de jonge serveerster nog bij hen stond tot ze haar vraag hoorde. Op de een of andere manier slaagde ze erin haar blik los te trekken van die ogen die vastbesloten leken haar te verslinden en keek Jennifer aan. "Eh, ja . . . ja, dat is het."

"Schrijf je een boek dat Leder en Kant heet?"

En daar ging haar blos weer bij het geluid van zijn diepe, sexy stem, en haar ogen dwaalden weer naar de zijne. Ze was dankbaar dat Jennifer de vraag voor haar beantwoordde, want Kristen kon geen enkel antwoord bedenken om haar leven te redden.

"Yup, oom Devon. Ze is een romanschrijfster. Ik heb zelfs een van haar boeken gelezen en ben gisteren aan een van de andere begonnen."

"Werkelijk?" mompelde hij, alsof hij een ingewikkelde

puzzel probeerde op te lossen. De man had misschien een vraag gesteld, maar het leek er niet op dat hij een antwoord verwachtte.

Wacht... wat? Oom Devon?

"Ben je ook Jennifers oom?" vroeg ze.

"Mm-hm. Ze zijn allemaal mijn ooms." Jennifer gebaarde naar de overgebleven groep mannen, niet wetende dat de vraag aan Devon was gericht. "We zijn geen bloedverwanten, maar ik noem ze mijn ooms. Ik ken ze al mijn hele leven en, nou... ze zijn mijn familie."

Devon verbrak het oogcontact met Kristen en straalde naar Jennifer met liefde in zijn ogen voor het meisje dat hij als zijn nichtje beschouwde. Hij sloeg zijn arm om haar heen en trok haar in een omhelzing. "Zeker weten dat we familie zijn, baby-girl."

Voor een seconde was Kristen jaloers op de jongere vrouw die tegen zijn harde, gespierde lichaam aan stond terwijl zijn sterke armen haar kleine gestalte omhelsden. Jennifer omhelsde hem terug en gaf hem een snelle kus op zijn wang voordat ze hem losliet en naar de keukendeur liep. "Ik moet mijn bestellingen controleren."

Nadat ze verdwenen was, verwoordde Kristen haar eerdere gedachte, "Ze is een lief meisje."

Devon knikte instemmend. "Ja, dat is ze zeker."

Toen hij niets meer zei, opende ze haar mond om hem een vraag te stellen, welke vraag dan ook die hem daar zou houden om met haar te praten. Maar haar woorden stierven in haar mond toen Brody terugkwam naar de tafel en weer ging zitten, zich niet bewust van de oplopende seksuele spanning tussen de andere twee. Hij haalde zijn laptop uit de beschermhoes en zette hem naast de hare. Hij nam een kabel, verbond de twee computers en wierp haar een blik toe. "Het duurt maar een paar minuten om het programma te downloaden, en dan zal ik je laten zien hoe je het uitvoert als je thuis bent. Een volledige scan zal ongeveer een uur of twee duren om je harde schijf op te schonen, afhankelijk van het aantal programma's en bestanden dat het moet doorzoeken."

"Waar zoekt het naar?" Ze wist niet veel over computers, behalve de basisprincipes.

Hij begon te typen terwijl hij haar antwoordde: "Overtollige bestanden, tijdelijke downloads, en malware onder andere. Zulke dingen kunnen je harde schijf vervuilen en problemen veroorzaken zoals het probleem dat je eerder had. Dit programma zal je ook helpen beschermen tegen virussen."

"Ik heb al een antivirus programma."

Hij knipoogde naar haar. "Dat kan zijn, schat, maar mijn programma zal voorkomen dat die bestanden zich opbouwen."

"Jouw programma?" Ze glimlachte om zijn speelsheid. Toen ze jonger was, en een man als Brody met haar had geflirt, zou ze te verlegen zijn geweest om te reageren. Maar sinds ze sexy dialogen voor haar personages begon te schrijven, had ze meer vertrouwen gekregen in het praten met het andere geslacht. Ze zou nooit een schaamteloze flirt zijn zoals sommige vrouwen waren, maar nu had ze het gevoel dat ze haar deel van een gesprek met een Casanova als hij kon volhouden. Zijn intense vriend was een ander verhaal. Devon zorgde ervoor dat ze op haar knieën wilde vallen en hem dingen met haar wilde laten doen. Dingen die ze nog nooit had meegemaakt. En ze wist niet hoe die gedachte haar deed voelen.

"Nou, aangezien ik het geschreven heb, yup, het is mijn programma," antwoordde Brody op haar vraag, klinkend als een kleine jongen die zijn project op een wetenschapsbeurs laat zien.

Kristen lachte een beetje. De man was een charmeur. "Wauw, nu voel ik me helemaal computeranalfabeet. Ik zal toch niets belangrijks kwijtraken? Mijn leven staat er op."

"Nope." Zijn vingers waren nog steeds aan het typen. "Je bestanden zullen veilig zijn. Maar als je geen flashdrive hebt om een back-up van je bestanden te maken, wil je er misschien in investeren."

"Ik heb er thuis een, maar ik neem hem niet graag mee omdat hij zo klein is, ik ben bang dat ik hem verlies." Ze had de slechte gewoonte om dingen kwijt te raken. Als het kleiner was dan een broodtrommel, was Kristen het wel eens kwijtgeraakt.

"Ga eender waar ze verkocht worden en daar vind je er die je aan je sleutelhanger kunt doen."

"Dat is een goed idee zolang ik mijn sleutels niet verlies, wat minstens één keer per week gebeurt.

Terwijl Brody over haar computer bleef praten, dwaalden Kristens ogen eens in de paar seconden af naar Devon die nog steeds naast de tafel stond. Hij had zijn speculatieve blik niet van haar afgewend en ze probeerde niet te kronkelen. Ze schonk hem een kleine glimlach en vroeg zich af waar hij aan dacht.

* * *

Devons mond tikte omhoog toen ze hem een verlegen glimlach toewierp toen hij haar geïnteresseerd bekeek. Hoewel ze verdiept was in het gesprek, kreeg hij niet het gevoel dat hij genegeerd werd, want ze bleef naar hem opkijken, alsof ze bevestigde dat hij er nog was. Interessant. En wat nog interessanter was, was het feit dat hij Brody's hoofd eraf wilde rukken elke keer als de nerd zijn zuidelijke charme inzette. Het was duidelijk dat zijn maat haar aantrekkelijk vond - welke hetero-seksuele man van voorbij de puberleeftijd zou dat niet vinden - en het was slechts een kwestie van tijd voordat Egghead haar mee uit zou vragen. De man had niet dezelfde bedenkingen als Devon om met een vrouw buiten de club om te gaan.

Hoe meer hij haar observeerde, hoe meer hij over haar te weten wilde komen. Ze rook naar wilde bloemen en frisse lucht, bijna alsof ze op een lentedag door een weiland had gelopen, subtiel en verleidelijk. Hij bespeurde een noorde-lijk accent in haar spraak - zijn eerste gok was New York geweest, maar nu wist hij het niet zeker. En haar lach . . . verdomme, haar lach ging recht naar zijn kruis. Godzijdank had hij zijn overhemd uitgetrokken om het semiautomati-sche wapen te verbergen dat op zijn rug zat. Het hemd deed nu goed werk om andere dingen, zoals zijn erectie, voor haar zicht te verbergen.

Wat was het toch met deze vrouw, wiens naam hij niet eens kende, die als een mystieke Sirene naar hem riep? Verdomd als hij het wist, maar hij keek ernaar uit om erachter te komen. Hij wilde net zijn hand uitsteken en zich voorstellen toen hij zag dat Brody haar een stuk papier gaf met zijn naam en telefoonnummer erop. De klootzak was hem voor. Devon verdiende het, nadat hij al een uur aan het treuzelen was, terwijl hij een onzinnige reden had kunnen vinden om haar te benaderen en een gesprek aan te knopen. Hoe graag hij zijn kameraad ook tot moes wilde slaan en de vrouw voor zichzelf wilde opeisen, hij zou nooit een vrouw van een goede vriend afnemen.

Devon deed een stap achteruit en draaide zich om naar de bar toen de twee uit de booth klommen. Door de weer-spiegeling in de spiegel zag hij hoe ze Brody bedankte en toen zonk het lood helemaal in zijn schoenen toen ze haar armen om de grijnzende nerd sloeg en hem een knuffel gaf. Er was niets seksueels aan het contact, maar het zond toch vlagen van jaloezie door Devon. Hij kon zich de reactie van zijn maat voorstellen als hij wist dat Devon haar wilde versieren. Wie niet oplet, verliest, Devil Dog. En ja, hij zat weer terug in de lagere school.

Even later zag hij hoe zijn kleine bibliothecaresse haar spullen pakte, afscheid nam van Brody en Jenn, en zich toen naar de uitgang begaf. Met een aarzelende blik achterom in zijn richting, liep ze de deur uit.

Op momenten als deze had hij er bijna spijt van dat hij geen alcohol dronk, want hij kon de afleiding wel gebruiken.

# Hoofdstuk 4

De rest van de week was Devon afwisselend in een rothumeur en droomde hij over zijn kleine bibliothecaresse. Nee, maak daar maar Brody's kleine bibliothecaresse van. De smeerlap.

Hij gedroeg zich als een nukkig kind en vermeed Brody zoveel mogelijk sinds die middag zes dagen geleden. Hij wilde niet horen hoe zijn kameraad de brunette aan de haak had geslagen, waarvan hij nu wist dat haar naam Kristen Anders was. Ze had exemplaren van haar boeken voor Jennifer in de kroeg afgegeven en zijn nichtje was nu de volgende paperback aan het lezen in een doorlopende serie vanille romances nadat ze er een op haar e-reader had uitgelezen. En ja, hij wist dat het vanille romans waren, want toen niemand keek, had hij het boek van Jenn, *Ongekooide Passies*, doorgebladerd nadat ze het tijdens haar werk een paar minuten op de bar had laten liggen.

Hoewel hij niet meer dan een paar passages had gelezen, was het verhaal goed geschreven, en mevrouw Anders had duidelijk talent. Hij was verrast dat haar seksscènes behoorlijk geil waren - vanille, maar geil. Het was ook een beetje gênant te weten dat zijn nichtje diezelfde scènes las. Hij dacht terug aan toen Ian en hij een ongemakkelijk gesprek hadden met Jenn over wat voor soort club The Covenant was. Ze moesten het haar vertellen omdat ze er langs zou rijden en drie gebouwen verder zou wonen in Ians appartement toen ze naar Tampa verhuisde. Na veel blozen en stotteren van hun kant, verloste Jenn hen en zei hen dat ze het begreep en dat het haar niet veel uitmaakte. Het was niet haar ding, en ze was niet iemand om te oordelen. Ze waren dankbaar dat ze geen behoefte had om de club van binnen te zien. Ze wilde er waarschijnlijk niet aan denken dat haar ooms seks zouden hebben, net zoals zij er niet aan wilden denken dat zij op een dag seks zou hebben met een geile kleine klootzak. Ze waren allebei een beetje geschrokken, en toch opgelucht, toen ze het afdeed met een nonchalante uitleg over hoe ze veel boeken had gelezen met soortgelijke clubs erin. Toegegeven, die clubs waren fictief, terwijl de hunne realiteit was, maar ze begreep de essentie ervan.

Toen hij het boek doorbladerde, ontdekte hij dat Kristen beschrijvend was over wat haar personages deden op de zolder van de schuur, beneden bij de beek, en natuurlijk in de slaapkamer. En ook al was het boek stomend en sexy geschreven, hij betwijfelde of de schrijfster wel van zijn soort seks en spel hield. Maar, in tegenstelling tot Devon, vond Brody Evans het niet erg om af en toe vanille seks te hebben. Als hij zich tot een vrouw aangetrokken voelde, was Brody bereid tot een aantal afspraakjes. Het enige probleem voor de vrouwen was, dat na die paar afspraakjes en wat stoeipartijtjes, Brody zich verveelde en dan waren ze geschiedenis. Er stond een lange rij vrouwen met gebroken harten achter Evans. Hij hield ook niet van langdurige relaties. En Devon had zich daar nooit zorgen over gemaakt, tot nu. De gedachte dat Brody Kristen zou dumpen nadat hij haar had gebruikt om zijn huidige hongertje te stillen, maakte Devon bijna net zo kwaad als de gedachte dat ze überhaupt met elkaar uit zouden gaan.

Devon dwong de ergerlijke gedachten uit zijn hoofd en stapte uit zijn Mustang voordat hij de deur dichtdeed. Hij had het dak gesloten gelaten op weg naar Donovan's omdat er voor de hele dag regenbuien waren voorspeld. De grijze lucht paste bij zijn stemming toen hij naar de ingang van de pub liep waar hij met Jake zou lunchen. Zijn teamgenoot wilde enkele observaties bespreken die hij had gemaakt in een wegloopzaak waar hij de afgelopen week aan had gewerkt. De vader van het tienermeisje had hen ingehuurd nadat ze zou zijn weggelopen toen hij haar huisarrest had gegeven omdat ze regelmatig te laat thuis kwam. Jake had de tiener nog niet gevonden, maar begon te vermoeden dat de reden waarom ze wegliep meer sinister was dan iemand zich realiseerde. Omdat het al na twaalven was en Jake had gezegd dat hij honger had, spraken de twee mannen af om samen een hapje te gaan eten.

Toen Devon de vertrouwde eetgelegenheid binnenstapte, keek hij om zich heen en zag dat zijn vriend er nog niet was. Op een paar tafels na was alles bezet, maar gewoonlijk zaten ze niet aan een tafel. Uit gewoonte ging hij naar het uiteinde van de bar. Hij zwaaide even naar Jenn toen ze met een dienblad met eten uit de keuken kwam gehaast. Ze gaf hem een grote glimlach toen ze hem passeerde en bracht met succes een glimlach op zijn gezicht. Jenn kon zijn slechtste humeur opvrolijken door gewoon zichzelf te zijn. Haar vader was een aantal jaren

Devons luitenant geweest in SEAL Team Vier, voordat hij om medische redenen een promotie richting kantoorwerk had gemaakt. De man had daarvoor ook vele jaren met Ian gediend. Ian en Jeff Mullins groeiden uit tot hechte vrienden als achttienjarigen die samen de basistraining doorliepen, en toen Jeffs vrouw, Lisa, twee jaar later beviel van een dochtertje, werd Ian peetvader. Hun huwelijk was een moetje.

De Mullins woonden op minder dan vijftien minuten van de marinebasis en het team bracht menig ontspannende namiddag of avond door met het vermaken van en smoor worden op de kleine Jenn. In de loop der jaren kwamen en gingen er teamleden, maar Jenn beschouwde ze allemaal als haar ooms. De meeste mannen hielden contact met haar via e-mails en telefoontjes nadat ze het team om wat voor reden dan ook verlaten hadden – afzwaaien, pensionering, overplaatsing, of promotie. Maar wat er ook gebeurde, haar ooms kregen altijd een kaart van Jenn voor hun verjaardagen, Valentijnsdag, Veteranen dag, en Kerstmis. Er was geen teamlid van vroeger of nu die niet alles zou laten vallen en zou komen rennen als Jennifer Mullins hen nodig had. En met veel pijn ontdekte ze dat deze woorden waar waren op de ergst mogelijke manier.

Iets meer dan zes maanden geleden kreeg Ian telefoon van een hysterische Jennifer. Voordat hij haar kon kalmeren, nam een politiedetective haar telefoon aan en deelde Ian met ernstige stem mee dat Jeff en Lisa Mullins in hun huis werden vermoord tijdens een vermoedelijk verkeerd afgelopen inbraak. De twee werden doodgeschoten aangetroffen in hun woonkamer door een buurman die de voordeur op een kier had gezien terwijl hij zijn hond uitliet om zes uur 's ochtends. De buurman kende Jeff en vond het vreemd, klopte op de deur en kon het bloedbad vanuit de hal zien. Het echtpaar werd meerdere malen neergeschoten ergens laat in de nacht ervoor en rechercheurs ontdekten later dat verschillende kamers werden doorzocht en dat juwelen, portefeuilles, en computers waren verdwenen uit het huis. Jennifer had geluk gehad dat haar niets was overkomen of dat ze de bebloede lichamen van haar ouders niet had hoeven vinden, omdat ze bij een vriendin had geslapen na een avondje uit in de bioscoop.

Binnen een uur na het telefoontje zaten Devon en Ian in een vliegtuig op weg naar Virginia en ze weken tijdens de daaropvolgende beproeving niet van Jenns zijde. Zodra de voormalige teamleden op de hoogte waren, kwamen ze in drommen aan. Jenn hoefde nooit iets te doen, behalve rouwen om haar verlies. Haar "ooms" zorgden voor alles, van de begrafenissen, levensverzekeringen en veteranen overlijdensberichten, tot het verkopen en inpakken van het huis toen Jenn drie maanden later naar Tampa verhuisde om bij Ian te gaan wonen. Jenns enige overgebleven familieleden waren van haar vaders kant. Ze waren niet hecht, en de Mullins hadden Ian al lang geleden tot haar voogd benoemd voor het geval hen ooit iets zou overkomen.

Na de begrafenis, terwijl Devon terugkeerde naar Florida om hun bedrijf draaiende te houden, was Ian in Virginia gebleven tot Jenn de middelbare school had afgemaakt. Het was moeilijk voor haar geweest, maar met haar leraren, vrienden en Ians hulp en steun, was ze in staat om aan de eisen voor haar diploma te voldoen. Op een zonnige dag in juni vulden meer dan veertig voormalige en huidige Navy SEALs de tribunes van het plaatselijke middelbare school footballveld om hun kleine meisje te zien afstuderen. Devon dacht niet dat er één van hen het droog kon houden.

Nu ze haar intrek had genomen in een studentenhuis voor haar eerste jaar aan de Universiteit van Tampa, aan de andere kant van de stad, ging het goed met Jenn. Hoewel ze nog steeds momenten van depressie en plotselinge vlagen van tranen had, en wie kon haar dat kwalijk nemen, bleef ze een traumapsycholoog bezoeken om met haar verlies om te gaan. Devon geloofde echter dat het de liefde was die ze elke dag van haar ooms kreeg, die het meest hielp om haar verwoeste hart te helen.

"Hé, gaat het?"

Devon schrok op uit zijn gedachten door de zachte stem naast hem en draaide zijn kruk om om Kristen bezorgd naar hem te zien kijken. Hij had niet gedacht dat ze nog knapper kon worden, maar vandaag was ze adembenemend. Ze droeg een klein beetje make-up, niet dat ze dat nodig had, het was genoeg om haar ogen en lippen te accentueren. Haar zacht bruine haar was los, omlijstte haar gezicht en viel onder haar schouders, de punten rustten op de zwellingen van haar borsten. De katoenen V-hals van vandaag was zacht paars, een compliment voor haar bleke huidskleur en bracht het groen van haar hazelnootkleurige ogen naar voren. Hij was ook iets dieper dan die ze de vorige dag droeg, waardoor hij een royale blik op haar decolleté kon werpen. En zo ineens werd zijn jeans nauwsluitend.

Hij gaf haar niet meteen antwoord en ze leek een beetje in de war te raken. "Sorry, ik wilde je niet storen, maar je leek een beetje . . . nou . . . Ik weet het niet, verdrietig over iets."

Hij schudde zijn hoofd. "Nee, nee, ik ben in orde, en je stoort me helemaal niet. Ik dacht gewoon aan . . . laat maar, het stelde niets voor." Het had geen zin om het verleden op te rakelen tegen een vreemde, hoe graag hij ook een excuus wilde om met haar te praten. Hij forceerde zijn mond tot wat hij hoopte dat een overtuigende glimlach was en het veranderde in een echte bij haar zucht van opluchting toen de mondhoeken van haar eigen mond omhoog trokken.

"Goed, daar ben ik blij om. Ik ben Kristen Anders, trouwens."

Hij schudde haar uitgestoken hand, verwonderde zich over hoe zacht die was en vroeg zich af of zij dezelfde schok van bewustzijn voelde die hem in zijn binnenste deed wankelen. "Devon Sawyer."

"Aangenaam kennis te maken." Ze pauzeerde en hij wachtte om te zien wat ze nu zou zeggen. Hij wilde haar lyrische stem weer horen, net zo graag als hij zijn volgende ademhaling wilde. Maar een golf van teleurstelling overviel hem toen ze een beetje met haar hoofd schudde, haar hand van de zijne wegtrok en zich begon af te wenden. Hij opende zijn mond om haar tegen te houden toen ze zich weer omdraaide en haar woorden er in een snelle woordenstroom uit kwamen. "Kijk, gewoonlijk ben ik niet zo voorbarig - eigenlijk ben ik nooit zo voorbarig - maar . . . zou je een keer uit willen gaan?"

Devon zou niet verbaasder zijn geweest als ze een pistool had getrokken en hem tussen de ogen had geschoten. Vroeg zij hem mee uit? Hij moet te lang geaarzeld hebben, want ze stak haar hand op. "Weet je wat, vergeet dat ik het vroeg. Je hoeft de vraag niet te beantwoorden."

Hij greep naar haar arm voordat ze de kans had om weg te lopen. Hoe graag hij ook wilde zeggen; ja, ik zou graag met jou uitgaan, hoorde hij zichzelf uiten: "Ik voel me gevleid, echt waar. Maar Brody is mijn vriend en, nou ja..." Hij liet de zin hangen, in plaats van haar te vertellen dat hij nooit de vriendin van zijn kameraad zou versieren.

Kristen fronste haar wenkbrauwen. "Ik begrijp het niet. Wat heeft Brody er mee te maken?"

*Echt? Moest ze dat vragen?* Misschien had hij het mis dat ze lief en onschuldig was. Misschien liep ze van gast naar gast. Hij staarde in haar ogen. Nee, hij dacht niet dat hij het mis had. Niet over dit. "Gaf hij je laatst niet zijn telefoonnummer?"

Kristens glimlach keerde terug, samen met een blik van begrip. "Hij gaf me zijn nummer voor het geval ik problemen had met het programma dat hij me gaf."

Devon kon zijn schok niet verbergen. "Bedoel je dat hij je niet mee uit heeft gevraagd?"

"Nou, dat deed hij wel. Maar ik heb geen ja gezegd."

Meende ze het echt? Hij had nog nooit gehoord dat een vrouw Brody afwees. Egghead had vrouwen van alle leeftijden die zich links en rechts op hem stortten. "Waarom?"

"Waarom heb ik geen ja gezegd?"

Hij knikte.

"Nou, hij was aardig en zo, en begrijp me niet verkeerd, hij ziet er goed uit, maar," ze haalde een schouder op, "ik voelde me niet tot hem aangetrokken."

Zijn mond krulde omhoog in een sexy grijns en hij verlaagde zijn stem. "Betekent dit dat je je tot mij aangetrokken voelt?"

Kristen bloosde. "Ik zou je niet mee uit gevraagd hebben als dat niet zo was. Dus, ik denk dat de grote vraag is . . . Voel jij je tot mij aangetrokken?"

Devon wist dat hij het moest ontkennen en haar weg moest sturen, misschien een beetje beschaamd, maar met haar zachte hart nog intact. En toen bloosde ze. Op dat moment wist hij dat er een miljoen redenen waren waarom hij "nee" zou moeten zeggen, maar hij kon zich niet herinneren welke dat waren. Hij wist niets meer toen ze hoopvol keek en hij zei: "Ja. Ja, ik voel me erg tot je aangetrokken."

God, hij was een egoïstische ezel. Hier was een mooie jonge vrouw en ze was waarschijnlijk op zoek naar haar prins op het witte paard en een "nog lang en gelukkig", wat ze nooit bij hem zou vinden. Ze zou een verbintenis op lange termijn willen en hij was Meneer Alleen-voor-één-weekend. Nou, om precies te zijn, hij was Meester Alleen-voor-één-weekend. En er was nog een reden waarom hij nee had moeten zeggen. Na het lezen van de romantische scènes die ze geschreven had, dacht hij dat zijn vanille bibliothecaresse gillend zou wegrennen als hij haar vertelde hoe hij haar wilde vastbinden en haar lekkere kontje wilde geselen tot ze hem smeekte haar de vergetelheid in te neuken. Hij verlangde ernaar dat ze aan zijn voeten zou knielen terwijl hij zijn pik over haar tong sleepte. Een beeld kwam in hem op van hoe het zou zijn om in en uit haar zoete mond te pompen, tot hij klaarkwam en zij elke druppel doorslikte. Hij wilde over haar beschikken, haar bezitten, en dan, als hij zijn buik vol had, zou hij weglopen zoals hij altijd deed.

In plaats van te doen wat hij wist dat goed was, maakte hij plannen met haar voor de volgende avond. Tegen de tijd dat Jake een paar minuten later aankwam, had Devon een afspraakje met haar om zeven uur in een klein Italiaans restaurantje om de hoek van Donovan's. En ze had hem een sexy glimlach gegeven toen ze afscheid van hem nam.

Korte tijd later, nadat Jake en hij een paar hamburgers hadden besteld, liet zijn teamgenoot hem weten dat hij tenminste een deel van Devons gesprek met Kristen had opgevangen. Terwijl hij zijn ogen op een van de tv's boven de bar gericht hield, liet Jake een geamuseerde snuif horen. "Dus, Kerstmis en Pasen vallen samen dit jaar, huh?"

Devon fronste zijn wenkbrauwen naar de andere man. "Wat betekent dat verdomme?"

"Het betekent, Devil Dog, dat in al de jaren dat ik je ken, ik me niet kan herinneren dat je ooit een vanille afspraakje met een vrouw hebt gehad, compleet met diner in een chique restauran. De meeste moeite die ik je heb zien doen om een vrouw te verleiden was een drankje voor haar kopen terwijl je een scène onderhandelde en haar zachte en harde grenzen ontdekte."

"Krijg de klere, eikel," antwoordde hij zonder enige echte boosheid, aangezien alles wat de man had gezegd waar was. Maar in plaats van het toe te geven, loog hij. "Ik heb al genoeg afspraakjes gehad."

Jake antwoordde niet, maar gaf Devon een blik waaruit bleek dat hij wist dat zijn vriend hem een rad voor de ogen wilde draaien.

"Trouwens, net jij moet iets zeggen, Reverand. Wanneer was de laatste keer dat jij een afspraakje had, huh?"

Devon was verbaasd toen zijn vriend grijnsde en tegelijkertijd vuurrood werd.

"Ga je met iemand uit?" Hij kon het niet geloven. Zijn ogen werden groot van schrik. "Hoe kon ik dit niet weten? Het is toch niet iemand van de club?" Jake Donovan deed niet meer aan relaties dan de rest van hen, misschien zelfs nog minder.

Jake haalde zijn schouders op en zuchtte toen. "Ja, ik heb verkering met iemand. Niemand wist het omdat het tot nu toe nog maar een paar afspraakjes waren. En nee, het is niet iemand van de club, en voordat je het vraagt, nee je kent hem niet."

Hoe nieuwsgierig Devon ook was, hij wist dat hij niets meer uit zijn maat zou krijgen. Hij was verbaasd dat de man al zoveel had onthuld. Dus in plaats van nog meer vragen te stellen, toostte hij zijn glas. "Nou, op jou mijn vriend. Ik hoop dat het goed voor je uitpakt. En als dat zo is, is er misschien hoop voor de rest van ons."

Jake zette zijn glas tegen dat van Devon en grinnikte. "Zo ver zou ik niet willen gaan, broer, want als dat zou gebeuren, zouden Kerstmis en Pasen écht wel op dezelfde dag vallen."

# Hoofdstuk 5

Kristen kon niet geloven dat ze hier stond. Ze kon zich de uitdrukking van haar ex-man voorstellen als hij wist dat ze voor een besloten BDSM-club stond met de bedoeling om naar binnen te gaan. Ze had over The Covenant gehoord van een van haar bèta-lezers die haar romans proeflezen. Hoewel ze elkaar nooit hadden ontmoet, chatte ze met Shelby Whitman, een lid van de club, via Facebook en e-mail. Toen Kristen had gezegd dat ze de binnenkant van een seksclub wilde zien voor onderzoek, bracht de vrouw haar in contact met de eigenaar, Meester Mitch. Na een aantal telefoongesprekken en een antecedentenonderzoek had de man er uiteindelijk mee ingestemd dat Kristen een rondleiding mocht krijgen terwijl de club gesloten was.

Toen ze de afspraak hadden gemaakt, had de Dom erop aangedrongen dat ze alleen moest komen en haar telefoon in haar auto laten. Ze had bezwaar gemaakt tegen het feit dat ze op een vreemde plaats was met een vreemde man en niet de mogelijkheid had om hulp in te roepen, en hij had toegegeven maar haar gevraagd om de telefoon uit te zetten zolang ze in de club was. Zijn klanten waardeerden de privacy van de club, en hij wilde die voor niemand in gevaar brengen. Kristen kon zich vinden in zijn redenering, maar vertelde de man ook dat ze haar neef zou laten weten wie ze zou ontmoeten en waar, voor haar eigen veiligheid. Ze wilde niet een van die vrouwen zijn die ze af en toe op het nieuws zag, die spoorloos verdwenen. Hetzelfde zou ze doen voor haar afspraakje vanavond met Devon.

Ze was nog steeds geschokt dat ze hem mee uit had gevraagd. Sinds haar puberteit was ze altijd verlegen geweest in de buurt van mannen, en hoe aantrekkelijker ze hen vond, hoe verlegener ze werd. Maar dat was de "oude Kristen." De "nieuwe Kristen" begon opnieuw na een mislukt huwelijk. Ze was geen maagd meer, maar ze wist dat ze nog onervaren was. De enige positie waarin ze ooit seks had gehad was het missionaris standje. Misschien was het niet haar schuld dat ze een koelkast was in bed, misschien was het Toms schuld. Ze wilde een vrouw zijn die niet bang was om nieuwe dingen te proberen, een vrouw die mannen aantrekkelijk vonden, om flirterige gesprekken met hen te voeren, vol seksuele toespelingen. Ze wilde dat vinden waar ze over schreef, waar andere vrouwen over opschepten - een man die haar ongelooflijke orgasmes bezorgde die haar deden gillen en smeken om meer. Was Devon de juiste man? Ze zou het niet weten tenzij ze met hem naar bed ging, en ze dacht niet dat ze een one-night stand kon hebben, dus moest ze hem beter leren kennen.

Terwijl ze nog eens door de voorruit keek, schudde ze ongelovig haar hoofd. Toen ze een paar minuten geleden aankwam, dacht ze dat ze verkeerd was gereden. Nadat ze de snelweg had verlaten waar Meester Mitch haar had gezegd dat ze moest zijn, volgde ze de zijweg langs een klein bos met bomen. Het gebied opende zich en ze keek naar een

groot stuk grond omgeven door een veiligheidshek met prik-
keldraad. Achter het hek stond een rij van vier pakhuizen
die haar deden denken aan een industrieterrein. De eerste
twee gebouwen werden opnieuw gescheiden door een hek.
Toen Kristen haar auto eenmaal bij het beveiligingshuisje
naast de poort had gezet om te kijken waar ze zich in de
routebeschrijving had vergist, had ze ontdekt dat ze inderdaad op de juiste plek was. De hartelijke, maar gewapende
bewaker had haar rijbewijs gecontroleerd en een digitale
foto van haar genomen voordat hij het hek opende en haar
wees waar ze moest parkeren. Hij gaf aan dat ze een met
luifels overdekte trap moest nemen aan het einde van het
eerste gebouw naar de hoofdingang op de eerste verdieping.

Toen ze naast het gebouw parkeerde, staarde ze naar het
blauwe metalen en betonnen gedrocht en kon zich maar
moeilijk voorstellen dat dit de buitenkant was van een
elitaire privéclub die zich richt op de individuele seksuele
fetisjen van mensen. Kristen stapte uit de auto en deed de
deur dicht. Ze zette een stap en bevroor toen ze het geluid
hoorde van een blaffende hond. Terwijl ze om zich heen
keek, klaar om op de motorkap van haar auto te springen als
het moest, zag ze een grote zwarte lab-mix heen en weer
rennen en ze was dankbaar dat hij aan de andere kant van
het tweede hek stond. Ondanks zijn luide begroeting leek
hij vriendelijk, maar ze nam geen risico door de barrière
tussen hen in te naderen.

"Hoi, jongen, braaf hondje. Blijf aan jouw kant van het
hek, oké? Brave jongen." kirde ze op een hopelijk geruststellende toon terwijl ze naar de trap liep.

Toen ze bij de deuren kwam, vond ze deze op slot. Ze
zag een deurbel en drukte erop. Terwijl ze wachtte, nam ze
de omgeving nog eens goed in zich op en realiseerde zich
dat er op geen enkel gebouw of hek een uithangbord te zien

was dat op een bedrijf duidde. Ze kon zich ook niet herinneren dat ze borden had gezien bij de afrit van de snelweg of op de zijweg die naar het complex leidde, behalve een straatnaambord met de tekst Fairwood Drive. Nieuwsgierig vroeg ze zich af wat er in de andere drie gebouwen was. Er stonden een paar auto's geparkeerd naast het tweede gebouw, maar ze zag niemand anders dan de ene bewaker. Ze zag ook verschillende bewakingscamera's, sommige op de gebouwen, waaronder die boven de deur waar ze voor stond, en andere boven op enkele van de drie meter hoge hekken. Het leek haar een beetje overdreven, maar wat wist zij ervan.

De deur ging open en ze werd begroet door een knappe man van begin dertig, schatte ze. "Hallo, juffrouw Anders? Ik ben Meester Mitch. Leuk je te ontmoeten."

Ze zou zich schamen toe te geven dat hij niet was wat ze verwachtte, namelijk een oudere, piekerende, vampierachtig uitziende man, van top tot teen in leer gekleed. In plaats daarvan deed hij haar denken aan haar wiskundeleraar op de middelbare school, op wie alle vrouwelijke studenten verliefd waren. Hij was ongeveer één meter vierentachtig lang, had zwart/bruin haar en zachte, blauwe ogen. Zijn gemakkelijke glimlach werd omlijst door een sierlijk sikje en een snor die misschien een paar jaar aan zijn leeftijd toevoegde. Hij was niet in het zwart gekleed, maar droeg een marineblauw golfshirt, een blauwe spijkerbroek en sportschoenen. Het was duidelijk dat hij zichzelf in vorm hield, misschien door hardlopen, want hij had niet de opgezwollen look die gewichtheffers hadden. Ondanks zijn aangename houding, kon ze zich voorstellen dat hij veranderde in een bevelhebbende Dom met onderdanigen die op hun knieën vielen om hem te behagen.

"Het is ook leuk jou te ontmoeten."

Hij deed een stap opzij zodat zij naar binnen kon, en ze was verbaasd hoe de buitenkant van het gebouw de binnenkant tegensprak. Ze stonden in een lobby die was ingericht in een Victoriaanse stijl. Hij was net groot genoeg voor een incheckbalie in hotelstijl en een comfortabele zithoek. De muren waren diep rood geschilderd, terwijl het tapijt een complementaire grijze kleur had. Aan verschillende muren hingen schilderijen die sommigen pornografisch zouden noemen, maar Kristen vond ze sensueel en erotisch. De ruimte was van de hoofdclub gescheiden door een stel grote houten deuren waarvan ze zweerde dat ze ooit ergens in een oud Europees kasteel hadden gestaan. Het donkere hout was prachtig met ingewikkeld houtsnijwerk en ronde smeedijzeren deurknoppen.

Voordat Meester Mitch haar door de deuren liet, nam hij even de tijd om zich ervan te overtuigen dat ze geen foto's of opnamen van zijn onderneming maakte. Hij gaf haar een privacy contract om te ondertekenen, waarin stond dat het zijn zaak en klanten beschermde en dat het wettelijk en bindend was, omdat het was opgesteld door de advocaten van de club. Nadat ze het papier gelezen en ondertekend had, nam hij het van haar over en overhandigde haar verschillende andere.

"Ik dacht dat deze je zouden helpen met je onderzoek. De bovenste twee pagina's zijn algemene contracten die sommige leden gebruiken als ze onderhandelen over een tijdelijke relatie tussen Dominant en onderdanige die meer dan één of twee nachten gaat duren. Meestal geeft het contract aan dat beide partijen akkoord gaan om voor een bepaalde tijd te spelen, zoals een week of een maand, en waar het spel uit zal bestaan. Aan het eind van de afgesproken tijd gaan beide partijen ieder hun eigen weg."

"Is een contract niet een beetje koud?" Er was weinig

dat ze kon doen om de cynische toon in haar stem of haar geschokte uitdrukking te verbergen.

Hij hield zijn hoofd schuin alsof hij nadacht over haar vraag - een contract kon koud overkomen op iemand die niet bekend was met de levensstijl. "Je moet iets begrijpen. Hoewel er hier koppels zijn die getrouwd zijn of een lang-durige relatie hebben, zijn er vele anderen die niet op zoek zijn naar iets anders dan iets tijdelijks. Op deze manier is er een einddatum en is er geen ongemakkelijke discussie aan het einde van de relatie."

Kristen knikte en schreef een paar aantekeningen in het notitieboekje dat ze bij zich had. Ze begreep wat hij zei, maar wist niet zeker of ze ooit een contract kon tekenen om seks te hebben met een man die een deadline bevatte waarin stond wanneer ze elkaar niet meer zouden zien.

"De andere papieren zijn de regels van de club, een lijst van protocollen die onderdanigen geacht worden te volgen, en een lange lijst van BDSM-activiteiten. Onderdanigen vullen de checklist in met hun harde en zachte grenzen, of rode en gele grenzen zoals sommige mensen ze noemen. Weet je wat dat zijn?"

Voordat ze *Satijn en Zonde* schreef, had ze veel op internet gezocht naar elk aspect van BDSM dat ze kon vinden. Ze was verre van een expert over het onderwerp, maar ze kende de basis. "Als mijn onderzoek correct was, zijn harde grenzen iets wat een onderdanige niet wil probe-ren, dingen die een totale turn-off voor hen zijn. Zachte grenzen zijn dingen waar ze nieuwsgierig naar zijn en misschien wel willen proberen, maar ze hebben het nog nooit eerder gedaan, of als ze het wel hebben gedaan, hebben ze nog niet besloten of ze het nog een keer willen doen."

"Correct. En nadat ze een van hun gele zachte limieten

hebben geprobeerd, hebben ze de neiging om het te verplaatsen naar de groene, of de rode kolom. Er zijn sommige activiteiten die alleen een select groepje aanspreken, terwijl er andere zijn waar vrijwel iedereen voor in is. De harde en zachte limietenlijst van de onderdanigen is hier beschikbaar aan de balie voor de Doms om te bekijken, zodat ze weten wie ontvankelijk zou zijn voor een bepaalde activiteit. Op de checklist, zijn de activiteiten met een sterretje helemaal niet toegestaan in de club."

Kristen hield haar hoofd scheef. "Zoals?"

"Zoals vuurspel en alles waar bloed, urine of uitwerpselen aan te pas komen, naast een paar andere extreme activiteiten."

"*Eikes.*" Kristen huiverde. Ze had op internet gelezen over het spelen met lichaamsvloeistoffen en de gedachte daaraan vond ze nog steeds weerzinwekkend.

Hij glimlachte en lachte om haar reactie. Als ze hem ergens anders had ontmoet, zou ze moeilijk kunnen geloven dat hij een Dom was. Ondanks zijn leeftijd had de man een jongensachtige charme.

"Precies! Ik ben het met je eens. Ieder spel met lichaamsvloeistoffen spreekt me helemaal niet aan, maar geloof het of niet, er zijn mensen die er wel in meegaan. In dezelfde lijn moet elke klant elke zes maanden een lichamelijk onderzoek en bloedonderzoek ondergaan bij een van onze artsen om hun speelprivileges te behouden, en vaginale en anale seks zonder condoom is verboden in het gebouw, zelfs tussen partners die al lang samen zijn.

"Eens kijken, wat kan ik je nog meer vertellen? Eh . . . oh, we hebben een bar, en alcohol is beperkt tot twee drankjes als leden van plan zijn om te spelen. De barmannen hebben een computerprogramma om bij te houden hoeveel drankjes er aan een lid zijn geserveerd.

Hetzelfde programma wordt gebruikt om de leden elke maand te factureren, zodat ze geen contant geld bij zich hoeven te hebben, alleen een sleutelkaart. Het is vergelijkbaar met wat gebruikt wordt op cruiseschepen. De serveersters en de beveiliging hebben handcomputers die dezelfde informatie bijhouden en het wordt gecontroleerd voordat een lid een speelruimte mag betreden, openbaar of privé. Hetzelfde programma wordt gebruikt om een lid te markeren die te laat is voor een lichamelijk onderzoek."

Meester Mitch praatte verder terwijl Kristen zo snel als ze kon in haar notitieblok krabbelde. "Af en toe vraagt een klant of hij een gast mag meenemen. Dat mag alleen na een antecedentenonderzoek van de gast en ze mogen hier niet spelen, tenzij ze zijn goedgekeurd door een van onze stafartsen. Het duurt een paar weken voordat een gast is goedgekeurd, dus het is niet iets wat zomaar even snel kan worden gedaan. De klant die de gast heeft uitgenodigd, is verantwoordelijk voor hem en kan hem niet alleen laten. Gasten krijgen een geel polsbandje, zodat de Dungeon Masters en de beveiliging weten wie ze zijn. Alle klanten hebben een uitgebreide achtergrondcontrole ondergaan en om de paar maanden worden hun namen gecontroleerd op arrestaties of omgang met de politie die ons zorgen kunnen baren, zoals een oproep voor huiselijk geweld bij hen thuis."

Ze keek op van haar aantekeningen. "Wow. Is dat niet veel werk voor jullie?"

"Nou, we hebben een beveiligingsbedrijf die dit voor ons doet, maar het is nodig om de veiligheid van onze cliënten te waarborgen."

"Nog andere regels?" vroeg ze, terwijl ze de informatie die hij haar gaf fascinerend vond. Er waren gegevens genoeg op het internet, maar soms was er een echt persoon nodig om je te helpen een onderwerp ten volle te begrijpen.

"Nou, het is duidelijk dat je wat onderzoek hebt gedaan naar het onderwerp, toch? Dus, je weet wat een stopwoord is, correct?"

Ze knikte. "Als een onderdanige zijn stopwoord gebruikt, wordt al het spel onmiddellijk stopgezet."

"Juist. We gebruiken hier gekleurde stopwoorden zodat er geen misverstanden zijn tussen onze leden, de Dungeon Masters en de beveiliging. Als een sub een ander stopwoord gebruikt en een Dom luistert er niet naar, weet een Dungeon Master misschien niet dat er een probleem is. Rood betekent stoppen, geel betekent vertragen of pauzeren om een probleem op te helderen, groen betekent dat ze kunnen gaan. Het niet opvolgen van een stopwoord betekent een automatische schorsing van drie maanden en een tweede overtreding resulteert in beëindiging van het lidmaatschap. Maar we hebben nog nooit iemands lidmaatschap om die reden moeten beëindigen."

Tevreden dat ze zich zou houden aan het privacy contract dat ze had ondertekend, opende hij uiteindelijk de linker houten deur en gebaarde haar voor hem uit naar binnen te lopen. Drie stappen voorbij de doorgang bleef ze even staan, vol ontzag over het fantasieland voor haar. De eerste verdieping waar zij stonden, bestond uit een extra breed balkon in de vorm van een hoefijzer, dat uitkeek op de benedenverdieping. Links van haar was er een grote gebogen bar die de lijnen van het hoefijzer volgde. Aan de twee lange, tegenover elkaar liggende zijden van het balkon waren veel zithoeken, vergelijkbaar met die in de lobby. Hoog boven de zithoeken waren horizontale getinte ramen die overdag licht binnenlieten en hij vertelde haar dat de binnenkant van de club van buitenaf op geen enkel moment te zien was. Langs de koperen balustrades stonden krukken en cafétafels waar mensen konden zitten om te zien wat er beneden gebeurde. Ongeveer zes meter voor de bar was een grote trap met koperen leuningen die naar beneden leidde die Kristen deed denken aan de trap waarop haar bruilofts-gasten foto's hadden genomen in het hotel waar haar receptie werd gehouden.

Aan de andere kant van het gebouw, waar het hoefijzer eindigde, was een muur met twee deuren, de ene van glas en de andere van hout. Meester Mitch vertelde dat de glazen deur toebehoorde aan een kleine winkel waar ze een verscheidenheid aan seksspeeltjes en fetisj-kleding verkoch-ten. De andere deur was van een gang die leidde naar de kantoren en een nooduitgang. De kleedkamers bevonden zich direct onder de bar. Er was een ingang naast de dubbele uitgangsdeuren met een korte gang en twee trappen die naar de dames- en herenkleedkamers leidden. Leden konden de kleedkamers ook vanaf de gelijkvloers betreden.

Toen ze verder de club in liepen, ging zijn mobiele tele-foon over. Hij nam hem uit de holster op zijn heup en keek naar het scherm. "Mijn excuses, maar ik moet deze opne-men. Ga alstublieft aan de bar zitten, dan kom ik zo bij u." Hij plaatste de telefoon aan zijn oor en stapte een beetje bij haar vandaan. "Hey, Ian, wat is er?"

Ze deed wat hij vroeg en nam plaats terwijl ze het papierwerk doornam dat hij haar gaf. Ze had zich nooit gerealiseerd hoe ingewikkeld de levensstijl was - contracten, lijsten, protocollen en regels. Het was een wonder dat iemand nog tijd had voor seks. Hoewel hij had gezegd dat een onderhandeling tussen Dom en sub een gebruikelijk onderdeel van BDSM was, kon ze het niet helpen dat ze het allemaal zo klinisch vond, alsof ze naar haar gynaecoloog ging voor haar jaarlijkse onderzoek.

Ze was teleurgesteld dat het midden in de middag was

en de club leeg, op haar en Meester Mitch na. Ze zou graag het uitzicht en de geluiden van de club willen horen als die in volle gang was. Het zou een enorme hulp zijn geweest bij de beschrijvingen die ze schreef van haar fictieve club "Leathers," maar die optie werd haar niet aangeboden.

Enkele minuten later hing Mitch de telefoon op en gebaarde dat ze bij hem moest komen boven aan de grote trap. Ze luisterde terwijl hij haar de verschillende ruimtes en apparaten uitlegde en haar de trap afleidde naar de "pit".

"De pit?" had ze nieuwsgierig gevraagd.

Hij lachte en schudde zijn hoofd. "Ja, in het begin noemden we dit de kerker . . . een beetje cliché, maar dat is eigenlijk wat het is. Ergens in de loop van de tijd begonnen de toeschouwers boven het de pit te noemen en dat is zo blijven hangen."

"Ik vind het leuk . . . het past," zei ze tegen hem. "Het doet me denken aan het Colosseum in Rome."

"Misschien moeten we gladiator spelen organiseren. De subs zouden het geweldig vinden."

Kristen grinnikte, terwijl ze een snelle aantekening maakte op haar schrijfblok. "Misschien steel ik dat idee wel en zet het in mijn boek."

"Alleen als je me gedeeltelijk creatief krediet geeft," plaagde hij.

Kristen lachte harder. "Afgesproken."

Toen ze de gelijkvloers bereikten, zette ze nog een paar stappen en draaide zich toen in een bocht van driehonderdzestig graden, om zoveel mogelijk in zich op te nemen. De kleurencombinatie rood en grijs was doorgetrokken in dit deel van de club en vormde een perfecte aanvulling op de verschillende toestellen die zich in de afzonderlijke zones bevonden. Elke ruimte was afgescheiden met roodfluwelen touwen die aan koperen haken hingen, terwijl de smeedijzeren hangers en kroonluchters het plaatje compleet maakten.

"Zo, is het wat je je ervan had voorgesteld?"

Kristen draaide zich terug naar Meester Mitch. "Het is beter dan ik me ooit had voorgesteld," vertelde ze hem eerlijk. "Ik dacht niet dat ik dit zou zeggen, maar het is prachtig."

"Had je meer iets verwacht in de trant van een vochtige donkere kerker ergens in een of ander kasteel?" Hij lachte. Mensen die nieuw waren in zijn levensstijl leken altijd verbaasd hoe elegant zijn club was.

"Zoiets, denk ik. Ik weet niet zeker wat ik verwachtte, maar ik weet dat het dit niet was."

Hij begon haar de verschillende afdelingen te laten zien en stopte in het midden van de enorme ovale ruimte, naast een 60 centimeter hoog podium. Daarop stond een twee meter tien hoog, houten Andreaskruis met zwarte leren bekleding over een deel van het oppervlak, en het was vanuit elke hoek van de kamer te zien. Aan de boven- en onderkant van het kruis zaten leren pols- en enkelboeien. Hoewel het aan middeleeuwse marteling deed denken, wist Kristen dat het een veelgebruikt instrument was in de levensstijl waarnaar ze onderzoek deed. Een erotische rilling ging door haar heen toen ze zich voorstelde dat ze er naakt en vastgebonden tegen stond, zodat iedereen haar kon zien.

Ze schudde de gedachte van zich af en begon een lijst met vragen door te nemen die ze had opgeschreven voordat ze kwam. Ze ontdekte dat zijn antwoorden waardevol waren voor haar onderzoek, terwijl ze nog een aantal pagina's vol noteerde. "Hoeveel leden heeft u?"

"Meer dan driehonderdvijftig, maar sommigen van hen wonen parttime in de buurt, dus komen ze maar een paar keer per jaar. De wachtlijst bedraagt meer dan tweehonderd mensen en dat is alleen voor deze club. Er zijn vier andere clubs in de omgeving van Tampa, maar slechts twee daarvan zijn privé. De andere zijn open voor het publiek, wat naar mijn mening niet veilig is. Ze houden hun leden niet bij en iedereen kan zo binnenlopen en beginnen te spelen. Hoe dan ook, The Covenant heeft een elite clientèle en de reputatie de club te zijn om er bij te horen. En dat is niet mijn ego. We hebben hard gewerkt om de beste van de streek te worden."

"Miljaar!" Meer dan driehonderdvijftig leden, waarvan meer dan de helft probeert lid te worden? Ze had verwacht dat hij minder dan honderd leden zou zeggen.

"Je had niet gedacht dat zoveel mensen aan kink deden, hè?"

Kristen schudde verbaasd haar hoofd toen hij verder ging. "We hebben hier een capaciteit voor vijfhonderd mensen, goedgekeurd door de brandweerinspecteur, maar ik betwijfel of we de aantallen ooit zo hoog zullen laten oplopen."

"Hé, Mitch, heb je al met Ian gesproken?" Een mannenstem weergalmde in de lege club. Toen ze zich beiden omdraaiden naar de grote trap waar iemand naar beneden kwam, hoorde Kristen: "Wat doe jij hier in godsnaam?"

Ze bevroor en zocht in gedachten naar een antwoord toen een zeer sexy, en zeer nijdige, Devon op haar afliep en op centimeters van haar gezicht stopte. *Oh-ow.* Dit was niet goed. *Wacht eens even . . . wat doe jij hier in godsnaam?* Wat deed hij hier in godsnaam?

Mitch wierp een blik van Devon naar Kristen en weer terug. Het was duidelijk dat hij zowel geamuseerd als nieuwsgierig was. "Umh, de laatste keer dat ik het controleerde, Dev, was ik hier de baas. Dat is wat ik hier in gods-naam doe."

Devon bleef haar aankijken, en ze wenste plotseling dat ze ergens anders was dan hier toen hij gromde. "Donder op, Mitch. Ik heb je een vraag gesteld, Kristen. Laat het me je niet nog eens vragen."

Kristens rug rechtte zich. Wie dacht hij wel dat hij was? "Niet dat het jou iets aangaat, maar Meester Mitch was zo aardig om me een rondleiding te geven in zijn club voor wat onderzoek dat ik doe voor mijn boek."

"Onderzoek?" Zijn wenkbrauwen fronsten in verwar-ring. "Voor het geval het je nog niet was opgevallen, dit is een BDSM seksclub, Kristen".

*Serieus?* "Natuurlijk heb ik dat gemerkt, en het is duidelijk dat dat feitje niet aan je voorbij is gegaan, of wel? Ga nu alsjeblieft weg en laat me mijn rondleiding afmaken."

Mitch' gelach werd onderbroken door Devons dodelijke blik, en hij deed een stap achteruit. Hij probeerde duidelijk zijn amusement in te houden.

"Wat dacht je, Mitch? Een rondleiding? Wat zijn we, verdomme Disney World?"

"Ik heb Marco haar achtergrond laten controleren. Brody had het druk. Nadat ik bevestigd had dat ze fictie schreef en geen reporter was, dacht ik dat het goed was. Ze heeft geen camera's of recorders."

"Hoe ben je in godsnaam überhaupt achter de club gekomen?" Hij begon haar weer te ondervragen.

Ze hief haar kin uitdagend op. Ze zou zich niet door deze man laten intimideren, hoezeer ze zich ook tot hem aangetrokken voelde - en verdomme, werd het hier warm? "Een van mijn bètalezers is lid, en zij heeft voor mij contact opgenomen met Meester Mitch."

Devons ogen dwaalden af naar zijn neef met een onuitgesproken vraag. "Shelby" was het antwoord dat hij kreeg.

Kristen snoof. Ze had zijn vragen beantwoord, maar nu werd ze woedend omdat hij zijn neus stak in zaken die hem niet aangingen. "Dit gaat je echt niets aan, Devon."

Devon staarde haar aan en gromde opnieuw. "Niet mijn zaken? Kijk, daar heb je het mis, Pet, dit zijn mijn zaken. Ik bezit deze club."

Haar mond viel open terwijl ze heen en weer keek tussen de twee mannen. "J-jij bezit de club? Ik dacht dat Meester Mitch de eigenaar was."

"Hij is mijn neef. We zijn mede-eigenaar, samen met mijn broer. Sta me toe me opnieuw voor te stellen. Ik ben Meester Devon."

Kristens mond werd droog. Shit! Dit kon niet waar zijn. Van alle dingen die vandaag fout konden gaan, had ze dit niet verwacht. Was hij een Dom? Ze wist dat ze in de problemen zat, maar wist niet waarom, of wat ze moest zeggen, dus staarde ze hem alleen maar aan. Haar kin viel bijna tegen de grond van verbazing.

* * *

"Wat voor onderzoek doe je? Je boeken zijn nogal vanilla als het op seks aankomt, dus waarom moet je in godsnaam onderzoek doen naar een BDSM-club?" Devon besefte zijn fout zodra de woorden uit zijn mond waren, maar er was geen manier om ze terug te nemen.

"Heb je mijn boeken gelezen?"

Ze klonk net zo geschokt als Mitch keek. *Geweldig, gewoon geweldig.* Het zou lang duren voordat zijn neef dit gesprek vergeten was. Devon sloeg zijn armen over elkaar en dwong haar een stap achteruit te doen. Sinds Marco haar achtergrond had gecheckt, was de naam hem niet bekend voorgekomen. Brody, die gewoonlijk de controles deed, zou hem meteen herkend hebben en het hem gezegd hebben, om hem van deze kleine verrassingsontmoeting te redden. "Ik heb er geen enkele gelezen. Jenn had één van de boeken die je haar gegeven had op de bar laten liggen. Ik was nieuwsgierig naar je en bladerde er doorheen. Stop nu met het omzeilen van mijn vragen."

Mitch schraapte zijn keel. "Ik heb een vraag. Hoe kennen jullie elkaar?"

Om zijn neef niet nog meer munitie te geven voor toekomstige grappen, rolde Devon met zijn ogen. "Hou je mond, Mitch."

Maar tot zijn ontsteltenis, sprak Kristen op hetzelfde moment. "We hebben vanavond een afspraakje."

Mitch' ogen verwijdden zich, alsof hij haar niet goed gehoord had. Devon kon bijna raden wat zijn neef dacht. *Devil Dog? Op een afspraakje? Zoals een afspraakje? Verdomme, het einde van de wereld moet nabij zijn.* Met gevoel voor dramatiek stak de eikel zijn vinger in zijn oor om te doen alsof er iets mis was met zijn gehoor. "Ik weet niet zeker of ik je goed hoorde, kun je dat herhalen? Het klonk alsof je zei dat jullie een afspraakje hadden."

Voordat ze antwoord kon geven, gromde Devon, wat hij wel vaker leek te doen in haar bijzijn. "Mitch, als je weet wat goed voor je is, ga je naar boven en maak je een inventaris of zoiets. Ik maak de rondleiding van juffrouw Anders wel af."

* * *

Tot Kristens schrik zuchtte Meester Mitch en liep naar de trap. "Vergeet niet dat ze niet mag spelen."

"Ik weet het. Ik was erbij toen we de clubregels schreven."

De man stopte niet de trap op te lopen, maar verhief zijn stem zodat ze hem toch kon horen. "Juffrouw Anders, maak je geen zorgen. je bent in goede handen. Oh, vergeet niet, het stopwoord van de club is 'rood.' Ik ben bij de bar als je het wilt gebruiken."

Haar ogen verwijdden zich. Hij kon haar toch niet alleen laten met Devon? De man zag eruit alsof hij haar de komende drie dagen achter elkaar een pak slaag wilde geven en, goeie God, waarom maakte die gedachte haar nat?

Devon deed een stap naar haar toe. Kristen reageerde onmiddellijk en deed twee stappen achteruit, op zoek naar een manier om hem te omzeilen. Hij trok zijn wenkbrauwen op en deed nog een stap. Ze probeerde niet meer te reageren, maar voor ze het wist, had hij haar tegen de muur gedrukt en stopte vlak voor haar, haar ontsnapping blokkerend. Zonder een woord te zeggen, stak hij zijn hand uit en pakte haar blocnote en papieren, gooide ze op een tafeltje achter hem en deed hetzelfde met haar pen en tas.

Toen pakte hij haar polsen vast en bracht haar armen boven haar hoofd. Er waren maar een paar centimeters tussen hun lichamen, en ze kon de warmte van zijn lichaam voelen. Ze wenste dat hij een halve stap naar haar toe zou doen, dan zou ze weten hoe het voelde om in contact te zijn met zijn harde borstkas, gebeeldhouwde buikspieren en slanke heupen. Oh, en vergeet de enorme erectie niet die hij had.

"Ogen omhoog, Pet."

De hemel helpe haar. Ze tilde haar kin op om een opmerkzame grijns op zijn gezicht te zien en ze werd rood, wetende dat ze betrapt was op het staren naar zijn kruis.

Hij leunde voorover, zijn mond raakte bijna haar oor en fluisterde: "Je hebt mijn vraag nog steeds niet beantwoord."

De woorden waren misschien eenvoudig, iets wat je in een alledaags gesprek zou kunnen horen, maar op de een of andere manier liet hij ze erotisch klinken en het verhitte gevoel van zijn adem op haar oor hielp daar niet bij. Ze slikte hard, haar benen trilden. Niet uit angst, hij zou haar niet fysiek pijn doen. Ze wist niet hoe ze dat wist, maar ze wist het. Maar nee, het was de seksuele elektriciteit tussen hen die haar niet in staat stelde haar trillende spieren onder controle te houden. "Wat . . . wat was de vraag ook alweer?"

"Waarom doe je onderzoek naar BDSM als je over vanille seks schrijft?"

*Kon hij niet een beetje afstand houden?* "Mijn eerste negen boeken zijn vanille, maar mijn laatste boek was gebaseerd op een BDSM-club en . . . en nu schrijf ik de tweede in een serie."

"Je hebt mijn nichtje een kinky roman te lezen gegeven?" Hij klonk er helemaal niet blij over.

"Eigenlijk heb ik die niet aan haar gegeven, alleen de andere. Het voelde een beetje raar om een negentienjarige een BDSM-boek te geven."

Ze haalde diep adem en was opgelucht toen hij een stap achteruit deed. Maar haar gevoel van opluchting duurde niet lang toen ze zich realiseerde dat haar armen vastzaten. Terwijl ze haar hoofd omhoog hield, trok ze aan haar armen en ontdekte dat hij haar polsen had vastgebonden met velcro handboeien dat aan de overhang van het balkon bungelden. Hoe kon ze niet gemerkt hebben dat hij dat deed? Oh God, ze zat in de val.

Ze staarde hem aan en zag tot haar grote ergernis dat hij met een sinistere grijns naar haar lachte, zijn armen weer over zijn gespierde borst gekruist. Verdomme de man was prachtig . . . en gevaarlijk. Niet op een slechte manier, maar ook niet op een goede. En hier stond ze dan, zonder enige mogelijkheid om te ontsnappen. Ze zou niet in paniek raken. Meester Mitch was boven. Ze was veilig, nietwaar ? "Laat me gaan." Ze hoopte dat ze zelfverzekerd zou klinken, maar in plaats daarvan klonk het ademloos.

Hij schudde zijn hoofd. "Niet voordat jouw rondleiding is voltooid."

Verdomme, waarom had ze niet gemerkt hoe arrogant de man was? "Ik wist niet dat praktijklessen deel uitmaakten van de rondleiding."

Devon schoot in de lach. "Oh, wat hou ik van brutale onderdanigen. Ze geven me genoeg redenen om hun billen een pak slaag te geven. En ik zeg je, op dit moment jeukt mijn hand om jouw lekkere kontje te pakken."

"Ik ben geen onderdanige."

De blik die hij haar gaf, zei dat hij haar geen seconde geloofde, voordat hij zich omdraaide en drie stappen zette naar de tafel waar hij haar spullen had neergelegd. Hij draaide een houten stoel om en ging tegenover haar zitten. Zonder een woord te zeggen pakte hij haar schrijfblok en de papieren die Mitch haar had gegeven en begon ze door te kijken.

"Hé, dat zijn mijn spullen. Ik heb je geen toestemming gegeven om door mijn aantekeningen te kijken."

"Zwijg."

Hij keek niet op toen hij het diepe bevel gaf en het liet een rilling door haar lichaam gaan. Ze begon om zich heen te kijken en probeerde uit te vinden hoe ze uit de boeien kon komen. Ze zou doodsbang moeten zijn, maar om de een of andere reden was dat niet zo. In plaats daarvan was ze opgewonden, wat haar een beetje bang maakte . . . nou ja, eigenlijk, heel erg. Ja, ze had hierover gefantaseerd en ze schreef erover, maar in het echt trok het haar toch niet aan? Blijkbaar wel, want tijdens haar hele huwelijk was ze nog nooit zo opgewonden geweest en Devon had alleen haar polsen aangeraakt. Wat zou er gebeuren als hij haar op andere plaatsen zou aanraken? Zou ze dat willen? Haar lichaam schreeuwde naar haar-Verdomme, ja!

Ze keek naar hem en realiseerde zich dat hij nu de papieren aan het lezen was die Mitch haar gegeven had. *Verdorie!* Terwijl Mitch aan het bellen was geweest, bladerde zij door de checklist voor zachte en harde grenzen. Ze vulde niet het hele formulier in, maar had wel afgevinkt wat zij als harde grenzen beschouwde. Al het andere sloeg ze over, van plan om de lijst later nog eens door te nemen om uit te zoeken wat ze dacht dat ze leuk zou vinden en waar ze niet zeker van was. "Hé, stop! Dat is privé!"

Devon rolde met zijn ogen en zuchtte, waarna hij opstond van zijn stoel. Zonder haar aan te kijken, liep hij naar een kast die ze niet had opgemerkt en die een paar meter van haar vandaan in de muur was ingebouwd. Hij pakte er iets uit en sloot het deurtje weer voordat hij terug-liep naar zijn stoel. Hij draaide zich naar haar toe en hield een voorwerp omhoog. "Weet je wat dit is, Pet?"

Ze had het gevoel van wel, maar ze beet op haar onderlip en schudde haar hoofd.

"Het is een ball gag. Gewoonlijk geef ik een bevel maar één keer en verwacht ik dat het wordt opgevolgd, maar omdat dit nieuw voor je is, is dit je tweede en laatste waar-schuwing. Blijf stil tenzij ik je een vraag stel. Je enige antwoord moet 'ja, Sir' of 'nee, Sir' zijn, tenzij ik je om een gedetailleerd antwoord vraag. Iets anders uit je mond zal resulteren in het gebruik van de ball gag. Begrepen?"

Terwijl haar meisjesdelen begonnen te kloppen, knikte

Kristen met haar hoofd en hij fronste zijn wenkbrauwen naar haar. "J-ja, Sir."

"Wil je jouw stopwoord gebruiken? Zo ja, dan laat ik je los en begeleid je naar buiten . . . zonder je onderzoek, natuurlijk."

*Wat?!* Verdorie, hij meende het. "Nee, Sir."

* * *

Devon legde de ball gag op tafel waar ze hem zeker zou zien telkens ze naar hem keek. Hij was blij om een rilling door haar lichaam te zien gaan en een nerveuze, maar verhitte blik in haar ogen. Hij hield ervan de psychologische spelletjes van BDSM te spelen en, verdomme, hij wilde ook de fysieke spelletjes met haar spelen, maar nu was niet het moment. In plaats daarvan ging hij weer zitten en bekeek haar checklist opnieuw. Omdat hij er in het verleden honderden had gezien, duurde het niet lang voor hij haar gedeeltelijke lijst had gelezen, maar hij deed alsof hij er de tijd voor nam.

Hij wachtte . . . en wachtte. En ja hoor, daar was het. Ze begon te kronkelen. Haar heupen en voeten bewogen heel lichtjes, maar genoeg voor hem om het op te merken. Ze wreef haar dijen tegen elkaar en hij wist zonder twijfel dat haar kutje nat was. "Ik ben blij te zien dat de meeste van je harde grenzen overeenkomen met die van mij, maar ik zou graag zien waar je de activiteiten plaatst die je nog niet hebt afgevinkt. Ik ben ook benieuwd waarom tepelklemmen voor jou een harde limiet zijn? Ik geloof niet dat ik dat ooit eerder heb gezien op een lijst van harde limieten voor onderdanigen."

Kristen slikte hard, en haar roze wangen kleurden nog

dieper. "M-mijn tepels zijn te gevoelig, Sir. De gedachte aan klemmen maakt me bang."

Verward staarde hij haar aan en probeerde erachter te komen wat ze hem niet vertelde. Iets in haar verklaring klonk hem vreemd in de oren. "Als je één van alle harde grenzen die je hebt aangevinkt naar een zachte grens moest verplaatsen, welke zou je dan kiezen?"

Ze pauzeerde in duidelijke gedachte. "De zweep, Sir."

*Wat krijgen we nou?* "Je zou een zweep kiezen boven tepelklemmen?"

"Ja, Sir."

Met een verbaasde blik op zijn gezicht stond Devon weer op en liep naar haar toe. "Ik denk dat er iets meer aan de hand is dan alleen gevoelige tepels, maar ik zal het voor nu laten rusten. Ben je ooit eerder vastgebonden geweest of geslagen?"

"Nee!"

"Maar de gedachte om die dingen te doen wind je op." Hij stopte voor haar. Zijn woorden kwamen er misschien niet uit als een vraag, maar hij wachtte nog steeds op een antwoord.

Ze opende haar mond met wat hij wist dat een ontkenning was, maar sloeg hem weer dicht toen zijn ogen zich vernauwden. "Lieg niet tegen me, Pet." Ze was wijs genoeg om te zwijgen, en hij staarde haar een minuut aan voor hij weer sprak. "Ik denk dat ik onze plannen voor vanavond ga veranderen."

* * *

Kristen voelde het lood in haar schoenen zakken. "Zeg je onze afspraak af?"

Hij nam de wijsvinger van zijn rechterhand, reikte

omhoog en legde die op haar linker onderarm. Zijn aanraking was licht toen hij met zijn vinger over haar arm naar haar elleboog ging en toen verder, haar oor en nek aanrakend. Zijn ogen volgden de beweging. Vanaf haar sleutelbeen volgde hij de rand van haar shirt, beneden naar haar borst, over de bolling van haar borsten, en weer omhoog naar haar rechteroor. Haar ademhaling nam toe en haar tepels kregen een eigen wil. Ze ontwikkelden zich tot harde knobbeltjes, smekend of hij ze wilde aanraken.

"Oh nee, Pet, helemaal niet. Ik ga er alleen maar aan toevoegen. We gaan nog steeds uit eten." Hij pauzeerde en haar tong schoot uit om haar droge lippen te bevochtigen. Warmte laaide op in zijn ogen als antwoord. "Hmmm. Maar daarna komen we hierheen en geef ik je als mijn gast een volledige rondleiding. Aangezien Marco een veiligheidscheck op je heeft gedaan, zal het geen probleem zijn. Ik heb wel een paar eisen nu onze plannen veranderd zijn. Ik wil dat je de meest sexy jurk of rok draagt die je hebt en geen ondergoed. En ik bedoel geen slipje of bh, Pet. Zo ga je naar het diner. Als je me niet gehoorzaamt, neem ik je mee naar het damestoilet en verwijder ik ze zelf. Begrepen?"

Kristen stond praktisch te kwijlen, haar slipje was doorweekt. Was het mogelijk om klaar te komen terwijl ze volledig gekleed was, van een vederlichte aanraking en zijn woorden alleen? Haar stem kwam er schor uit. "J-ja, Sir."

"En draag je haar los." Hij gaf haar staart een zachte ruk. "Ik wil dat je de protocollen van de club leest en begrijpt. Er wordt van je verwacht dat je ze volgt, hoewel ik je wat speling geef omdat dit nieuw voor je is. Als je vragen hebt, kun je ze tijdens het diner stellen. Als laatste, maar niet minst belangrijke, wil ik dat je je checklist invult.

Haar ogen verwijdden zich, dat kon hij niet menen. "Maar ik dacht dat gasten niet mochten spelen zonder een lichamelijk onderzoek en . . . en zo." Op zijn opgetrokken wenkbrauw, voegde ze eraan toe: "Sir."

Zijn vinger volgde de weg die hij eerder had afgelegd, langs haar nek, over haar borsten, en toen weer omhoog. "Correct. Maar door je de lijst te laten invullen, weet ik welke scènes ik je moet laten observeren. Voordat ik je naar huis laat gaan om je klaar te maken voor onze . . . afspraak, heb je nog vragen?"

Ze had er meer dan ze kon tellen in het volgende uur of zo, maar ze antwoorde: "Nee, Sir."

"Wil je onze afspraak afzeggen?"

Wilde ze dat? Absoluut niet. "Nee, Sir."

"Goed." Hij reikte omhoog en verwijderde de boeien van haar polsen. "Ik loop met je mee naar je auto."

# Hoofdstuk 6

"Probeer deze eens. Ik denk dat die je perfect staat."

Kayla London pakte het zwarte jurkje uit Kristens kast en gaf het aan haar terwijl Will op haar bed ging liggen, gesteund op een paar kussens. Op weg van de club naar huis had Kristen hem in semi-paniek gebeld. Hij had op zijn beurt Kayla gebeld. De vrouw was een van Wills beste vrienden en Kristen had meteen een klik met haar gehad toen ze elkaar voor het eerst ontmoetten. Will had de twee een paar maanden eerder aan elkaar voorgesteld toen Kristen naar Tampa was gereisd om een appartement te zoeken voordat ze ging verhuizen. Kayla en haar vrouw, Roxy, waren haar beste vriendinnen geworden, en hoewel ze haar ermee plaagden, probeerden ze nooit een van hun vriendinnen aan de haak te slaan.

Nadat Kristen haar had verteld over haar etentje en waar ze daarna heen zouden gaan, was het modebewuste duo haar te hulp geschoten. Ze had geen idee wat ze aan moest trekken. Het moest iets zijn dat geschikt was voor het diner en dat verborg dat ze geen ondergoed droeg, maar toch sexy genoeg voor de club.

Ze was zo nerveus. In haar maag fladderden nog steeds vlinders, die waren begonnen toen ze besefte dat Devon haar polsen had vastgebonden. Hij had zo boosaardig geglimlacht toen hij toekeek hoe ze een paar tellen met de boeien worstelde voordat ze het opgaf. Ze had het gevoel dat als ze in paniek was geraakt, hij haar zonder vragen zou hebben vrijgelaten, maar ze had zichzelf verrast door hem slechts één keer te vragen haar te laten gaan. Toen was ze zo gefocust op hem en de tintelingen in haar lichaam, dat ze bijna was vergeten dat ze gegijzeld werd.

Terwijl hij haar notities doorlas, bestudeerde ze hem nog wat meer. Toen ze hem voor het eerst ontmoette, had ze gedacht dat hij perfect was. Vandaag had ze gezien dat zijn neus een beetje scheef stond, alsof hij ooit gebroken was geweest. Hij had ook een vaag litteken van vijf centimeter langs zijn kaaklijn, iets onder zijn rechteroor en ze vroeg zich af wat de oorzaak daarvan was. Die kleine onvolkomenheden versterkten zijn knappe uiterlijk alleen maar en maakten hem nog sexier, als dat al mogelijk was.

Terwijl ze de badkamer inliep en de deur sloot om zich voor de derde keer om te kleden, zei Kayla tegen haar: "Ik ben zo jaloers dat je vanavond naar The Covenant gaat. Roxy en ik hebben zes maanden geleden een lidmaatschapsaanvraag ingediend en ik heb begrepen dat de wachtlijst bijna een jaar is, tenzij een Dom je sponsort. En zelfs dan duurt het een tijdje."

Kristen deed de katoenen spandex jurk over haar hoofd en trok hem langs haar lichaam naar beneden, de stof gladstrijkend. "Ik wist niet dat jullie twee. ...in de lifestyle zaten."

"We adverteren het niet, omdat de meeste mensen BDSM niet begrijpen en er negatief over denken. Roxy heeft me er jaren geleden bij betrokken toen we elkaar voor het eerst ontmoetten. Ze werd een Domme op de universiteit, maar had niet veel tijd meer om te spelen toen ze medicijnen ging studeren. Op dit moment zijn we lid van een andere privéclub, Heat, maar we gaan niet zo vaak als we zouden willen. We geven de voorkeur aan de bewaakte privacy en exclusiviteit waar The Covenant bekend om staat. Sommige ouders van Roxy's kinderen zouden flippen als ze erachter kwamen dat ze me graag een pak slaag geeft."

Kayla was een maatschappelijk werkster en Dr. Roxanne London had een bloeiende pediatrische praktijk. Ze waren ook de complete tegenpolen van elkaar. Kayla was een meter achtenvijftig, had maat tweeënveertig op een goede dag en maat vierenveertig op een slechte - haar woorden - en was blond met blauwe ogen. Roxy was achttien centimeter langer en had maatje zesendertig, kastanjebruin haar en hazelnootkleurige ogen. Kayla was ongeorganiseerd en hield van sciencefictionfilms, terwijl Roxy een netheidsfreak was die elke maand naar minstens één indiefilm of buitenlandse film ging, alleen of met een vriendin, omdat haar vrouw de neiging had tijdens die films in slaap te vallen. Maar ondanks hun verschillen, of misschien juist daardoor, vormden de twee het perfecte stel.

"Ik begrijp waarom je het privé wilt houden." Ze ritste de zijkant van de jurk dicht en bekeek haar spiegelbeeld in de spiegel boven de wastafel. *Niet slecht.*

"De meeste leden van de BDSM-gemeenschap doen dat. Als we andere leden in het openbaar, buiten de club tegenkomen, doen we of we ze ergens anders van kennen of helemaal niet."

Kristen opende de deur en stapte naar buiten zodat ze haar konden zien. Ze had de jurk maar één keer eerder gedragen, op een gala op oudejaarsavond na haar huwelijk. Haar ex vond het onthullende ontwerp met één schouder niet mooi en klaagde dat er te veel mannen naar haar keken. Maar ze hield ervan hoe de ruches in de taille haar maatje tweeënveertig een zandloperfiguur gaven. De zoom stopte halverwege haar dij en ze trok hem een beetje naar beneden, in een poging te verbergen dat ze geen ondergoed aan had.

"Bow-chicka-wow-wow." Laat het maar aan Will over om iets te zeggen dat haar aan het lachen maakte en deed vergeten hoe nerveus ze was.

Kayla floot. "Verdomme meid, die moet ik een keer lenen. Je ziet er heet uit."

Kristen bekeek haar spiegelbeeld in de spiegel die aan haar kastdeur was bevestigd en draaide zich van links naar rechts om de jurk van alle mogelijke kanten te bekijken. Naar huidige maatstaven zou ze misschien nooit mager worden, maar een paar vrienden van Will hadden haar verteld dat ze met haar rondingen en een blonde pruik Marilyn Monroe serieuze concurrentie zou hebben gegeven. "Weet je zeker dat ik er goed uitzie? Ziet het er niet te sletterig uit?"

"Sletterig? Nee. Hoge klasse callgirl? Ja. En dat is de manier waarop je eruit wilt zien, geloof me maar. Laten we eens kijken wat we kunnen doen met je haar en make-up. Will, kan jij een paar schoenen voor haar vinden om aan te trekken?" Kayla leidde haar terug naar de badkamer en Kristen probeerde zich Devons reactie voor te stellen als hij haar zag. Zou hij haar jurk mooi vinden of zou hij erover klagen zoals haar ex-man had gedaan? Ze hoopte dat het dat eerste zou zijn.

* * *

Devon wierp voor de vierde keer in minder dan twee minuten een blik op zijn horloge terwijl hij heen en weer ijsbeerde voor Toscane, het restaurant waar ze elkaar zouden ontmoeten. Ze was tien minuten te laat. Hij had haar bij haar thuis willen ophalen, maar besloot dat niet voor te stellen, omdat hij dacht dat ze zich zo meer op haar gemak zou voelen, gezien het feit dat hij nog een relatieve vreemde voor haar was. Een feit dat hij zo snel mogelijk wilde rechtzetten.

Hoe graag hij haar te laat komen ook als excuus wilde gebruiken om haar een pak slaag te geven, hij was meer bezorgd dat ze van gedachten was veranderd en niet meer durfde. Hij was geschokt toen hij haar voor het eerst in het midden van de pit zag staan. Maar de schok was veranderd in woede en jaloezie over het feit dat zij in zijn club was met Mitch en niet met hem. De twee hadden niets anders gedaan dan praten, maar verdomme, hij wilde degene zijn die haar kennis liet maken met BDSM . . . vooral omdat hij nu wist dat ze onderzoek deed naar de levensstijl waar hij van hield.

Achter hem hoorde hij het geluid van hakken die snel over het trottoir klonken. Terwijl hij zich omdraaide, bevroor hij toen Kristen op hem afliep. Ze was prachtig. Haar bruine haar viel in zachte krullen rond haar gezicht, en hij verlangde ernaar om er met zijn vingers doorheen te gaan. Haar gestijlde haar en de subtiele make-up die haar gezicht oplichtte, deden hem beseffen dat ze extra haar best had gedaan om zich voor te bereiden op hun afspraakje en die gedachte deed zijn hart sneller slaan. Hij keek toe terwijl ze op hem afliep, en hij slaagde erin een glimp op te vangen van haar zwarte jurk onder de lichte regenjas die ze droeg. Hoewel de temperatuur koeler was dan normaal voor een late septemberavond, was het niet koud of regenachtig buiten en hij nam aan dat de jas haar een zelfverzekerder gevoel gaf. Hij hoopte dat het betekende dat haar jurk een beetje uit haar comfortzone lag.

"Sorry dat ik te laat ben." Ze probeerde op adem te komen. "Ik kon mijn autosleutels niet vinden en daarna kon ik ook geen parkeerplaats vinden." In tegenstelling tot Donovan's, had Toscane geen eigen parking en moesten klanten parkeren op straat.

"Het is al goed, Pet. Ik zal het later wel op je achterste afreageren."

Kristen staarde hem aan. "Wil je me straffen omdat ik tien minuten te laat ben?"

"Yup." Hij keek op zijn horloge. "En jij bent dertien minuten te laat, dus ik denk dat dat vraagt om dertien kletsen. Dat is een behoorlijke hoeveelheid voor je eerste spanking."

Zonder haar de kans te geven te reageren, nam hij haar arm en begeleidde haar het restaurant in. Terwijl ze op de kelner wachtten, hielp hij haar uit haar jas en deed zijn best zijn tong niet in te slikken. Verdomme. Toen hij haar had gezegd de meest sexy jurk te dragen die ze had, had hij niet verwacht dat ze er een had die haar eruit liet zien als een verleidelijke Sirene. Met die jurk, haar kilometers lange benen en die zwarte acht centimeter hoge stiletto's zou die vrouw hem een hartaanval bezorgen. Hij zou haar heel snel moeten neuken met alleen die hakken aan.

Hij vouwde haar jas over zijn arm, gebruikte hem om de zwelling in zijn broek te verbergen, en leunde voorover om in haar oor te fluisteren. "Je ziet er prachtig uit, Pet. Ik wou dat ik je over een tafel kon buigen en je hier voor iedereen kon neuken. Maar omdat ik dat niet kan, vertel me, heb je mijn orders opgevolgd? Heb je je ondergoed thuisgelaten?

Want als je dat niet hebt gedaan, gaan we rechtstreeks naar het damestoilet, en het kan me niet schelen wie ons ziet."

* * *

Een roze blos verscheen op haar wangen en Kristen wenste bijna dat ze hem niet gehoorzaamd had, want ze voelde een opwinding in haar kutje. Als hij zo tegen haar bleef praten, zou het snel langs haar benen druipen.

"Ja." Ze fluisterde het woord, bang dat iemand haar zou horen en zou weten hoe opgewonden ze was.

"Bewijs het."

Ze snakte naar adem terwijl haar wangen nog meer verhit raakten. Ze stonden vooraan in een overvol restaurant en hij wilde dat ze bewees dat ze geen ondergoed droeg. Hoe moest ze dat in godsnaam doen zonder gearresteerd te worden voor onfatsoenlijk gedrag? "H-Hoe?"

Hij moet haar gedachten geraden hebben want hij grinnikte. "Niet op de manier die jij denkt, Pet. Draai je om, rustig en langzaam, en laat me voelen of ik ergens randen van een onderbroekje voel."

Hij legde zijn hand op haar heup en ze maakte een volledige draai, zijn hand bleef de hele draai in contact met haar lichaam, over beide heupen, de bovenkant van haar billen, en over haar onderbuik. Toen ze weer tegenover hem stond, wierp ze een blik in het rond en was opgelucht dat niemand op hen leek te letten.

"Heel goed, Pet. Je hebt jezelf gered van extra straf, al weet ik zeker dat ik nog wel iets anders zal vinden dat de teller zal doen oplopen voor de nacht voorbij is."

Ze was dankbaar dat zijn plagerij werd onderbroken toen de kelner dat moment koos om hen te benaderen en Devon zijn naam gaf waaronder de reservering stond. Het gaf Kristen de kans om haar verhitte lichaam weer onder controle te krijgen en haar date te inspecteren. Hij droeg een donkergrijze pantalon, zwarte instappers en een wit overhemd met knopen waarvan de mouwen tot het midden van zijn onderarmen waren opgevouwen. Zijn overhemd was niet strak, maar het had de perfecte snit om zijn lichaamsbouw te laten zien. Hij droeg geen sieraden, behalve een zwart duikhorloge om zijn linker pols. De look was eenvoudig maar klassiek, en hij had de cover van *GQ magazine* van deze maand kunnen sieren en miljoenen vrouwen hadden over hem staan kwijlen. Die gedachten deden haar even stilstaan bij dit alles. De man kon met een supermodel uitgaan als hij dat wilde, dus wat deed hij hier met haar? Ze keek om zich heen en merkte dat, nu hij tegenover de andere klanten stond, verschillende vrouwen hem met duidelijke belangstelling aan het bekijken waren.

Ze bedwong haar jaloezie en toen de kelner zei dat ze haar moesten volgen, gebaarde Devon dat Kristen voor hem uit moest lopen. De hele weg door het restaurant had ze het gevoel dat hij naar haar kont zat te lonken terwijl ze naar een tafeltje tegen de muur liepen. De gedachte deed haar glimlachen en ze zwaaide wat meer met haar heupen. Ze zou gezworen hebben dat ze een lage grom hoorde en ze giechelde in zichzelf.

Toen ze bij hun tafeltje aankwamen, was ze verbaasd dat hij een stoel voor haar achteruit trok om op te zitten, voordat hij zelf tegenover haar plaatsnam. Het gebaar gaf haar het gevoel dat ze een dame was. Ze kon zich niet herinneren dat Tom ooit haar stoel voor haar had uitgeschoven. Ze keek toe hoe Devon haar jas over de rugleuning van de lege stoel naast hem trok voordat de kelner hen hun menu's overhandigde en zich verontschuldigde. Hoewel de tafel maar twee couverts had, konden er toch vier mensen aan zitten, en daar was Kristen blij om. Ze had een hekel aan tafels voor twee personen omdat er nooit genoeg ruimte was en ze altijd een glas wijn of water omstootte. Het laatste wat ze vanavond wilde, was eruitzien als een kluns.

Een keurig geklede ober naderde hun tafel en schonk hun glazen water in. "Goedenavond, mijn naam is Kevin, en ik zal jouw ober zijn. Kan ik iets van de bar voor je halen terwijl je jouw menu's bekijkt?

Devon keek Kristen aan en trok vragend zijn wenkbrauw op. "Wil je een glas wijn of iets anders?"

"Witte wijn, graag - een riesling als ze die hebben."

Hij knikte en wendde zich toen weer tot de jongeman die stond te wachten. "Een Riesling voor de dame, en ik wil graag tonic met limoen. Dank u."

"Neem je geen alcohol?" vroeg ze, nadat de ober vertrokken was om hun bestelling op te nemen.

"Nee, ik drink niet."

"Nooit?" Het klonk alsof het het vreemdste was wat ze ooit had gehoord, maar ze kende geen mannen die niet op zijn minst af en toe een biertje of twee dronken.

"Nee."

De manier waarop hij dat ene woord uitsprak, maakte haar duidelijk dat ze het beste van onderwerp kon veranderen. Ze opende haar menu en begon de keuzes te bekijken. Alles klonk zo heerlijk.

"Zo, wat is er lekker op het menu aangezien dit mijn eerste keer hier is? Wat neem jij?"

Toen hij niet meteen antwoordde, keek ze op en zag een sexy glimlach op zijn gezicht. "Nou, omdat wat ik wil eten niet op de kaart staat," pauzeerde hij, en haar gezicht verhitte, "neem ik de steak pizzaiola. Het is een van de specialiteiten van de chef. Wat heb je liever - rundvlees, kip, kalfsvlees, zeevruchten, of pasta?"

"Ik eet bijna alles, maar ik neig naar de kalfspiccata of de zalm met champignonkorst. Welke raad je aan?"

"Ik heb de zalm nog nooit gegeten, maar ik kan je verzekeren dat je niet teleurgesteld zult zijn met het kalfsvlees."

Kristen giechelde. "Je klinkt als een autoverkoper."

Devon lachte om haar vergelijking. De ober kwam terug met hun drankjes en ze plaatsten hun bestelling. Een paar minuten later zaten ze te genieten van een Caesar salade en warm vers Italiaans brood.

"Juffrouw Kristen Anders, vertel me eens iets over uzelf, behalve dan wat ik op de achterkant van Jenns boek heb gelezen.

Ze nam een slokje van haar wijn. "Wat zou je graag willen weten?"

Hij haalde zijn schouder op, pakte een kleine pepermolen en deed wat zwarte peper in zijn salade. Hij hield de molen naar haar op en ze schudde haar hoofd. "Ik weet het niet - vertel me over je familie, waar je bent opgegroeid, wat je deed voordat je auteur werd. Dingen die je aan andere jongens hebt verteld op een eerste afspraakje."

"Nou, aangezien ik maar een paar eerste afspraakjes heb gehad in mijn leven, en mijn laatste eerste afspraakje meer dan vier jaar geleden was, weet ik niet zeker of ik nog weet waar ik het over gehad heb."

Devon stopte zijn saladevork halverwege zijn mond en staarde haar verbaasd aan. "Oké, leg dat eens uit, want ik kan moeilijk geloven dat je de mannen niet met een stok van je moet afslaan."

Kristen bloosde, wat ze wel vaker deed in zijn buurt, en staarde naar haar eigen salade alsof dat het meest interessante ding ter wereld was. Hij legde zijn vork neer, stak zijn hand over de tafel, legde twee vingers onder haar kin en tilde die op tot ze hem weer aankeek. Zijn ogen waren vanavond dieper blauw in het lage licht van het restaurant. "Praat tegen me, Kristen. Geloof het of niet, ik heb dit nog nooit tegen een vrouw gezegd, maar je fascineert me, en ik wil alles van je weten."

Ze betwijfelde of het waar was, maar het zette haar wel aan tot praten. "Ik was een boekenwurm op de middelbare school en de universiteit, een beetje een nerd. Ik was verlegen bij jongens denk ik, en had niet veel afspraakjes. Ik had een serieus vriendje in het tweede jaar van de universiteit, maar hij werd moe..." Ze pauzeerde, wilde de zin niet afmaken.

"Moe van wat, Pet?

Ze wist niet wat het was met dat ene woord, maar haar hart ging er sneller van kloppen en ze vond het een leuke bijnaam. Het voelde intiem aan, hoewel ze betwijfelde of zij de enige vrouw was bij wie hij het gebruikte. "Hij was het zat dat ik nee tegen hem zei." Ze verlaagde haar stem zodat hij de enige was die haar kon horen. Ze kon niet geloven dat ze hem dit vertelde na tien minuten van hun eerste afspraakje, maar ze kon de woorden niet tegenhouden. "Ik was nog maagd op mijn huwelijksnacht, twee jaar geleden. Ik ontmoette Tom in mijn laatste jaar en hoewel we wat gerotzooid hebben, wilde iets in mij wachten. Ik weet dat het gek klinkt in deze tijd, maar het was belangrijk voor me."

"Dat is helemaal niet gek, Kristen. Ik denk dat het laat zien wat een sterke vrouw je bent. Eén die weet wat ze wil en wat ze niet wil. En je bent bereid te vechten voor wat voor jou goed voelt. Er is niets mis met wachten op de juiste man, en ik respecteer dat je dat doet." Hij pauzeerde toen een blik van ongeloof op haar mooie gezicht verscheen. "Wat?"

Haar mondhoeken vertrokken terwijl ze een grijns

tegenhield. "Ik vind het moeilijk te geloven dat je mijn lang-durige maagdelijkheid respecteert als je eigenaar bent van een seksclub."

Hij liet een kleine snuif los. "Oké, ik zie je punt, maar wat ik zei was waar. Jongens hebben er geen moeite mee om hun maagdelijkheid te verliezen en seks te hebben met elke vrouw die dat wil, maar vrouwen zitten anders in elkaar. Seks is voor hen emotioneler . . . nou ja, voor de meesten van hen. Ik hoop dat mijn nichtje op de juiste man wacht, en doe geen moeite me te laten geloven dat ze iets anders dan een maagd is."

"Ja, in mijn geval kwam de juiste man niet langs. Mijn ex-man bedroog me de hele tijd toen we verkering hadden en toen we getrouwd waren. Maar ik kwam er pas achter toen het te laat was. De sletten die hij verkoos waren geen goede vrouw voor een gerespecteerde effectenmakelaar, zoals ik was."

"Wat een klootzak, sorry voor mijn taalgebruik."

Kristen kon het niet helpen om naar hem te grinniken. "Je hebt me verteld dat je me op een tafel wilt neuken en me een pak slaag wilt geven, dus mijn ex een klootzak noemen vind ik nogal tam.

Hij lachte met haar mee. "Oké, genoeg over je ex-slijm-bal. Vertel eens wat over *jezelf*."

"Die kleine ik?"

Devon wees met zijn vork naar haar voordat hij zich weer op zijn salade stortte. "Ja, Pet. Kleine jij. Begin te praten of ik tel bij die dertien bij op."

"Dat doe je niet," zei ze gapend.

"Veertien."

"Oké, oké. Heeft iemand ooit gezegd dat je een goede ondervrager zou zijn?"

"Vijftien."

"Ik ben geboren in een blokhut..."

Hij rolde met zijn ogen. Ze was haar geluk aan het tarten. "Zestien."

"Nee, het is waar. Ik ben geboren in een blokhut. Mijn ouders gingen een maand voor de uitgerekende datum van mijn moeder naar de blokhut van mijn vaders familie in het Poconos gebergte. Ze dachten dat het de laatste kans was om er even tussenuit te gaan met z'n tweeën. De volgende ochtend werd mijn moeder wakker en had ze weeën. Ze besefte niet dat ze al meer dan vierentwintig uur aan het bevallen was, want de weeën waren niet zo sterk, tot ze plotseling de behoefte voelde om te persen. Voordat mijn vader de kans had om haar naar de auto te brengen, begon ik te komen en, woops, daar was ik. Papa was een agent, maar hij had nog nooit een baby ter wereld gebracht. Hij deed het goed totdat de ambulance er was. Nadat hij de ambulanciers binnenliet, viel hij flauw, stootte zijn hoofd op een tafel en had tien hechtingen nodig. Hij zei altijd dat dat de reden was waarom ik enig kind ben gebleven."

Ze lachten allebei toen de ober hun saladeborden wegnam en hun avondeten in de plaats zette. Devon vroeg de jongeman om het drinken aan te vullen en richtte zijn aandacht weer op haar. "Ik denk dat ik precies hetzelfde zou hebben gedaan en gezegd. Ik heb veel gezien in mijn leven, dingen die de meeste mensen de stuipen op het lijf jagen, maar een kind ter wereld brengen zou mij in paniek brengen en ik raak nooit in paniek." Hij pauzeerde toen een kelner stopte en hun waterglazen bijvulde. "Dus, oké, je bent enig kind. Zijn je ouders er nog?"

Ze knikte en pakte haar mes en vork. "Ja. Ze zijn gescheiden toen ik tien was. Mama, Elizabeth, was onderwijzeres op een basisschool en heeft nooit geleerd hoe ze met een agent moest leven die altijd op vrije dagen en feestdagen moest werken. Zijn wisselende diensten maakten het er niet beter op. Hoewel hij altijd een goede vader is geweest, zei mama dat papa niet eens in de buurt kwam van een parttime echtgenoot. Als ik terugkijk, ben ik verbaasd dat hun huwelijk zo lang standhield als het deed. Hun scheidingen was vriendschappelijk. Geen ruzie over wie wat krijgt, of dat soort dingen. Papa, zijn naam is Bill, hertrouwde toen ik vijftien was met een aardige vrouw, Susan, die bij de rechtbank werkt. Twee jaar later ging hij met pensioen bij de politie van Philadelphia. Hij geeft nu les in strafrecht aan de gemeenschapsschool. Mama en mijn stiefvader, Ed, hij is verzekeringsagent, zijn drie maanden na mijn huwelijk in het geheim in Vegas gehuwd en een paar maanden later naar de kust van Jersey verhuisd. Ik heb twee oudere stiefbroers, maar we kennen elkaar nauwelijks. Ze wonen bij hun moeder ongeveer een uur van waar wij woonden."

"Dus, heb je altijd in Philadelphia gewoond? Wanneer ben je hierheen verhuisd?"

"Eigenlijk woonden we een paar kilometer buiten Philly in New Hope, en daarna woonde ik in Ridgewood, New Jersey, nadat ik getrouwd was. Ik ben pas een paar weken geleden hierheen verhuisd nadat mijn scheiding definitief was."

"Waarom hier?"

Kristen kauwde en slikte een stuk kalfsvlees door voordat ze hem antwoordde. "Mijn neef Will woont al zes of zeven jaar in Tampa, en de paar keer dat ik hem bezocht, vond ik de omgeving geweldig. Ik wilde een nieuwe start, dus hier ben ik. Hoe zit het met jou? Heb jij altijd in Tampa gewoond?"

"Nee. Mijn broers en ik zijn geboren en getogen in Charlotte, North Carolina. Na de marine besloten Ian en ik ons beveiligingsbedrijf hier te openen. Mitch is hier opge-groeid, en net als jij, bezochten we het vaak en vonden het leuk. We waren nog bezig ons beveiligingsbedrijf op poten te zetten toen Mitch ons benaderde over de club en de rest, zoals ze zeggen, is geschiedenis."

"Het moet moeilijk en duur zijn geweest. Ik bedoel, de club is prachtig, en ik kan me niet voorstellen wat het kostte om de club te transformeren en tegelijkertijd een ander bedrijf te starten. En, oh mijn God, het klinkt alsof ik probeer uit te vinden hoeveel geld je hebt. Niet antwoor-den, ik wil het niet weten. Ik met mijn grote mond ook." Ze brabbelde maar kon niet stoppen. Het was een slechte gewoonte die optrad als ze zich schaamde.

Devon leek niet van streek, in plaats daarvan leek hij geamuseerd. Hij hield haar een stuk biefstuk met pepers aan zijn vork voor. "Hier, steek dit maar in je grote mond."

Toen ze naar de vork reikte, trok hij zijn hand terug. "Uh-uh, Pet. Open je mond en sluit je ogen. Ik wil je voeden."

* * *

Kristens ogen verwijdden zich voor ze voorover leunde en deed wat hij vroeg. Hij duwde de vork in haar mond en lette erop dat hij haar niet stak met de tanden. Toen ze haar lippen om de vork sloot en kreunde toen de smaken op haar tong kwamen, zou hij zijn ziel verkocht hebben om de vork te vervangen door zijn kloppende pik. Hij liet de vork uit haar mond glijden, zodat ze kon kauwen en het eten door-slikken. "Hmmm, dit is heerlijk."

Terwijl hij zijn keel schraapte, schoof hij op zijn stoel. "Blij dat je het lekker vindt. Ik zou je meer willen aanbieden, maar ik denk dat als ik dat zou doen, ik in mijn broek zou klaarkomen."

Haar ogen vlogen weer open en ze zag het verlangen in zijn ogen. Slikkend verplaatste ze haar blik terug naar haar bord. "Um . . . dus . . . um . . . hoe zit het met jou? Je zei dat je een broer hebt, Ian. Nog anderen ? Zijn je ouders nog in Charlotte?"

Devon pauzeerde even. Hij vond het altijd moeilijk om over zijn broers te praten. Het was ook een van de redenen dat hij nooit buiten de club uitging. Een onderdanige hoefde hem niet verder te kennen dan de oppervlakte, verder dan wat hij bereid was te geven. Hij noemde John zelden bij mensen die naar zijn familie vroegen, omdat dat het gesprek altijd depressief en ongemakkelijk maakte. "We hebben een jongere broer, Nick. Hij is bij de marine gestationeerd in San Diego. Ian is de oudste. Mam en pap wonen nog steeds in Charlotte, maar ze reizen veel. Mijn vader, Chuck, zit in onroerend goed en heeft het goed gedaan voor zichzelf. Hij heeft nu een bedrijf met een bestuur dat het voor hem runt als hij met mam het land uit is. Mama, Marie, is plastisch chirurg, hoewel ze nu alleen nog in Charlotte werkt om haar privileges in het ziekenhuis te behouden. Ze heeft een klein aandeel in een praktijk met vier andere artsen, maar ze werkt vooral in derdewereldlanden voor Operatie Glimlach.

"Is Operatie Glimlach niet de organisatie die operaties aanbiedt aan kinderen met een gespleten lip of gehemelte?"

Hij knikte en nam een slok tonic. "Of andere misvormingen aan het gezicht, ja. Toen we jong waren, reisden mijn broers en ik met mijn ouders de hele wereld over. Tegen de tijd dat ik bij de marine ging, was ik al aan mijn derde paspoort toe. We groeven elke zomer waterputten, bouwden scholen en hutten, en alles wat we konden doen om te helpen."

"Wow, dat is geweldig!" Ze klonk onder de indruk, en ook al was dat niet zijn bedoeling geweest, het deed hem plezier. "Ik ben nog nooit buiten de Verenigde Staten geweest, behalve Jamaica op mijn huwelijksreis. En toen ik jonger was, heb ik alleen vrijwilligerswerk gedaan in het dierenasiel, vijf minuten van mijn huis."

Hij kon zich een jongere Kristen voorstellen, spelend met, en zorgend voor, een stel dieren die op zoek waren naar een thuis. Ze huilde waarschijnlijk na de adoptie van elk dier. "Het was leuk toen we jonger waren, maar tegen de tijd dat we op de middelbare school zaten, wilden we liever thuisblijven en met onze vrienden en vriendinnen optrekken - typisch puberaal egoïsme. Toen we nog wat ouder waren en begonnen te werken, brachten mijn groot-ouders van moeders kant de zomer bij ons door zodat mijn ouders hun ding konden doen. Tegenwoordig proberen Ian en ik een paar keer per jaar een week naar mijn ouders te gaan, in welk land ze ook zijn. We doen dan wat we kunnen om een arm dorp een beetje minder wanhopig te maken voor de mensen die er wonen."

Kristen kon aan de genegenheid in zijn stem horen hoeveel hij van zijn familie hield. Hoewel haar ouders en stiefou-ders goed met elkaar konden opschieten en ze van hen alle-maal hield, wenste ze soms dat haar ouders nog bij elkaar waren en haar een broer of een zus hadden gegeven.

"Kristen."

Ze keek op, besefte dat haar gedachten waren afgedwaald en dat de ober hun borden aan het afruimen was terwijl Devon haar aanstaarde.

"Het spijt me, wat?"

"Wil je koffie of dessert?"

"Oh, nee dank je. Ik heb voldoende gegeten." En ik wil naar The Covenant om je te bespringen, maar dat wilde ze niet hardop zeggen. Jammer dat ze niet in de club mochten spelen.

"Je mag de rekening brengen, bedankt," zei Devon tegen de ober, die knikte voordat hij hun borden naar de keuken bracht.

Toen hij in zijn zak naar zijn portemonnee reikte, sprong Kristen op en pakte haar avondtas. "Laten we alsjeblief de rekening delen."

Ze verstijfde toen hij een lage grom liet horen. "Als je iets anders uit je tas haalt dan een lippenstift, trek ik je hier over mijn schoot en sla ik je tot de politie komt."

Verbijsterd door zijn felle uitdrukking, liet ze haar tasje op de stoel naast haar liggen. "Ik dacht omdat dit onze eerste date is, en ik degene was die je mee uit vroeg..."

Hij hield zijn hand op. "Maak die zin niet af. Onder geen enkele omstandigheid laat ik je een cent van ons etentje betalen. Je hebt me misschien uitgevraagd, maar dat was alleen omdat ik dacht dat je met Brody omging. Anders had ik het wel gedaan. Ik heb nog nooit een vrouw voor het eten laten betalen, en dat ga ik nu ook niet doen."

"Is dat niet een beetje seksistisch?" Ze leunde achterover en legde haar handen in haar schoot, een beetje afgeschrikt door zijn reactie.

Hij leunde voorover, zijn armen rustend op tafel. "Je hebt dan wel een boek geschreven dat gebaseerd is op BDSM, maar je begrijpt de levensstijl nog steeds niet helemaal. Laat me je iets uitleggen over Doms, Pet. We houden ervan om . . . nee . . . we eisen de leiding te hebben als het op bepaalde dingen aankomt. Afgezien van het seksuele aspect, willen we de veiligheid en het comfort van onze sub garanderen. Hen behandelen alsof ze het kostbaarste bezit op deze aarde zijn. Ik ken een paar Doms die je zullen vertellen dat hun favoriete deel van een scène de nazorg is, omdat dat het moment is dat hun sub hen het meest nodig heeft. Het is wanneer ze het meest verbonden zijn.

"We zorgen voor onze onderdanigen, geven ze alles wat we kunnen en wensen dat we ze de maan kunnen geven als ze erom vragen - of het nu voor één nacht is of voor een langdurige relatie. We doen het niet omdat we seksistisch zijn of denken dat ze niet voor zichzelf kunnen zorgen. We doen het omdat het ons pleziert op een manier die jij je niet kunt voorstellen. Het is iets waar we naar hunkeren, meer dan het menselijk instinct en de behoefte om seks te hebben. De levensstijl is zoveel meer dan kinky seks en de controle opgeven of overnemen. En alles wat wij als Doms van onze onderdanigen verwachten is respect en gehoorzaamheid . . . wel, dat en hun orgasmes. Als je met mij over geld wilt discussiëren, zal ik graag verder gaan met tellen. Ik geloof dat we op zestien zitten."

Ze hield haar hoofd schuin terwijl ze luisterde naar alles wat hij zei. Dit was wat ze had gezocht toen ze naar The Covenant was gegaan voor onderzoek. Er was maar zoveel dat ze kon vinden op het internet, maar wat ze niet had kunnen bevatten was de passie en de behoefte van een Dom om de controle over te nemen. Nu begreep ze dat deel van BDSM, maar ze moest nog ontdekken waarom een onderdanige de controle wilde opgeven. "Nee, het is vijftien. Je zei zestien toen je dacht dat ik loog over de blokhut."

"Nou, nu is het weer zestien omdat je ruzie met me maakte over de telling en de rekening."

"Dat is niet eerlijk," snauwde ze, terwijl ze haar armen over haar borst sloeg als een nukkig kind.

Devon grinnikte en toen de ober terugkwam met een klein leren mapje, overhandigde hij zijn creditcard. "Wie zei dat het leven eerlijk is, Pet, was geen Dom."

# Hoofdstuk 7

De huurmoordenaar nam een slok whisky en keek toe hoe Eric Prichard de hoek omging op County Road #32. De voormalige Navy SEAL begon aan de zesde kilometer van zijn avondloop, met nog zes kilometer te gaan. Het zou pas over een minuut of veertig donker worden en het doel zou zijn om bij een rij brievenbussen iets verderop om te keren en weer terug te gaan naar zijn huis. Maar als de kust deze keer veilig was, zou hij die laatste zes kilometer niet afmaken. De moordenaar had de gewoonten van de man de afgelopen week geobserveerd, op zoek naar zijn kans om toe te slaan.

Nadat hij Prichard had gelokaliseerd, besefte hij dat hij de klus buiten het huis van de man moest klaren. De voormalige SEAL en zijn vrouw hadden vier kinderen, en ook al doodde de huurmoordenaar mensen zonder na te denken, hij trok de grens bij het vermoorden van kinderen. Het was de enige keer dat zijn geweten hem niet toestond te doden, tenzij het noodzakelijk was. Vreemd genoeg werden kinderen, zodra ze achttien werden, als vervangbaar beschouwd.

Als de achttienjarige dochter van zijn eerdere doelwit thuis was geweest toen hij zes maanden geleden in hun huis inbrak en haar ouders doodschoot, zou zij het derde lichaam zijn geweest dat de politie vond. Een pyjamafeestje had haar van een zekere dood gered.

Het was drie maanden geleden sinds zijn laatste moord voor de man die hem betaalde, omdat de schoft zijn eigen handen niet vuil wilde maken. De eerste moord op de lijst van zeven mannen was zes maanden geleden. Zijn tijdelijke werkgever wilde ze uit elkaar hebben, zodat niemand een patroon zou opmerken. Zeven dode voormalige Navy SEALs van hetzelfde team zou een hoop vragen oproepen, maar tegen die tijd zou er niemand meer zijn die het hoe en waarom zou kunnen achterhalen. Nadat hij Prichard had uitgeschakeld, zou de moordenaar naar Tampa gaan om de laatste vier namen op zijn executielijst op te sporen: Ian Sawyer, zijn broer Devon Sawyer, Brody Evans, en Jake Donovan. Hij zou een manier moeten vinden om ze samen uit te schakelen en het toch op een ongeluk te laten lijken omdat, volgens de dossiers die hij had gekregen, ze samen werkten en optrokken met twee andere voormalige SEALs. Hij kon er misschien een of twee uitschakelen voordat ze doorhadden dat ze een doelwit waren en ondergronds gingen, waardoor het veel moeilijker zou worden de rest van hen te doden.

Mannen stalken die zelf getraind waren om te stalken was een delicate klus. Meer dan een week geleden had hij een tweedehands autohandel gevonden, twee steden verder van het klotestadje in Iowa waar zijn doelwit woonde. Het bedrijf had geen fatsoenlijke beveiliging, dus forceerde hij het slot van het kantoor in minder dan een minuut en hielp zichzelf aan de sleutels van hun beschikbare voertuigen, waarvan sommige werden bewaard op een overloopterrein een paar straten verderop. Door elke dag een andere auto en een andere vermomming te gebruiken, kon hij voorkomen dat zijn doelwit hem opmerkte, maar er waren een paar momenten geweest waarop de man leek te voelen dat hij in de gaten werd gehouden, dus de huurmoordenaar moest slimmer zijn dan zijn prooi.

Nadat hij tot driehonderd had geteld, zette de huurmoordenaar de auto in zijn versnelling, nam een laatste slok uit zijn veldfles en reed weg van achter een verlaten wasserette. Zijn doelwit zou nu op een rechte weg terug naar de stad rennen met het tegemoetkomende verkeer in de ogen. Hoewel de man over de smalle berm liep, deinsde hij niet terug als er auto's langsreden. Hij was Prichard deze week twee keer voorbijgereden, maar er waren auto's met getuigen op de weg geweest.

In de bocht waar Prichard een paar minuten eerder was verdwenen, zette de huurmoordenaar het stuur recht en versnelde hij tot de toegestane snelheid van vijftig kilometer per uur. Zijn doelwit was waar hij de man verwachtte, onbewust rennend met een behoorlijke snelheid op weg naar zijn tragische dood.

Honderd meter. Hij kon het zwarte shirt, de militaire groene joggingbroek en witte gympen van het doelwit zien.

Vijftig meter. Hij kon de gele letters lezen die "U.S. Navy" spellen op de borst van de man.

Twintig meter. Het doelwit keek op zijn horloge en versnelde zijn pas.

Tien meter. De rennende dode man maakte oogcontact met hem een seconde voordat de moordenaar uitweek.

Een half uur later zette hij de gebruikte en nu beschadigde auto af, veegde hem schoon van vingerafdrukken en haalde zijn eigen auto terug. Hij typte een sms'je met één woord op zijn gsm-Klaar-en reed dan naar de snelweg, waar hij de telefoon uit elkaar zou halen en elke paar kilometers een deel uit het raam zou gooien.

# Hoofdstuk 8

Toen ze eenmaal op weg waren naar The Covenant, werd Kristen weer nerveus. Ze had haar handen in elkaar gedraaid tot Devon zich naar haar toe uitstrekte en haar linkerhand vastpakte, hun vingers in elkaar verstrengelde en ze vervolgens op haar bovenbeen liet rusten. Zijn duim streek nu heen en weer over haar dij, onder haar zoom. Met die zachte, geruststellende strelingen probeerde ze zich te nestelen in de comfortabele stilte en haar gedachten te laten dwalen.

Ze had niet gedacht dat ze geïnteresseerd zou zijn in BDSM, maar na haar interactie met Devon eerder in de club, was ze daar nu niet zeker van. Ze was zo opgewonden geweest dat ze uiteindelijk onder de douche had gemasturbeerd voordat Kayla en Will er waren. En in plaats van Meester Xavier die haar aanspoorde, was het deze keer Meester Devon geweest.

"Ik wilde het je eerder vragen, maar we raakten een beetje op een zijspoor. Heb je je checklist bij je?"

Kristen draaide haar hoofd om zijn profiel te bekijken

terwijl hij reed. "Ja, die zit opgevouwen in mijn handtas. Ik heb ook de protocollen bekeken."

Hij knikte en wierp een blik op haar voordat hij zijn aandacht weer op de weg richtte. "Goed. Ik zal je lijst doornemen als we bij de club zijn. Heb je nog vragen over de protocollen?"

Ze dacht terug aan de papieren die ze gelezen had. De meeste regels waren vrij rechttoe rechtaan, maar toch wilde ze er een paar ophelderen. "Ja, die heb ik wel. Sommige regels stonden onder het kopje 'Hoge Protocollen' en andere niet. Hoe weet ik wanneer ik de 'Hoge Protocol' regels moet volgen?"

Devon was blij geweest toen ze ermee instemde haar auto bij het restaurant te laten staan en met hem naar de club te rijden. Hij liet het dak van de cabriolet dicht, omdat hij niet wilde dat de wind haar gestijlde haar zou verpesten. Hij wilde het plezier bewaren voor later, als hij de kans kreeg om met zijn vingers door die zachte bruine krullen te gaan. "De meeste leden volgen de ontspannen protocollen, tenzij we een evenement hebben waarvoor de meer rigide protocollen nodig zijn, en iedereen wordt daar van tevoren van op de hoogte gebracht. Er zijn een paar Doms die erop staan dat hun subs de strengere regels volgen, maar als een van hen je benadert, zal ik het je laten weten. Als dat gebeurt, hou dan je hoofd gebogen, maak geen oogcontact met de Dom of zijn sub als ze er een hebben, en vraag mijn toestemming om te spreken voor je iets tegen hen zegt. Wees nooit onbeleefd tegen een Dom in welke situatie dan ook. Meestal zul je naast me zitten, maar als ik er niet ben en een Dom valt je lastig, zoek dan onmiddellijk een Dungeon Master met een gouden vest of een beveiligings- beambte met een rood overhemd met knoopjes en een zwarte vlinderdas en laat het hen weten. Het is niet omdat je een onderdanige bent dat een Dom of een andere onder- danige je mag lastigvallen om welke reden dan ook. De meeste van onze leden vormen geen probleem, maar zoals elke grote groep heeft ook onze club zo zijn eikels en trutten."

"Wat is het verschil tussen de Dungeon Masters en de veiligheidsagenten?"

Hij kneep in haar hand voor hij die losliet, want hij had beide handen nodig om de scherpe bocht van de afrit van de snelweg naar de club te nemen. Hij miste de warmte en nam haar hand zo snel als hij kon terug. "De Dungeon Masters zijn ervaren Doms die een oogje in het zeil houden bij de scènes die zich in de hele club afspelen. Ik denk dat we er in totaal tweeëndertig hebben. Zij zorgen ervoor dat het spel in de club veilig verloopt en dat de sub niet gewond raakt als een Dom iets over het hoofd ziet, zoals een te strakke greep of een sub die zijn stopwoord niet gebruikt terwijl dat wel zou moeten. De veiligheidsagenten houden al het andere in de gaten en zijn de uitsmijters van de club."

Een verwarde uitdrukking kwam over haar gezicht. "Waarom zou een onderdanige zijn stopwoord niet gebruiken als het voor een bewaker duidelijk is dat hij dat wel zou moeten doen?"

Devon zuchtte terwijl hij tot stilstand kwam twee auto's voor het wachthuisje bij de ingang van de parkeerplaats van de club. De voorste auto moet van een nieuw lid zijn of een gast die de bewaker niet herkende, want hij controleerde de identiteit van de bestuurder met een handcomputer. Het was weer een van Brody's speeltjes die de club regelmatig gebruikte. "Soms is wat een sub denkt te willen niet wat ze nodig hebben en het niet zeggen van hun stopwoord kan destructief gedrag zijn. Hoe kan ik het uitleggen?" Hij pauzeerde. "Weet je wat 'snijden' is?"

"Daar heb ik wel eens van gehoord. Is het niet als iemand, soms tieners, zijn armen snijdt met scheermesjes?"

De rij auto's kwam nu weer in beweging en de bewaker zwaaide naar Devon toen hij passeerde. "Mensen die zich snijden om te voelen wat ze willen voelen, snijden niet zo diep dat ze leegbloeden, maar het is nog steeds gevaarlijk. Ze voelen zich gedwongen om zich te snijden, om welke reden dan ook, en veroorzaken schade aan hun lichaam, en ze kunnen meestal niet stoppen zonder psychologische hulp. Dat is wat een sub doet die zijn stopwoord niet gebruikt wanneer hij dat zou moeten doen - zichzelf beschadigen om te voelen wat hij probeert te voelen. Een goede Dom moet de grens weten te vinden tussen wat een sub nodig heeft om zich goed te voelen en wat te ver gaat en de sub emotioneel en lichamelijk schaadt. Als een DM denkt dat een sub te ver gaat, tot het punt van ernstig letsel door een Dom, wordt de sub doorverwezen naar een van onze gecontracteerde psychologen en kan hij of zij niet meer spelen tenzij hij of zij toestemming krijgt van de dokter. Het gebeurt niet vaak, maar we zijn serieus over de veiligheid van onze onderdanigen hier - fysiek, psychologisch en emotioneel."

Hij had zijn auto een paar minuten eerder geparkeerd en deed daar zijn uitleg voordat hij zijn autodeur opende. Toen ze naar de klink reikte om haar eigen deur te openen, hield hij haar tegen. "Haal het niet in je hoofd om je deur open te doen. Blijf daar tot ik langskom of ik zal je nog meer billenkoek geven."

Ze lachte hardop, en hij kon niet anders dan grijnzen om haar amusement. "Is dit één van die dingen die je plezier brengt, Meester Devon?"

God, wat hield hij ervan hoe ze zijn titel combineerde met zijn naam. Hij had het in de loop der jaren uit de monden van honderden onderdanigen gehoord, maar nog nooit had een vrouw hem hard gekregen door die twee woorden te zeggen - tot nu. "Ja, mijn kleine subbie, dat is het. Blijf daar."

Hij paste zich aan terwijl hij om de achterkant van zijn auto liep en opende toen haar deur. Hij stak zijn hand uit om haar van de lage stoel te helpen, maar kon zijn ogen niet losrukken toen de zoom van haar jurk verder omhoog kroop langs haar benen toen ze uit de auto stapte. Hij kwam bijna in de verleiding om het nog wat verder omhoog te duwen, zodat hij kon zien of ze al dan niet geschoren was tussen haar benen. Kaal was zijn persoonlijke voorkeur. "Heeft je ex nooit de deur voor je opengedaan?"

"Nu je het zegt, nee dat deed hij niet."

"Nou, dat is nog eens een reden om die egoïstische lul te haten."

Kristen lachte weer naar hem terwijl ze haar rok naar beneden trok, die niet verder kwam dan het midden van haar dijen. "Je kent hem niet, hoe kun je dan zeggen dat je hem haat?"

Terwijl hij in zijn zak reikte, haalde hij het voorwerp tevoorschijn dat hij er eerder had in gestoken. "Gemakkelijk, Pet. Elke man die een mooie vrouw als jij zou bedriegen, respectloos zou behandelen en verlaten, verdient het om door de rest van zijn geslacht te worden veracht en vernederd." Hij hield zijn hand omhoog en liet het voorwerp eraan bungelen zodat ze het kon zien. "Dit is een trainingscollar, Pet. Je zult hem dragen terwijl je hier in de club met mij bent. Het laat de andere Doms weten dat je besproken bent en dat ze niet met je mogen proberen te onderhandelen of eisen dat je een bepaald protocol volgt zonder mijn toestemming. Ik mag je bevelen om te knielen, maar een andere Dom moet mijn toestemming hebben om je hetzelfde te laten doen, behalve in extreme gevallen. Sommige Doms plagen graag de onderdanigen en dat wordt hier niet als onbeleefd beschouwd tenzij het beledigend is, en ik zal niet toestaan dat iemand je beledigt. Als ik je om een of andere reden moet verlaten, zal ik een DM of beveiligingsagent vragen om een oogje in het zeil te houden tot ik terugkom. Begrepen?"

"Ja, Sir." Ze knikte en draaide zich om, terwijl ze haar haar optilde zodat hij de collar om haar nek kon vastmaken. Het was een simpele zwarte leren band en hij betreurde het dat hij geen mooiere had om aan haar te geven. Hij had nog nooit een sub een collar langer dan een weekend laten dragen, maar deze keer wilde hij er niet aan denken om haar de collar af te doen als ze vanavond klaar waren met spelen.

Toen ze zich omdraaide en de leren band betastte, reikte hij zijn handen omhoog om haar gezicht te omvatten. Hij keek in haar hazelnootkleurige ogen en liet zijn mond stukje bij beetje zakken, wachtend tot ze hem zou tegenhouden, hem zou laten weten dat ze dit niet wilde. Maar ze hield hem niet tegen, en hij bedankte wie of wat deze vrouw op dit moment bij hem had gebracht. Op het moment dat zijn mond de hare raakte, vielen haar ogen dicht. De kus was licht, een zachte aanraking van zijn lippen met de hare, tot ze zuchtte en haar lippen zich spreidden, hem toegang verschaffend. Hij verdiepte de kus, stak zijn tong in haar mond om zich om de hare te draaien, stervend naar haar smaak. Hij proefde de zoetheid van haar wijn, de zuurheid van de citroen van haar diner, en iets heerlijks en unieks van Kristen. En vanavond was ze van hem, hij wist gewoon niet hoe hij haar zou kunnen laten gaan als ze klaar waren met spelen. *Van mij.*

Toen haar handen langs zijn armen naar zijn nek bewogen, greep hij haar polsen vast en maakte met tegenzin een eind aan de kus. Haar ogen gingen weer open, alsof ze ontwaakte uit een lange sluimer, en hij glimlachte. "Sorry, Pet, maar als ik je me laat aanraken, ga ik af als een raket." Hij drukte zijn heupen tegen de hare om zijn punt duidelijk te maken. Hij gaf haar nog een snelle kus voordat hij haar polsen losliet, haar naar zijn zij draaide en haar ene hand onder zijn arm stopte. Gelukkig was het normaal om mannen in de club te zien rondlopen met een stijve, want die van hem ging niet snel meer naar beneden.

Even later stonden ze in de lobby bij de receptie, die werd bediend door een slanke, maar gespierde man van ongeveer Kristens leeftijd. Hij had geen shirt aan, maar droeg wel een zwarte pantalon en een rode vlinderdas met gouden rand. De man glimlachte en knikte naar haar voordat hij Devon aansprak. "Goedenavond, Meester Devon, hoe gaat het met je vanavond?"

"Met mij goed, Matthew. En met jou?"

"Heel goed, Sir, aangezien ik later een scène met Meesteres China moet doen."

Devon huiverde, wetende dat dit betekende dat de lul en ballen van de sub gemarteld zouden worden, voordat de nacht voorbij was. Het was niet iets waarvan Devon zich kon voorstellen dat hij er zijn mannelijke delen aan zou onderwerpen, maar de jongere sub genoot ervan.

"Matthew, dit is juffrouw Kristen, mijn gast vanavond. Kristen, Matthew werkt al heel lang in de club, en hij is ook een onderdanige. Als je ooit vragen hebt, kan hij ze beantwoorden vanuit het oogpunt van een sub."

Toen ze knikte, nam hij haar arm en strekte die over het bureau, zodat Matthew een gele band om haar pols kon doen. Toen hij klaar was, klopte de sub op haar hand. "Het is leuk je te ontmoeten Kristen. Dit geeft aan dat je een gast bent en niet mag deelnemen aan enig spel. En Meester Devon heeft gelijk, als je vragen hebt, ik ben een expert in club protocol. Trouwens, mooie jurk heb je aan."

Kristen glimlachte om zijn vriendelijke manier. "Dank je, en het is ook leuk om jou te ontmoeten."

Devon nam haar hand en stopte die weer onder zijn arm voordat hij haar naar een grote man leidde, gekleed in een zwarte broek en een rood overhemd met knopen, die naast de houten deuren stond die naar de club leidden. "Kristen, dit is Tiny, het hoofd van de beveiliging. Tiny, dit is Kristen."

* * *

Ze hield haar hoofd omhoog . . . en omhoog . . . en omhoog. Lieve hemel, die man was lang . . . en breed. Hij was ongeveer twee meter lang en hondervijfentwintig kilo zwaar en gespierd. Zijn nek was te dik om het bovenste knoopje van zijn hemd dicht te doen, dus hij had geen vlinderdas. Kaal met een sikje deed hij Kristen denken aan een worstelaar uit de jaren tachtig die acteur was geworden, Mr. G of zoiets. Het enige wat hij miste waren de gouden kettingen. "Tiny?"

De man lachte en gaf haar een knipoog. "Ja, mevrouw. Mijn echte naam is Travis, maar ze noemen me Tiny sinds mijn geboorte, omdat ik vijf kilogram achthonderd woog. Het is een genoegen je te ontmoeten."

Voordat ze kon antwoorden, sprak Devon weer. "Tiny, zou je zo vriendelijk willen zijn om een paar minuten op mijn sub te letten terwijl ik me omkleed? Ik ben bang dat ze binnen een rel veroorzaakt als ik haar alleen laat."

"Absoluut, Meester Devon. Ik twijfel er niet aan dat ze daarbinnen voor problemen zal zorgen. De Doms zullen zich uit de voeten maken zodra ze dit schattige ding zien." Tiny deed een stap naar links en onthulde een kruk waarvan ze niet wist dat die achter hem stond. "Ga hier maar zitten, juffrouw Kristen, dan zorg ik ervoor dat de grote, slechte Doms elkaar niet afmaken om je te pakken te krijgen."

Ze betwijfelde of dat zou gebeuren, maar glimlachte toch om zijn compliment. "Dank u, Meester Tiny."

"Uh-uh, juffrouw Kristen. Het is gewoon Tiny, aangezien ik geen Dom ben en ook niet deelneem aan de levensstijl. Ik werk hier alleen zodat ik mooie dames zoals jij kan bekijken en af en toe een idioot kan afranselen die zichzelf niet in de hand kan houden."

Ze lachte en ontspande weer. "Ik krijg het gevoel dat je niet meer bent dan een grote teddybeer."

"Hé, ik vind het leuk. Tiny de teddybeer."

Devon hielp haar op de kruk te gaan zitten voordat hij haar een snelle kus op de lippen gaf. "Pak je checklist en geef me je handtas. Je hebt hem binnen niet nodig, dus ik zal hem veilig in mijn kluisje opbergen." Ze deed wat hij vroeg en overhandigde hem beide. "Ik ben zo terug, Pet. Blijf hier bij Tiny, dan komt het goed met je."

"Ja, Sir."

Hij grijnsde en verdween toen door de grote houten deuren die naar de club leidden. De stampende muziek nam in volume toe voordat het een doffe beat werd toen de deur weer dichtging. Ze voelde zich een beetje zelfbewust toen ze op de kruk zat en draaide zich naar de grote man naast haar, nadat ze eerst wat aan haar jurk had getrokken om zichzelf niet aan hem bloot te geven. "Hoe lang werk je hier al?"

Hij opende de deur om een stel binnen te laten en wachtte tot de muziek was gedoofd voordat hij haar antwoord gaf. "Sinds de club open is. Heb je Meester Jake al ontmoet?"

Jake was de man die Devon de vorige dag in de kroeg had ontmoet toen ze hun dinerplannen aan het maken waren. "Ja, ik denk het wel, maar slechts kort, en ik wist toen nog niet dat hij een Dom was."

Tiny leunde tegen de muur, sloeg zijn arm over zijn enorme borstkas en Kristen kon het niet helpen zich af te vragen welke maat overhemd de man droeg. "Jake en ik kennen elkaar al van onze middelbare schooltijd. Nadat ik geblesseerd raakte bij de profs, eindigde ik als lijfwacht in Hollywood. Een paar jaar geleden, toen ik hier op familie-bezoek was, kwam ik Jake tegen, en hij raadde me aan bij Ian en Devon. Toen ze me een baan aanboden, ben ik zo snel mogelijk uit L.A. verhuisd. Ik doe nog steeds af en toe bodyguard werk voor hen als dat nodig is, maar meestal ben ik verantwoordelijk voor de beveiliging van de club."

Ze vond het vreemd dat hij in een BDSM-club werkte, maar niet deelnam aan de levensstijl, en zei hem dat.

De grote man haalde zijn schouders op. "Ieder zijn ding. Ook al is het niets voor mij persoonlijk, wil dat niet zeggen dat ik iets verkeerds vind aan de levensstijl. Zoals ik al eerder zei, ik krijg tenminste veel mooie meisjes in hete outfits te zien. En net als ik dacht dat ik alles gezien had, gebeurt er iets dat me aan het lachen maakt. Het kan best vermakelijk zijn om hier te werken."

"Dat geloof ik graag. Ik ben blij dat je een baan hebt

gevonden die je leuk vindt." Kristen keek toe hoe Tiny de deuren opende en drie vrouwen in verschillende outfits de club binnenliet. Eén vrouw droeg een zwart leren minirokje en een bijpassende bustier die haar midden bloot liet. De kortste van de drie had een rode satijnen en doorschijnende babydoll aan die tot een centimeter boven haar knieën reikte, terwijl de laatste een doorschijnend, zwart hemdje droeg over een beha-en-string setje. Twee van hen droegen balletachtige slippers in plaats van schoenen, maar de blondine in de rok had haar slippers uitgedaan en hield ze in haar hand, en koos ervoor om op blote voeten te gaan. Hoewel twee van de vrouwen aan de magere kant waren, was degene die de babydoll droeg een maatje of twee groter dan Kristen, en ze vroeg zich af of ze er net zo zelfverzekerd uit zou zien als de andere vrouw als ze een soortgelijke outfit had gedragen. Toen de deur weer dicht was, keek ze weer naar Tiny. "Mis je het football spelen?"

Hij hield zijn hoofd schuin, alsof hij over zijn antwoord nadacht voordat hij het verbaliseerde. "Ja, soms wel. Maar in tegenstelling tot sommige jongens die prof worden, wist ik dat ik niet voor altijd zou blijven spelen. En als het leven je citroenen geeft..."

"Dan maak je limonade," maakte ze het cliché voor hem af.

"Als je een limonadekraampje hebt, kleintje, kom ik graag langs om te proeven." Een diepe mannenstem deed haar opschrikken, en ze draaide zich gespannen om, om een vreemde man te zien die iets te dichtbij stond, hoewel hij haar niet aanraakte. "Ik weet zeker dat alles wat je te bieden hebt het zoetste fruit zou zijn."

Ze staarde naar de man die haar nu aan het verslinden was met zijn blik. Dit was hoe ze had verwacht dat Meester Mitch eruit zou zien toen ze hem ontmoette. Als ze moest raden, was de man in de vijftig, met een spitse neus, smalle ogen en snor. Zijn zwarte haar was grijzend aan de slapen en bovenlip. Hij was slank, ongeveer één meter drieëntachtig lang en gekleed in een zwart overhemd en een leren broek met zwarte laarzen. Zonder zijn starende blik van haar af te wenden, richtte hij zich tot de grote veiligheidsagent. "Zeg eens, Tiny, wie is dit prachtige schepsel? Ik zie dat ze een collar heeft. Misschien moet ik haar Dom uitdagen voor een duel om haar voor me te winnen."

Meende die vent dit echt? Ze keek op en zag Tiny naar haar glimlachen, en ze ontspande zich maar een klein beetje toen hij naar haar knipoogde. "Goedenavond, Meester Carl. Dit is juffrouw Kristen, een gast van Meester Devon."

De oudere man zuchtte en fronste voor hij een kleine stap achteruit deed. "Zo jammer omdat hij een man op meerdere manieren kan doden, daar ben ik zeker van. Meester Devon is een gelukkig man, maar kom me alsjeblieft opzoeken wanneer hij je collar verwijdert, meisje. Ik zou graag een avond met je spelen. Ik garandeer je dat ik het voor ons beiden heel plezierig zal maken."

Een onvrijwillige rilling ging door haar lichaam toen ze de man door de clubdeuren zag verdwijnen. Het beviel haar niet dat hij had gezegd *"wanneer* hij je collar verwijdert" in plaats van *"als"* en ze reikte omhoog om de dunne band om haar hals aan te raken, niet wetend dat dit misschien haar enige avond met Devon zou zijn.

"Tenzij je van veel pijn houdt, kun je Meester Carl beter mijden. Hij is best een aardige vent, maar een sadist."

Kristens ogen verwijdden zich, maar voordat ze iets op Tiny's opmerking kon zeggen, gingen de deuren naast hem weer open en stapte Devon weer de lobby in. Haar mond watertandde zodra ze hem zag. Hij had zich omgekleed en droeg nu een strak zwart T-shirt waarin zijn armen en torso goed te zien waren. Een zwarte leren broek omhelsde zijn onderlichaam alsof hij erop geschilderd was. In plaats van een rits was het kruis dicht geregen en toonde de grote bobbel erachter.

Hij pakte haar heupen vast en hielp haar van de kruk af, trok haar dicht tegen zich aan zodat hun onderlichamen contact maakten. "Klaar?"

"Ik-ik denk het wel."

Tiny reageerde op de trilling in haar stem. "Ze heeft net Meester Carl ontmoet."

Devon rolde met zijn ogen. "Prachtig. Hij moet echt stoppen met de nieuwe subs bang te maken." Het sarcasme was duidelijk in zijn stem te horen, maar toen werd hij serieus. "Rustig maar, je bent veilig bij mij. Niemand zal je daar aanraken, behalve ik. Als je vragen hebt, stel ze gewoon. En als je je ergens ongemakkelijk bij voelt, zeg het me. Ik zal niet boos zijn als iets je stoort, maar wel als je het voor me verzwijgt. Een groot deel van deze levensstijl hangt af van verbale communicatie tussen een Dom en sub."

De spanning in haar schouders verminderde een beetje, maar ze was nog steeds bezorgd. "Wat als ik een fout maak?"

Hij bracht zijn hand omhoog om haar kin te omvatten. "Je bent eraan gebonden een paar fouten te maken, en het is te verwachten. Iedereen daarbinnen was ooit nieuw in de levensstijl en fouten gebeuren. Oké?"

Toen ze knikte, fronste hij en trok zijn wenkbrauw op. Het kostte haar een seconde om erachter te komen wat er mis was. "Ik bedoel, ja, Sir."

Hij pakte haar hand, knikte naar Tiny en begon naar de deuren te lopen. "Trouwens, fouten leiden tot straf, en straf leidt tot plezier voor ons beiden . . . uiteindelijk."

Kristens mond viel open van zijn boze, maar toch geamuseerde toon. Waar was ze in verzeild geraakt?

* * *

Devon stond naast Kristen bij de reling van het balkon en keek naar haar gezicht terwijl ze de beelden, geluiden en geuren van de club in zich opnam. Ondanks het vroege tijdstip, het was slechts half tien, was de club bijna vol, maar door de oppervlakte van het gebouw was er nog genoeg ruimte voor de leden om rond te lopen zonder zich een weg te hoeven banen door een menigte. Veel toestellen in de pit waren bezet en de geluiden van billenkoek, geseling en extase streden met de muziek die de lucht vulde. De beat van een instrumentale versie van de Rolling Stones' "Satisfaction" pulseerde door de club. Ian was erin geslaagd een bedrijf te vinden dat liftmuziek maakte van elk mogelijk genre. Op woensdag en zondag speelde in de club meestal sensuele jazz. Donderdag speelde ze meer punk, techno en Goth, terwijl op vrijdag en zaterdag meestal classic rock gemengd met heavy metal uit de verborgen luidsprekers kwam. Het genre kon veranderen als er een thema-avond was, wat ongeveer eens in de twee maanden voorkwam.

Toen ze voor het eerst de bar binnenliepen, hadden verschillende leden hen begroet en hij stelde de Doms en subs aan Kristen voor. Ze was tegen iedereen beleefd geweest, ook al wist hij dat ze verschillende keren haar best deed om niet te staren naar sommige van de ontkleedde mannen. Als ze er niet aan gewend waren, vonden mensen het moeilijk om tegen het gezicht van een naakte of bijna naakte persoon te praten terwijl hun private lichaamsdelen bloot lagen. Het was alsof je als maagd, die nog nooit een naakt lichaam had gezien, door een nudistenkolonie liep - je wilde niet staren, maar het was moeilijk om het niet te doen.

Terwijl hij toekeek hoe ze probeerde overal tegelijk naar te kijken, ademde hij de aroma's van leer, citrusvruchten en seks diep in. Het was de frisse, verleidelijke geur van de vrouw naast hem die hem in de ban hield. Hij wierp een blik op de bovenverdieping en zag verschillende leden van beide geslachten die Kristen waarderende en geïnteresseerde blikken toewierpen. Voor de eerste keer in zijn leven vocht hij tegen de jaloezie die door zijn aderen gierde. Hij wilde haar naakt strippen waar ze stond en haar neuken als een wild beest dat zijn partner voor de hele wereld wilde opeisen. De gedachte dat een andere Dom haar een collar zou geven, nadat hij naar een andere sub was gegaan, zoals hij altijd deed, deed zijn maag dichtknijpen van pijn. Deze gevoelens waren nieuw en vreemd voor hem en hij hield er niet van en wist niet hoe hij ermee om moest gaan. Hij deed niet aan relaties en hij had haar niets meer te bieden dan een kennismaking met zijn levensstijl en een weekend gevuld met intens gcnot en orgasmes. Volgens de regels mochten ze dan wel niet in de club spelen, maar hij was vast van plan haar mee naar zijn huis te nemen, waar er geen andere beperkingen zouden zijn dan haar harde grenzen. Maar het idee om haar aan het eind van het weekend weg te sturen, voelde als een hete pook op zijn borst.

Hij keek toe hoe haar ogen verwijdden bij het geschreeuw van een vrouwelijke sub die hard klaarkwam ergens in de pit onder hen. Haar tepels waren opgezwollen, duwden tegen de stof van haar jurk en hij kon haar opwinding voelen. Hij wilde zijn vingers onder haar jurk door haar, waar hij van overtuigd was, doorweekte plooien halen. Het bleek dat zijn kleine pet een voyeur was, en hij kon niet wachten om haar vanavond een paar scènes te laten observeren. In de kleedkamer had hij haar lijst met zachte en harde limieten bekeken en hij was tevreden met de meeste van haar keuzes. Hij had er later nog wel een paar vragen over voor haar.

Haar tong stak uit om haar lippen te bevochtigen en hij wenste dat ze op haar knieën voor hem zat en diezelfde tong gebruikte om hem te proeven en te plagen. Hij martelde zichzelf met zijn fantasieën over haar en het kostte hem al zijn kracht om haar niet van het terrein van de club te sleuren en haar helemaal suf te neuken. "Wil je iets te drinken? Aangezien we hier niet spelen, kan ik nog een glas wijn voor je halen of heb je liever iets anders?"

"Water zou fijn zijn, alsjeblieft." De twee glazen wijn die ze bij het eten had gedronken waren alles wat ze kon verdragen om toch haar verstand te bewaren. Ze wilde alles wat ze vanavond zag in zich opnemen en onthouden, zodat ze het zich morgen tijdens het schrijven kon herinneren. Ze was van plan om Meester Xavier en Rebecca wilde apenseks te laten hebben in het volgende hoofdstuk.

Devon hield een serveerster met een strikje tegen die langsliep en pakte twee flessen water van haar dienblad. "Dank je, Cassandra," zei hij voordat hij het meisje weer op pad stuurde en een van de flessen aan Kristen gaf. "Flessen water zijn de enige drankjes die in de pit zijn toegestaan. Veel van de deelnemers lopen op blote voeten rond en we willen niet dat ze zich snijden aan gebroken glas."

Ze keek naar beneden naar haar schoenen. "Zal ik deze uitdoen?"

Hij nam haar hand en leidde haar naar de grote trap terwijl hij glimlachte. "Meestal heb ik liever dat subs blootsvoets zijn, maar ik vind het prachtig hoe sexy die geweldige hakken je benen eruit laten zien, dus ik wil dat je ze aanhoudt, tenzij je er last van begint te krijgen natuurlijk." En ja, hij ging haar zeker een keer neuken terwijl ze alleen maar die schoenen aanhad.

Hij knikte naar een van de bewakers boven aan de trap en wees op Kristens gele armband voordat hij langs de man liep. Devon, Ian en Mitch waren de enige drie mensen die geen sleutelkaart hadden die gecontroleerd moest worden voordat ze de pit in mochten, en haar polsbandje gaf aan dat ze niet aan een scène mocht deelnemen.

* * *

Terwijl ze de trap afdaalden, hield Kristen zich met de ene hand vast aan zijn arm en met de andere aan de leuning. "Ik heb altijd graag hoge hakken gedragen. Ik ben er zo aan gewend en kan ze uren dragen voordat ik ze uit wil trekken." Ze had ontdekt dat de schoenen van ontwerper Manolo Blahnik, ondanks de hoogte van de hakken, uiterst comfortabel waren, en ze bezat een aantal paar schoenen. Ze waren haar enige grote verwennerij geworden nadat de verkoop van haar boeken was gestegen, waardoor ze een mooi spaarpotje had. Het had haar niet verbaasd dat Tom nooit had gevraagd hoeveel ze op de rekening had staan, die alleen op haar naam stond. Hij kon zich niet voorstellen dat haar boeken ooit zo populair zouden worden dat ze van de verkoop zou kunnen leven en nog geld over zou hebben voor een paar verwennerijtjes. Tjonge, wat was hij geschokt toen hij daar achter kwam tijdens hun scheidingsprocedure.

Toen ze beneden aan de trap kwamen, zag Kristen een vrouw, een paar jaar ouder dan zijzelf, naar hen toe snellen. Ze droeg een felroze beha en een korte plooirok die maar een paar tinten lichter was dan het felroze sluike haar dat over haar schouders viel. De tengere vrouw stopte vlak voor hen en opende haar mond om iets tegen Kristen te zeggen, maar toen werden haar ogen een fractie groter en sloot ze haar mond weer. Ze draaide zich om naar Devon en richtte haar blik op de vloer. "Het spijt me, Meester Devon, vergeef me mijn ongeduld. Mag ik alstublieft toestemming om met jouw onderdanige te spreken?"

Hij glimlachte naar de sub. "Toestemming verleend en trouwens, gelukkige verjaardag." Hij keek toen naar Kristen en knikte. Ze vatte het op dat ze ook mocht spreken.

"Dank u, Sir." Het roosharige meisje draaide zich weer om naar Kristen en begon uitbundig te praten. "Oh mijn god! Jij bent haar . . . jij bent jou . ...jij bent Kristen Anders. Ik herken je van je promofoto's."

Kristen realiseerde zicht wie de vrouw was. "Ben jij Shelby?"

"Ja! Ik kan niet geloven dat we elkaar eindelijk ontmoeten. Ik bedoel, we chatten al zo lang online dat het voelt alsof we al vrienden zijn, maar het is zo geweldig om je in het echt te ontmoeten."

Ze genoot altijd al van de online gesprekken met de bètalezeres, maar nu merkte ze dat ze de vrouw nog aardiger vond. Ze had zo'n sprankelende persoonlijkheid dat Kristen aan regenbogen en puppy's moest denken. "Het is zo leuk je te ontmoeten, en gefeliciteerd. Ik kan je niet genoeg bedanken dat je me in contact hebt gebracht met Meester Mitch. Hij heeft me veel informatie gegeven die me zal helpen met mijn volgende boek."

"Ik ben blij dat ik kon helpen. Ben je al begonnen met schrijven? Wie heb je gekozen als held?"

Kristen lachte om haar enthousiasme. Haar bètalezers probeerden haar al weken zover te krijgen dat ze de hoofd-persoon voor *Leder en Kant* zou verklappen, maar ze had hen nog niet verteld wie ze had gekozen. "De winnaar is Meester Xavier."

Shelby slaakte een gilletje en klapte in haar handen als een opgewonden kind. "Ik wist het wel! Ik werd verliefd op hem tijdens de scène die je hem liet doen in het zwembad met Meester Greg en Annette in *Satijn en Zonde*. Hij klinkt als de ultieme droomjongen."

* * *

Terwijl de twee onderdanigen praatten, keek Devon op om Brody te zien naderen met een brede glimlach op zijn gezicht. De nerd droeg zijn gebruikelijke donkere T-shirt met een strakke blauwe spijkerbroek en bruine cowboylaarzen. Hij verkoos de comfortabele versleten spijkerbroek boven de leren omdat hij geboren en getogen was in het Texaanse boerenland. Toen hij naast hem kwam staan, klopte hij zijn vriend Devon op de schouder.

"Je bent een gelukkig man, Devil Dog." Hij wendde zijn hoofd naar Kristen. "Ze is lekker, maar er moet iets mis met haar zijn sinds ze jou verkoos boven mij. Toen ze niet met me uit wilde, dacht ik dat ze misschien voor het andere team speelde. Ik moet wel toegeven dat ik een beetje verrast was toen Jake zei dat je vanavond een afspraakje had. Ik dacht dat je niet wist wat dat woord betekende."

Devon gaf de man een klap op zijn schouder met de achterkant van zijn hand. "Hou op, Egghead."

Zijn maat grinnikte en veranderde van onderwerp, maar Devon wist dat zodra Kristen buiten gehoorsafstand was, Brody door zou gaan hem te plagen. "Heb je Marco vandaag nog gesproken?"

Devon keek naar de vrouwen naast hem, die nog steeds over Kristens boeken en haar recente verhuizing kletsten, en schudde zijn hoofd. "Nee, dat heb ik niet. Hoe gaat het met zijn zus?"

Brody's gezicht werd somber. "Helemaal niet goed. De dokters hebben vanochtend gezegd dat ze het Hospice zo snel mogelijk moeten inschakelen. Ze heeft hooguit nog een paar weken te leven." Marco's zus, Nina, vocht al meer dan een jaar tegen inoperabele hersenkanker, maar een maand geleden ontdekten ze dat het zich had uitgezaaid naar de meeste van haar belangrijkste organen. Nu wist Devon dat ze hun vriend verlof moesten geven zodat hij zoveel mogelijk tijd met haar kon doorbrengen. "De enige reden dat hij hier vanavond is, is voor Shelby's verjaardag. Ze vroeg ons vorige week om een trio vanavond om het te vieren, en je weet hoe leuk ik dat vind. Die kleine meid daar heeft een van de meest getalenteerde tongen waarvan ik ooit het genoegen heb gehad om mijn lul te hebben."

Beide mannen lachten, en toen onderbrak Brody het gesprek van de vrouwen. "Hé, jarige meid, je spankingbank is bijna klaar. Waarom ga je daar niet heen en hou je Meester Marco niet een paar minuten gezelschap? Wees een beetje brutaal zodat hij kan uitkijken naar je verjaardagsmeppen."

Shelby's grijns verlichtte de kamer. "Ja, Meester Brody." Voordat ze naar het station ging dat voor haar scène was gereserveerd, gaf ze Kristen een knuffel en wendde zich tot Devon. "Dank je, Meester Devon, dat ik met je sub mocht praten. Naast Meester Brody en Meester Marco die vanavond met me spelen, denk ik dat dit het beste cadeau was dat ik kon krijgen."

Devon stak zijn hand uit en gaf het roze haar van het meisje een zachte ruk. "Het was me een genoegen, kleintje. Geniet van je verjaardag."

Toen Shelby zich omdraaide, gaf Brody het meisje een klap op haar achterste, en ze gilde, maar liep weg met een glimlach op haar gezicht. Brody keek toen naar Kristen en knipoogde. "Ik ben een beetje beledigd dat je mijn baas boven mij hebt verkozen. Ik denk niet dat het ooit eerder gebeurd is, maar daar kom ik vroeg of laat wel overheen. Als je het aan Meester Devon vraagt, mag je straks vast wel naar onze scène met Shelby kijken. Ze krijgt haar verjaardagsklappen samen met een paar verjaardagsorgasmes."

Kristens ogen verwijdden zich, en ze beet op haar onderlip terwijl haar wangen rood kleurden. Brody lachte om haar expressie. "Meester Devon, ik geloof dat je sub het een goed idee vindt. Breng haar over een minuut of tien naar de laatste bank, en ik zal een plaatsje voor je vrijhouden vooraan."

Devon was gefocust op zijn sub terwijl hij instemde met zijn vriend. "Ik denk dat je gelijk hebt. Ze vindt het wel een goed idee. We zullen er zo zijn." Hij bleef haar aanstaren terwijl Brody hen een paar meter links van de trap liet staan. Toen ze weer over haar lippen likte, voelde hij haar behoefte, nam het flesje water uit haar hand en schroefde de dop eraf voordat hij het haar teruggaf. "Drink op. Je kan hier gemakkelijk uitgedroogd raken."

Ze nam een slok en moet zich toen gerealiseerd hebben hoe dorstig ze was, want ze slurpte nog wat meer. Nadat ze de halve fles had leeggedronken, nam hij hem weer van haar over en deed de dop erop. "We zullen een beetje rondlopen op weg naar hun scène, die achteraan is. Maar voor we dat doen, de kleedkamers zijn hier helemaal achteraan de trap. Wil je gebruik maken van het toilet ?"

Nu hij het zegt . . . "Ja, Sir. Ik denk het wel."

Hij tilde zijn hand op om haar wang te koesteren en streek met zijn duim over haar dikke onderlip. "Ik hoor graag het woord 'Sir' van je lippen. Ik kan niet wachten om het je te horen zeggen terwijl je me smeekt om je te laten klaarkomen." Haar mond viel open bij zijn uitspraak, en hij maakte van de gelegenheid gebruik om zijn duim tussen haar lippen te duwen en langs haar ondertanden te wrijven. Haar tong stak naar voren en likte het topje van zijn vinger en de hitte laaide op in zijn ogen. Zijn lul werd pijnlijk hard, en hij legde zijn andere hand op haar heup en trok tot ze tegen hem aan stond, van haar borstkas tot haar dijen.

Hij boog voorover en verving zijn duim door zijn mond en tong. Hij begon de kus niet zo langzaam en zachtjes als op de parkeerplaats. Deze keer ging hij er helemaal in op, nam haar intense passie op zoals hij de zijne gaf. Hun tongen duelleerden, eerst in haar mond en toen, tot zijn verrassing en verrukking, in de zijne terwijl ze hem verkende en proefde. Hij nam haar armen, legde ze op zijn schouders en liet ze daar terwijl zijn handen naar het zuiden reisden. Een hand stopte om het gewicht van een van haar borsten te pakken, terwijl de andere naar haar kont ging, en hij kneep in haar weelderige vlees. Het kostte hem alles om niet de onderkant van haar jurk op te tillen, haar op te tillen en haar op zijn stijve lul te spietsen.

Hij stond op het punt om zijn kloppende erectie in haar clitoris te persen toen het geluid van een zweep de lucht doorkliefde, gevolgd door een lage kreun. Kristen schrok van de harde knal, en ze sprong achteruit, haar mond scheurde weg van de zijne, haar adem kwam in harde hijgen die overeenkwamen met de zijne. Hoe graag hij haar ook weer naar zich toe wilde trekken, hij wist dat hij dan de regel van zijn eigen club zou overtreden om niet met gasten te spelen. Zoenen was één ding, maar hij wilde zoveel meer met haar doen dan alleen zoenen. Toen ze weer op adem waren gekomen, pakte hij haar schouders vast, draaide haar naar de deur van de vrouwenkleedkamer en gaf haar een zachte duw. "Kom snel terug, Pet. Ik zal op je wachten."

* * *

Kristen wierp een blik over haar schouder op Devon voordat ze op trillende benen naar de kleedkamerdeur liep. Heilige zoenen, de man wist hoe hij moest kussen. Met de smaak van hem nog op haar tong ging ze de kleedkamer binnen, liep om een afscheiding heen die de binnenkant van de kamer afsloot van de deur, en bevroor bij wat ze voor haar zag.

# Hoofdstuk 9

Toen Kristen in de kleedkamer verdween, hoorde Devon zijn naam roepen door iemand die de trap afkwam. Toen hij opkeek, zag hij zijn broer en neef met een geamuseerde grijns op hem afkomen. Beiden droegen soortgelijke leren vesten zonder hemd en leren broeken, maar waar Ians leer zwart was, was dat van Mitch donkerbruin. Devon rolde met zijn ogen bij hun uitdrukkingen, hij wist wat er ging komen en er was geen manier om het te vermijden.

"Zo, broertje, ik hoorde dat je vanavond een afspraakje had. Weet je eigenlijk wel wat je moet doen op zo'n date?"

Natuurlijk moest Mitch zijn twee cent toevoegen. "Ik denk niet dat de jongen dat weet, Ian, gezien het feit dat zijn date hem verlaten heeft."

"Ze is in het toilet, eikel." Op momenten als deze haatte hij het om zo dicht bij zijn familie te staan. Ze misten nooit een kans om hem of elkaar voor de gek te houden.

"Zo, wie is de gelukkige dame die het voor elkaar kreeg dat jij voor het eten betaalde voordat je haar naaide?"

"Naai jezelf, Ian."

"Nee dank je, ik ben een poesjesliefhebber." Devon gromde en Ian gaf toe. "Oké, oké, ik zal braaf zijn. Wie is ze?

"Weet je nog, die jonge vrouw die vorige week op haar laptop zat te typen toen we in de pub waren?"

"Die leuke brunette waar je over zat te kwijlen in de spiegel?" Natuurlijk had Ian het gemerkt, aangezien de man nooit veel miste. Devon rolde opnieuw met zijn ogen en knikte. "Heel leuk. Mitch vertelde me hoe je haar hier eerder bent tegengekomen. Pas maar op dat je niet in een meidenboek belandt. Iedereen zal alles over jouw kleine Ierse lul te weten komen."

Zijn broer en neef lachten weer, en Devon stond op het punt om ze allebei te vertellen op te sodemieteren toen de deur van het damestoilet open vloog. Hij verwachtte dat Kristen naar buiten zou lopen, maar in plaats daarvan kwam een verlegen sub, Colleen genaamd, naar buiten gerend, haar ogen wijd opengesperd in paniek.

"Meester Mitch, Meester Ian, snel, help alstublieft!" Ze draaide zich om en rende terug de kleedkamer in met Ian, Mitch, Devon en een van de uitsmijters op haar hielen.

Ian en Mitch wisten als eerste door de deur te komen, en voordat hij de hoek van de afscheiding om was, hoorde Devon zijn broer met zijn hardste Dom stem roepen: "Stop!"

Het gekrijs en geschreeuw van de vrouwen in de ruimte kwam tot een abrupt einde. Ze hadden de commotie in de kleedkamer niet gehoord door de stampende muziek.

Verward nam Devon het ongelooflijke tafereel voor zich op en probeerde uit te zoeken wat er in godsnaam aan de hand was. Een sub met de naam Heather lag met haar gezicht op de grond en Kristen zat op haar rug. Zijn date had de arm van het meisje achter haar rug geklemd, en haar hand was geklemd rond een bos haar van de roodharige. Een andere sub, Michelle, zat op de grond en hield haar buik vast in een poging op adem te komen. Colleen stond nu in een hoek links van Devon, haar ogen nog steeds wijd open en haar handen bedekten haar mond terwijl ze naar de andere vrouwen staarde. Hoewel ze nu allemaal stil waren, kon hij nog steeds de zware ademhaling van de vrouwen op de grond horen.

Terwijl Mitch en de uitsmijter net zo verward waren als Devon, was Ian ronduit pissig. Mitch leidde The Covenant, maar Ian was de hoofd Dom, en Mitch liet het vaak aan zijn neef over om de leiding te nemen in situaties als deze. De mannen keken toe hoe de drie onderdanigen overeind kwamen, waarbij Kristen twee stappen achteruit deed om Heathers zwaaiende armen te ontwijken, die nu weer los waren. "Jij trut!"

"Genoeg!" bulderde Ian, zijn woede was duidelijk. "Knieën!"

Zonder te aarzelen lieten Colleen, Heather en Michelle zich op de grond vallen en presenteerden zich op hun knieën, op schouderbreedte uit elkaar, hun hoofd gebogen en hun armen achter hun rug, de handen geklemd rond de tegenovergestelde onderarm. De enige die nog overeind stond was Kristen, die de andere drie duidelijk geschokt aankeek.

Devon deed een stap naar voren, en haar ogen dwaalden af naar de zijne. Met een lage, beheerste stem zei hij tegen haar: "Ik weet dat dit nieuw voor je is, Pet, maar ik stel voor dat je zo snel mogelijk op je knieën valt." Ze aarzelde. "Nu."

* * *

*Oh verdorie!* Kristen wist dat ze het deze keer erg had verpest. Ze viel op haar knieën en spiegelde de houdingen van de andere onderdanigen zo goed mogelijk. Toen ze eenmaal in positie was, hoorde ze Devon fluisteren: "Sorry Ian, dit is nieuw voor haar."

"Dan kan ze het maar beter snel leren, of haar kont zal een maand rood zijn."

*Meent hij dat? Ja, waarschijnlijk wel. Kan dit nog erger worden? Ja, dat kan het.* Ze besefte dat als ze nog een centimeter opschoof, de zoom van haar jurk iedereen een glimp op haar blote kutje zou geven. Ze was wanhopig om het aan te passen, maar omdat ze al genoeg problemen had, liet ze het waar het was en hoopte dat het niet zou bewegen. Ze hield haar blik op de vloer voor haar gericht. Ze wilde dolgraag opkijken om te zien wat er aan de hand was, maar durfde dat niet. De deur die naar de club leidde ging weer open, en ze hoorde Tiny's stem.

"Ik heb dit hier onder controle, Anthony. Wacht buiten en hou iedereen buiten. Kent is boven hetzelfde aan het doen." De deur ging weer dicht en blokkeerde de muziek van de grote zaal.

De man, Ian - ze herkende hem als een van de Sexy Six-Pack van toen ze Devon voor het eerst opmerkte - sprak op een diepe toon die ze een Dom-stem was gaan noemen. "Wil iemand uitleggen wat hier in godsnaam aan de hand is?"

Kristen en het meisje in de hoek, dat nu zachtjes aan het huilen was, zeiden niets. De andere twee begonnen door elkaar heen te praten.

"We waren net aan het praten, en deze trut komt uit het niets . . ."

"Ze viel ons aan zonder reden . . ."

"Ze probeerde mijn arm te breken . . ."

"Stilte!" blafte Ian, duidelijk het einde bereikt van het weinige geduld dat hij had. "Michelle en Heather, ga jullie

Meesters halen en wacht boven op me bij het kantoor. Ik raad jullie aan op te schieten, want jullie willen niet dat ik er eerder ben dan jullie." Kristen keek niet, maar één van de twee moet weer geprobeerd hebben te spreken toen ze opstonden, want Ian voegde eraan toe: "Nee. Naar boven met jullie Doms. Ik zeg het niet nog een keer."

Terwijl de twee vrouwen op blote voeten de deur uitliepen kwam er nog een man binnen die rondkeek. Door haar wimpers heen zag Kristen hoe hij op zijn knieën viel en de huilende jonge vrouw in zijn armen trok om haar te troosten. De man leek achter in de dertig te zijn, terwijl de vrouw jonger was dan Kristens eigen zesentwintig jaar. Ze vond dat ze een schattig stel vormden.

"Wat is er in godsnaam aan de hand, Ian? Waarom zit mijn sub hier te huilen?"

"Dat zal ik zo ontdekken, Reggie." Ian sloot de afstand tussen hem en Kristen, en ze zag zijn voeten een paar centimeter voor haar stoppen. Toen hij sprak, was zijn stem niet meer zo hard als voorheen, maar ze kon zien dat hij nog steeds boos was. "Ogen omhoog, sub."

Ze kantelde haar hoofd naar achteren tot ze zijn gezicht kon zien, maar bleef zwijgen toen zijn ogen zich in haar boorden.

"Wil je me vertellen waar dit allemaal over gaat?"

Kristens blik ging van de man die boven haar uittorende naar het jonge meisje dat snikte in haar Doms armen en weer terug. "Nee, Sir, dat wil ik niet. Niet op dit moment."

Ze wachtte tot hij tegen haar zou schreeuwen In plaats daarvan trok Ian zijn wenkbrauw op bij haar woorden en bewees toen dat hij scherpzinnig was. "Tiny, wil jij Colleen naar het kantoor brengen en met haar binnen wachten, weg van de anderen, alsjeblieft?"

Tiny stapte naar het stel toe toen ze gingen staan. "Kom

met me mee, Juffrouw. Colleen. Ik zal voor je zorgen tot Meester Reggie weer bij je kan komen."

Colleen keek naar Kristen en toen naar elk van de Doms, de tranen vielen nog steeds uit haar mooie ogen. Haar lippen trilden. "Alstublieft, Meester Ian. Het was niet haar fout. Ze hielp me."

Ian keek over zijn schouder naar de sub, en zijn stem werd zachter. "Ga naar boven, kleintje. Alles zal in orde komen. Dat beloof ik."

De jonge vrouw begon nog iets te zeggen, maar Meester Reggie gaf haar een snelle kus voordat hij haar aan Tiny overhandigde. "Ga met Tiny mee, liefje. We zullen dit allemaal op een rijtje zetten. Ik ben over een paar minuten boven."

Nadat de onderdanige en de hoofd uitsmijter vertrokken waren, deed Ian twee kleine stapjes terug, en zijn stem klonk vermoeid. "Sta op, meid, en vertel me wat er gebeurd is, hoewel ik het gevoel heb dat ik het al weet."

Kristen stond op, trok de zoom van haar jurk naar beneden en keek naar de vier Doms in de kamer die naar haar terug staarden. Ze probeerde niet geïntimideerd te zijn, maar dat was geen gemakkelijke opgave, met hun stijve houdingen en strenge gezichten. Ian, Mitch en Devon stonden op dezelfde manier, met hun armen gekruist en hun voeten op schouderbreedte uit elkaar, terwijl Reggie zijn handen op zijn heupen had. Kristen slikte hard en haalde diep adem. "Het spijt me, Sir. Het was niet mijn bedoeling om problemen te veroorzaken, maar toen ik binnenkwam om naar het toilet te gaan, hadden die twee tru . . . Ik bedoel, die twee vrouwen hadden de juffrouw, Colleen, tegen de kastjes aan, en de roodharige had haar hand om Colleens nek en hield haar daar vast."

"Godverdomme!"

Kristens ogen verwijdden zich en schoten in de richting van Meester Reggie die zijn hand ophief in een verontschuldigend gebaar. Het was duidelijk dat de man zijn woede in bedwang hield in haar bijzijn. "Vergeef me, meid. Ga verder."

Ze knikte en hield haar blik op de man gericht. "Ik wilde dit niet in haar bijzijn zeggen, want ze is al genoeg van streek. Ze stonden vlak voor haar neus, en ik heb niet alles gehoord wat ze zeiden, maar de essentie was dat ze dachten dat ze te dik en te lelijk was om haar Dom gelukkig te houden, en als het niet voor het geld van haar vader was, zou ze geen Meester hebben."

Ze huiverde toen Meester Reggie in woede uitbarstte. "Ze zeiden wat? Verrekte ku . . ." Hij onderbrak zijn vulgaire belediging toen hij zich herinnerde dat er een vrouw in de ruimte aanwezig was. "Godverdomme, Ian! Ik heb alles gehad wat ik van die twee teven kan verdragen. Ik wil dat ze hier vanavond nog weggaan!"

Ians blik verliet haar gezicht niet. "Reggie, kalmeer. Ik wil niet dat je weer een astma-aanval krijgt in mijn club. De laatste keer dat we de hulpverleners naar de lobby moesten roepen, geloof ik dat een van hen in zijn broek scheet toen Shelby langsliep, en vervolgens huilde toen Meesteres China zijn mannelijkheid bedreigde omdat ze vond dat ze niet snel genoeg met je bezig waren."

Met die woorden gleed de spanning van de vier mannen af, en tot haar verbazing begonnen Mitch en Reggie te lachen. Devons houding verslapte een beetje, en hij leunde achterover tegen de muur, zijn mondhoeken trilden omdat hij zijn eigen lachen inhield. Ze had het gevoel dat hij hardop met de andere mannen zou lachen als hij niet zo boos op haar was geweest. Ian bleef waar hij was en keek haar aan. "Is dat alles, kleintje?"

Kristen knikte. "Toen ben ik tussenbeide gekomen en, nou ja, je kent de rest."

Ians lippen bewogen, maar hij glimlachte niet. "Reggie, ga naar boven naar Colleen, we komen vlak achter je aan. Nadat ik die twee eens deftig mijn hersenspinsels verkondigd heb, zal hun lidmaatschap beëindigd worden."

In plaats van naar de deur te gaan, stapte Meester Reggie op haar af en nam haar hand in de zijne. "Wat is je naam, meid? En wiens collar draag je?"

"Kristen, Sir. En het is Meester Devons collar." Ze slikte, en haar ogen flitsten naar Devon voor ze terugkeerden naar de man voor haar. Wel, ze zou hem niet veel langer meer dragen, veronderstelde ze.

Meester Reggies bruine ogen werden zachter. "Bedankt dat je voor Colleen opkwam, Kristen. Ik ben dankbaar dat je hier was om haar te beschermen toen ik dat niet kon."

Haar hart zwol op bij de dankbaarheid in zijn ogen en stem, en ze glimlachte naar hem. "Ik ben blij dat ik hier op het juiste moment was. Ik haat pestkoppen."

"Ik ook." Hij liet haar hand los en liep naar de deur, onderweg de andere mannen passerend. "Devon, doe me een plezier en wees vanavond niet te hard voor de kont van je onderdanige."

Kristen beet op haar onderlip toen Devon zwijgend knikte naar de andere Dom. Hij keek haar niet meer aan, in plaats daarvan was zijn blik op de vloer gericht, en ze wist dat ze in grote problemen zat.

"Kleintje." Ze keek terug naar Ian, die niet langer boos leek te zijn - althans niet op haar. Zijn stem en zijn blauwe ogen, die zo op die van Devon leken, waren zachter geworden toen hij tegen haar sprak. "Ik keur vechten in mijn club niet goed, maar zo nu en dan - heel, héél zelden, wil ik toevoegen - zal ik toegeven dat er een goede reden achter zit. Dit is één van die keren. Echter, probeer de volgende keer de beveiliging of een DM te waarschuwen, en ga niet zelf de confrontatie aan met de pestkoppen. Deze keer had je de overhand, maar dat zal niet altijd zo zijn, en ik zou niet graag zien dat je gekwetst wordt. Als je ons nu wilt excuseren, Meester Mitch en ik moeten nog wat dingen regelen, en ik weet zeker dat mijn broer manieren aan het bedenken is om je te straffen omdat je jezelf in gevaar hebt gebracht."

Zonder op een reactie van haar te wachten, draaide Ian zich om en liep de kamer uit, gevolgd door Mitch, die naar haar knipoogde en glimlachte voor hij vertrok. Ze stond daar te wachten tot Devon iets tegen haar zou zeggen. Hij keek haar nog steeds niet aan, en ze begon zenuwachtig te worden, wetend dat ze de rest van hun afspraakje had verpest.

"Als je me mijn tas teruggeeft, bel ik een taxi om me naar mijn auto te brengen."

Zijn ogen dwaalden af naar de hare en vernauwden zich toen hij haar bestudeerde. Met zijn hoofd schuin opzij, zette hij langzame en weloverwogen stappen naar haar toe. "Waarom wil je weg?"

Ze draaide haar handen en vingers voor zich in elkaar. "Nou, ik heb duidelijk de rest van onze avond verpest. Ik weet dat je woedend op me moet zijn omdat ik een gevecht in je club ben begonnen."

Devon stapte haar persoonlijke ruimte binnen. Ze slaagde erin geen stap terug te zetten, niet dat er veel ruimte was tussen haar en de kastjes. Hij greep haar handen en bracht ze naar zijn lippen, kuste de achterkant van de ene en toen de andere. Ze keek naar hem, verbijsterd dat hij zo zacht voor haar was, terwijl hij haar eigenlijk de deur uit zou moeten schoppen. "Waar heb je dat geleerd, Pet?"

Ze was verward, en haar hartslag versnelde door zijn nabijheid. "Wat?"

"Subbie-schop-onder-je-kont als het twee tegen één is."

Echt ? Meende hij dat ? "Uhm . . . Ik heb je verteld dat mijn vader een agent was. Een paar van de vrouwelijke agenten waar hij mee werkte hadden een programma voor tienermeisjes over hoe ze zich moesten verdedigen, en ik was een snelle leerling. Kijk, het spijt me, Devon . . . Ik bedoel, Sir. Het was niet mijn bedoeling om problemen te veroorzaken en ervoor te zorgen dat ze uit de club werden geezet. Ik zag wat ze met haar deden, en er knapte iets in me, denk ik." Ze keek verbaasd toe hoe zijn hoofd achterover viel op zijn schouders en hij begon te lachen. En het was geen kort, licht lachje, maar een bulderende buiklach.

"O, Pet. Wat fascineer je me. Je bent de problemen niet begonnen, maar je hebt ze beëindigd, en ik ben trots op je. We hebben een paar klachten gehad over die twee dat ze andere onderdanigen lastig vielen, en ze hebben een waarschuwing gekregen dat hun dagen hier geteld waren. De enige reden dat ze er nog niet uit waren gegooid, was omdat hun Doms erg geliefd zijn. Ik zou graag een vlieg op de muur zijn geweest om Heather en Melissa's gezichten te zien toen je als een meisjes-ninja tekeer ging tegen hen."

"Meisjes-ninja?"

"Uh-huh. Mijn eigen persoonlijke ninja-girl. Ik vind het wel leuk. Dat zou je nieuwe naam kunnen zijn voor als we niet aan het spelen zijn." Zijn glimlach haperde een beetje, en hij hoopte dat ze het niet merkte. Hij moest ophouden met dat soort dingen te zeggen, dingen die klonken alsof ze ook na het weekend nog tijd met elkaar zouden doorbrengen. Voordat ze verder gingen, moest hij haar vertellen dat dit tussen hen slechts tijdelijk was. Een paar dagen van wederzijds genot, totdat hij haar uit zijn systeem had geneukt, en dan verder zou gaan. Hij was niet van plan om dat gesprek hier in het damestoilet van de club te voeren, maar hij moest het haar snel uitleggen. "Als we opschieten, kunnen we het einde van Shelby's verjaardag scène nog halen. Ik bedoel, als je wilt blijven."

Natuurlijk wilde ze blijven. Ze wilde het uitschreeuwen, maar probeerde kalm te blijven. "Dat zou ik fijn vinden."

Hij kneep in haar beide handen voor hij de ene losliet en aan de andere trok. "Geweldig. Kom op."

Kristen zette twee stappen voorwaarts en kwam toen tot een abrupte stop. Devon keek haar vragend aan. "Is er iets, Pet?"

"Uhm . . . Ik heb nooit de kans gekregen om de faciliteiten te gebruiken."

Lachend liet hij haar hand los en maakte een groots gebaar naar de andere ruimte waar de toiletten en douches zich bevonden. "Ga je gang. Ik wacht buiten op je. Probeer de komende drie minuten niet in de problemen te komen, hmmm?"

# Hoofdstuk 10

Devon haastte zijn sub langs verschillende scènes. Er zou tijd zijn om terug te komen en ze op hun gemak te bekijken, maar hij wilde dat Kristen Shelby's scène zou zien. Een ménage stond op haar lijst van zachte grenzen en hij wilde haar reactie zien. De kont van de jarige zou nu al knalrood geslagen zijn, maar er zou nog genoeg tijd zijn voor zijn Pet om het einde van de scène mee te maken, en hij wist dat het een goede scène zou zijn.

Een duo scène van Brody en Marco was vrij populair bij de ongebonden subs, maar omdat er soms een of beiden met een opdracht bezig waren was het geen wekelijkse gebeurtenis. Omdat Marco de laatste tijd veel bij zijn zus verbleef, dacht Devon niet dat de twee de laatste twee maanden een scène samen hadden gedaan. Er waren wel ménage Dom duo's die nooit een solo scène deden, maar Marco en Brody hadden elkaar niet nodig om van een vrouw te genieten, wat ze vaker wel dan niet deden. Dat betekende niet dat ze niet genoten van hun triootjes als de gelegenheid zich voordeed.

Terwijl ze zich een weg baanden door de menigte die

zich had verzameld rond de ruimte die het trio gebruikte, wist Devon een plekje te vinden waar Kristen, als hij haar voor zich plaatste, een uitstekend uitzicht had. Hij wist meteen wanneer ze zich realiseerde waar ze naar keek, want hij voelde haar adem eerder stokken dan dat hij het hoorde toen hij haar tegen zijn borst hield. Hij gluurde over haar schouder en zag dat haar ogen wijd open stonden, meer van ontzag dan van schrik, dacht hij. De polsslag in haar nek versnelde terwijl ook haar ademhaling toenam en haar gezicht roodgloeiend werd. Hij plaatste zijn mond naast haar oor en fluisterde: "Vind je het mooi wat je ziet, Pet?"

Kristen huiverde, maar antwoordde niet omdat ze de woorden niet kon vinden. Voor haar stond het meest erotische wat ze ooit had gezien. Ze had nog nooit porno gekeken, en hoewel ze dankzij Will een Playgirl-kalender bezat, had ze nog nooit door de foto's in een seksblad gebladerd. De achttien plus films die ze zag, lieten nooit een seksscène als deze zien. Shelby was aan haar middel voorover gebogen, haar bovenlichaam rustend op een rode leren bank. Helemaal naakt, haar kont en bovenbenen waren net zo dieprood als de bank. Ze was vastgebonden en kon haar armen en benen niet bewegen, die aan de bank vastgeketend waren. Een brede riem over haar onderrug hield haar vlak tegen de leren bekleding onder haar. Het meisje zweette, kreunde en kronkelde zoveel als de boeien toelieten, en dat was niet veel. Maar het waren de twee mannen bij haar die Kristens aandacht trokken, hun lichamen die in tandem met elkaar bewogen en de muziek die boven haar pulseerde.

Een man waarvan ze aannam dat het Marco was, stond

achter Shelby, zijn leren broek was losgemaakt, en hij stootte zijn met condoom omwikkelde penis diep in het binnenste van het meisje. Zijn voeten stonden ver genoeg uit elkaar om te voorkomen dat zijn broek verder naar beneden zou vallen. Hun huidige positie ontblootte de bovenste helft van zijn kont, die hard als graniet was. Hij was enorm geschapen, en Kristen kon het niet helpen zich af te vragen hoe hij in de onderdanige paste zonder haar in tweeën te scheuren. Ondanks de herrie om haar heen kon Kristen het kletsen van Marco's ontblootte heupen tegen Shelby's billen horen, en ze was geschokt te beseffen dat haar eigen clitoris mee klopte met het geluid.

Aan Shelby's hoofd stond Brody. Hoewel beide mannen lang en stevig gebouwd waren, waren ze complete tegenpolen als het ging om haar en huidskleur. Marco was een donkere Italiaan met haar dat bijna net zo zwart was als dat van Devon, terwijl Brody eruitzag als een combinatie van een surfer en Noorse god met zijn blonde haar en gebruinde, maar blanke huid. Beide mannen hadden hun T-shirt uitgetrokken en hun bovenlijven hadden dezelfde zweterige glans als het meisje dat ze bereden. Hij wreef met zijn hand over haar blote bovenrug, Brody's spijkerbroek was opengeritst en hing laag op zijn heupen toen hij zijn pik in Shelby's gastvrije mond stootte. Hij was niet zo dik als zijn kompaan, maar nog steeds goed bedeeld.

Shelby's kreunen werd luider en Marco wierp een blik op zijn vriend. "Ze staat op het punt om voor de vierde keer klaar te komen, man. Je kunt beter snel komen als je vanavond niet naar de eerste hulp wilt."

Kristen keek toe hoe Brody knikte en het tempo van zijn heupen opvoerde. Ze draaide haar hoofd een beetje in de richting van Devon, maar hield haar ogen op het triootje. Zijn mond was nog steeds in de buurt van haar oor en hij moet op haar vraag geanticipeerd hebben. "Shelby heeft de neiging om hard klaar te komen, en als ze dat doet, klemt ze meestal haar tanden op elkaar - het is een onvrijwillige reactie van haar. De Doms weten dit en neuken haar mond wat rustiger aan als ze voelen dat ze gaat komen. Marco gaat nu wat rustiger aan doen om te voorkomen dat ze over de rand gaat, en Brody komt eerder klaar dan zij, zodat hij zijn lul niet chirurgisch hoeft vast te laten zetten achteraf."

Brody pakte een handvol roze haar. "Kom op, Shelby, neem het . . . neem het allemaal." De wang van het meisje holde zich toen ze hem harder zoog, en Brody gooide zijn hoofd achterover, spande zich in en brulde zijn bevrediging uit. Geen druppel sperma viel van de lippen van de sub terwijl hij zijn heupen vertraagde en zich uit haar mond terugtrok. Haar lippen waren rood en gezwollen terwijl haar ogen half gesloten en glazig waren. Brody deed geen moeite om zijn spijkerbroek dicht te ritsen nadat hij zichzelf weer had ingestopt. Hij liet zich op zijn knieën naast de vrouw vallen, aaide haar over haar hoofd en sprak tegen haar met een stem die te laag was om door anderen gehoord te kunnen worden. Ze gaf een lichte knik met haar hoofd, en Marco verhoogde zijn eigen tempo weer terwijl hij Shelby's clitje met een haastige beweging vingerde. Haar gekreun werd luider, en veranderde toen in kreten van door elkaar gehusselde woorden. Marco's heupen en vingers vertraagden niet, maar pas toen hij met zijn andere hand hard op haar kont sloeg, schreeuwde ze het uit met zo'n intens orgasme dat het dak op hen had moeten neerkomen. Toen ze voorover viel, nam ze Marco met zich mee, zijn lichaam stijf toen hij klaarkwam in de latex barrière.

Om haar heen hoorde Kristen woorden van waardering en lof voor het trio. De scène was door velen bekeken, en ze verwachtte bijna dat ze in applaus zouden uitbarsten. Ze voelde Devons harde erectie toen hij zijn heupen tegen haar billen drukte, en haar lege vagina klemde zich samen van verlangen. Haar lichaam was zo opgewonden door wat ze had gezien, dat er niet veel nodig was om haar te laten klaarkomen. Een, misschien twee strelingen tegen haar clit en ze zou vliegen. De gedachte verbaasde haar. Ze had nooit kunnen denken dat ze zo opgewonden zou raken van het kijken naar andere mensen die seks hebben. Maar het was niet alleen seks geweest, besefte ze. Het was een sensuele en erotische uitwisseling geweest tussen de drie betrokkenen en gedeeld met de mensen die naar hen hadden gekeken. Ze kon de woorden niet vinden om het uit te leggen. Het was niet grof en smerig geweest, maar vleselijk en mooi - een sensuele dans zo oud als de tijd.

De menigte begon uiteen te gaan toen Brody en Marco de slappe en tevreden Shelby losmaakten en over haar ledematen wreven om haar vertraagde bloedsomloop weer op gang te brengen. Als ze niet had gemompeld in antwoord op de vragen die de mannen haar stelden, zou Kristen gedacht hebben dat de sub bewusteloos was. Er werden verjaardagswensen naar Shelby geroepen terwijl de mensen doorgingen, maar Kristen dacht niet dat het meisje ze hoorde. Ze vroeg zich af of dit de subspace was waarover ze had gelezen tijdens haar onderzoek.

Terwijl Brody bij Shelby bleef, keek Kristen toe hoe Marco een paar meter van de bank vandaan stapte en zijn gebruikte condoom weggooide in een vuilbak in de buurt. Hij knoopte zijn broek weer dicht en pakte toen een deken die iemand hem aanreikte. Met Brody's hulp tilde hij Shelby op en wikkelde de deken om haar naakte lichaam. Daarna nam hij het tengere meisje zonder moeite in zijn armen, draaide zich om en verliet de ruimte met zijn onderdanige. Pas nadat zijn vriend voor de sub had gezorgd, nam

Brody even de tijd om zijn spijkerbroek dicht te ritsen voordat hij de omgving begon op te ruimen. Een vrouwelijke medewerkster van de club, die een rode en gouden strik droeg met een zwarte beha en minirok, het uniform van de club, stapte naar voren om hem te helpen. De medewerkster nam een handdoek en een spuitfles en begon de bank af te vegen. De geur van sinaasappels, die eerder vaag was geweest, overspoelde nu Kristens zintuigen. Ze had ergens gelezen dat de geur van citrusvruchten een afrodisiacum kon zijn, en nu begreep ze waarom. Het vulde de geuren van leer en seks aan zonder te overheersen.

Nadat Brody klaar was met opruimen, pakte hij zijn zwarte plunjezak, zijn persoonlijke speelgoedtas, en liep naar Marco die op een bank in de buurt zat met Shelby op zijn schoot. Ze nipte uit een fles water die de donkerharige man voor haar vasthield. Brody liet de plunjezak aan zijn voeten vallen, ging naast hen zitten, trok de benen van de onderdanige over zijn schoot en begon ze te masseren. Toen ze klaar was met drinken, rustte Shelby haar hoofd op Marco's schouder en sloot haar ogen.

Kristen had zich niet bewogen van waar ze stond en voelde hoe Devon zijn gewicht achter haar verplaatste een seconde voordat ze twee vingers tegen haar doorweekte kutlippen voelde strelen. Het was zo onverwacht geweest dat ze zich even spande voor ze kreunde bij de heerlijke sensatie, maar de vingers verlieten haar lichaam even snel als ze verschenen waren. Toen ze zich omdraaide, zag ze hoe hij de natte vingers in zijn mond stopte en er ernstig aan zoog en likte. Zijn ogen vlamden van hitte. De aanblik verbaasde haar en wond haar nog meer op, ze had niet gedacht dat dat mogelijk was.

Nadat hij de laatste druppel van haar crème had opgelikt, haalde hij zijn vingers uit zijn mond en leunde naar haar toe. "Het is niet omdat we niet kunnen spelen dat ik niet mag aanraken wat van mij is, en de collar die je draagt zegt dat je vanavond van mij bent." Hij likte zijn lippen, en Kristen kon hem alleen maar aanstaren. "Je smaakt zo zoet, Pet, als de zuiverste honing. Ik wil je benen spreiden en je urenlang opeten tot ik genoeg heb gehad. Het doet me zo'n plezier dat hun scène je opwond." Als zijn handen zich niet hadden bewogen om haar middel vast te houden, zou ze in een grote hoop smurrie op de vloer zijn gesmolten. Haar ogen schoven naar beneden, en haar blozende gezicht werd nog roder. Devon nam de twee vingers, die even daarvoor nog in zijn mond hadden gezeten, en legde ze onder haar kin. Ze kon haar geur op hem ruiken. Hij oefende zachte druk uit, zodat ze gedwongen werd hem weer aan te kijken. "Je hoeft je niet te schamen. Je opwinding is niets om je voor te schamen, alleen omdat het niet volgens de normen van de maatschappij gaat. Hier, in deze wereld, is het normaal. Hier is er geen goede of foute manier voor Doms en subs om van seks en al zijn facetten te genieten, zolang het maar veilig, gezond en vrijwillig is. Begrijp je?"

Ze knikte. "Ja . . . ja, Sir, maar..."

"Maar wat, Pet?"

Hoewel ze fluisterde, sprak ze luid genoeg voor hem omdat hij zo dicht bij haar stond. "Is ze echt vier keer klaargekomen?"

* * *

Van alle vragen die hij van haar verwachtte, was dat er niet één van geweest. Devon schoot in de lach voor hij haar antwoord gaf. "Ik weet zeker dat ze dat deed en elke keer was waarschijnlijk net zo intens als degene die we zagen. Heb je nooit eerder meerdere orgasmes gehad?"

Ze schudde haar hoofd, waarschijnlijk in verlegenheid gebracht, denkend dat ze niet was zoals de meeste vrouwen. "Nee, Sir."

Haar ontkenning bracht hem helemaal niet van zijn stuk. Hij dacht terug aan haar limietlijst en het vraagteken dat ze had geplaatst naast "Klaarkomen op commando." "Oké, hier is nog een vraag, en ik stel je deze niet om je ongemakkelijk te maken. Ik leer wat ik moet weten om goed voor je te kunnen zorgen als de tijd daar is. En ik garandeer je dat de tijd zal komen en jij ook." Haar kin viel naar de grond, maar ze zei niets. "Heb je ooit een orgasme gehad tijdens het vrijen?" Toen ze haar hoofd schudde, fronste hij zijn wenkbrauwen. "Ik heb verbale antwoorden nodig, Pet. Ik wil nooit raden naar wat je bedoelt of miscommunicaties tussen ons hebben. Je moet het me in gewoon Engels vertellen. Heb je ooit een orgasme gehad tijdens het vrijen?"

Kristen probeerde van hem weg te kijken, maar hij stond het niet toe. "Nee, Sir. Niet tijdens de geslachtsgemeenschap. De enige orgasmes die ik ooit heb gehad, heb ik mezelf gegeven als ik alleen was. Mijn ex zei dat het kwam omdat ik een koelkast was en me niet kon ontspannen tijdens de seks."

Devon gromde. "En nog een reden om die laag-bij-de-grondse hoop koeienstront waarmee je getrouwd was te verachten."

Haar amusement was duidelijk in haar glimlach. "Realiseer je je dat iedere keer dat je het over mijn ex hebt, je hem iets anders noemt?"

"Nee, dat wist ik niet," grinnikte hij. "Maar omdat ik in de loop der jaren een nogal kleurrijk taalgebruik heb ontwikkeld, weet ik zeker dat ik voorlopig niet zonder nieuwe dingen kom te zitten om hem te benoemen. Maar voor nu wil ik het niet meer over hem hebben. Ik wil hem helemaal niet meer tussen ons, vanavond niet en nooit meer. Dus, ik wil dat je vergeet dat je ooit met hem was. Ik ga je behandelen als een maagd en begin van voor af aan. Ik ga je verleiden, je opwinden, en tegen de tijd dat ik klaar ben, zul je precies weten hoe niet-frigide je bent. Je zult ook weten hoe het is om meerdere orgasmes te hebben, want ik zal niet stoppen totdat ik volledig tevreden ben en je niets meer hebt om me te geven. "

* * *

Devon bracht het volgende uur door met Kristen rond de pit te begeleiden. Ze hadden een paar gesprekken met anderen en ze werd aan hen geïntroduceerd, maar na een paar korte woorden was hij in staat om door te gaan en toch beleefd te blijven, zodat ze zoveel mogelijk scènes kon zien. Hij wilde haar observeren terwijl ze de verschillende scènes bekeek om een idee te krijgen van wat haar interesseerde en dat te vergelijken met haar checklist.

Hij vond een floggingscène en een andere spanking die haar duidelijk opwonden. Een waxscène had haar geïntrigeerd, ondanks de argwaan op haar gezicht toen ze voor het eerst de hete wax zag die op de grote borsten en buik van de vrouwelijke sub werd gedruppeld, voordat het op de clitoris van de vrouw landde, waardoor ze begon te gillen toen ze klaarkwam. Toen ze zagen hoe Meesteres China een sub met een zweep afranselde, vastgebonden aan een Andreaskruis, had Kristen met lede ogen gezien hoe de enkele riem rode lijnen achterliet op en langs de naakte rug, kont en bovenbenen van de man. Devon voelde dat het een beetje te veel voor haar was tijdens haar eerste bezoek, dus bleven ze daar niet hangen.

De meest interessante reactie die ze had was toen ze

stopten om te kijken hoe een nieuwe scène begon. De vrouwelijke sub zat naakt op een bondage stoel terwijl haar Dom haar tepels in stijve pieken plukte, ze klaarmakend voor de krokodillenklemmen die hij in zijn andere hand had. Toen de Dom de klemmen op zijn sub plaatste, verbleekte Kristen. Ze begon in paniek te slaan en haar ademhaling versnelde. Devon wilde haar net wegtrekken toen hij haar handen naar haar borsten zag gaan, alsof ze probeerde de onzichtbare klemmen van haar tepels af te duwen. Hij greep haar bij haar schouders en trok haar weg van het tafereel. Ze was pas overstuur geraakt toen ze de klemmen opmerkte en haar negatieve reactie op een alledaags stuk BDSM-apparatuur zat hem dwars. Er zat een verhaal achter haar reactie, en nadat hij haar gekalmeerd had, was hij vastbesloten om dat uit haar te krijgen. Tot dan was het beste wat hij kon doen haar vasthouden tot haar ademhaling vertraagde en de paniek wegtrok.

* * *

Kristen probeerde haar ademhaling onder controle te krijgen terwijl Devon haar stevig tegen zich aanhield. Hij moest vast denken dat ze een onervaren watje is. Ze dacht dat ze het wel aankon om te zien hoe de Dom de tepels van zijn sub vastklemde, maar zodra het meisje het uitschreeuwde van de pijn, sloeg er iets in Kristen om. Het maakte niet uit dat het meisje nu kreunde van genot. Als Devon haar niet van het tafereel had weggetrokken, had ze vast en zeker overgegeven of was ze bewusteloos geraakt - en dat was niet de manier om een goede indruk te maken.

Ze liet zich door hem naar een zitplaats leiden die dichter bij het midden van de ruimte stond en was verrast toen hij in een leren stoel met gevleugelde rugleuning ging zitten en haar op zijn schoot trok. De stoel stond zo dat ze de scène die haar van streek had gemaakt niet kon zien, en ze wist dat hij die bewust had uitgekozen. Hij verplaatste haar heupen tot ze allebei comfortabel zaten en gebaarde een serveerster om hem een fles water te brengen. Hij nam de fles aan en hield hem tegen haar lippen, zodat ze maar een paar slokjes per keer kon nemen. "Rustig, Pet. Drink niet te snel, anders word je ziek."

Ze knikte en nam nog een paar slokjes toen de gal die eerder achter in haar keel was opgekomen, wegzonk. "Het spijt me. Ik weet niet wat me bezielde of waarom ik reageerde zoals ik deed."

"Ik denk van wel."

Haar ogen flitsten naar de zijne, en toen weer weg, maar hij stond niet toe dat ze zich verborg. Met een tedere aanraking pakte hij haar kin en draaide haar hoofd, zodat ze geen andere keus had dan hem aan te kijken. Ze kon zien dat hij niet boos was, maar bezorgd.

"Vertel me, Pet. Vertel me wat er met je gebeurd is."

Ze probeerde haar hoofd te schudden terwijl haar ogen zich vulden met tranen, maar hij hield haar kaak nog steeds vast. "Dat kan ik niet."

Zijn bezorgde ogen werden zachter van medeleven. Zijn stem was diep, veeleisend, maar toch vriendelijk. "Je kunt het, Pet. Vertrouw me. Er is niets dat je kunt zeggen dat ik niet zal begrijpen. Vertel het me, zodat ik je kan helpen herstellen."

Kristen knipperde een paar keer met haar ogen en haalde diep adem. "Ik kan je niet aankijken als ik het zeg. Ik heb het nog nooit aan iemand verteld, en het is gênant."

Hij streelde haar wang voor hij haar hoofd op zijn schouder legde. Hij draaide zijn hoofd om en kuste haar voorhoofd. "Je hoeft je niet te schamen. Ik zit al meer dan tien jaar in deze levensstijl, en ik heb zo'n beetje alles al gehoord. Niet veel verbaast me meer. Sluit je ogen en neem je tijd. Er is geen haast bij, maar je vertelt het me voordat we weer opstaan. Het kan me niet schelen als je kont in slaap valt, ik zal hem later gewoon weer wakker slaan."

Zoals zijn bedoeling was, hikte ze, waarna ze giechelende en de spanning die ze voelde nam af. Ze sloot haar ogen en nestelde zich dieper in zijn omhelzing. Ze haalde nog eens diep adem en begon te spreken. "Ik heb je al eerder verteld dat ik voor mijn ex nog met een jongen uitging op de universiteit. Hij was degene die er genoeg van kreeg dat ik 'nee' zei tegen geslachtsgemeenschap, maar we hebben wel wat gerotzooid." Devon zei niets terwijl hij haar schouders en rug bleef strelen terwijl hij zijn wang tegen haar haren streek. "We hadden ongeveer drie maanden verkering en alles ging goed, tot we op een avond naar een feestje gingen en Derek iets te veel gedronken had. Later gingen we alleen terug naar zijn studentenhuis en we waren aan het zoenen en zo. Ik had m'n shirt uit, en hij trok m'n beha naar beneden zodat hij . . . God, dit is zo gênant." Devon bleef stil en liet haar in haar eigen tempo vertellen.

Ze haalde nog eens diep adem. "Hij was aan het zuigen en likken aan mijn borsten toen hij een beetje ruw begon te worden. Hij bleef proberen om mijn broek los te krijgen. Ik was nog nooit bang voor hem geweest, maar die avond, ik denk door de alcohol, werd hij agressief, en ik was bang. Ik probeerde hem weg te duwen, en hij beet in mijn tepel, hard. Ik denk dat als ik niet zo hard had geschreeuwd en hem op zijn hoofd had geslagen, hij hem eraf had gebeten."

Ze wist niet wanneer ze begonnen was te huilen, maar de tranen stroomden over haar wangen en ze pauzeerde om op adem te komen. Devons handen bleven haar rug, benen en armen strelen, en de constante bewegingen hielpen haar te kalmeren. Ondanks dat ze in een drukke club was, had ze het gevoel dat ze maar met z'n tweeën waren. Ver weg van alle anderen. Hij mompelde woorden van medeleven voor haar beproeving en lof voor het feit dat zij hem erover vertelde, terwijl zijn lippen tegen haar voorhoofd streken. Ze voelde de spanning in zijn lichaam met de duidelijke woede die hij had tegen de man die haar pijn had gedaan, maar hij hield het in toom.

"Ik pakte mijn shirt en rende terug naar mijn kamer. Godzijdank was mijn kamergenoot dat weekend naar huis gegaan. Toen ik keek, waren zijn tandafdrukken diep genoeg om me te laten bloeden. Het deed zo'n pijn, en ik heb de hele nacht gehuild. Ik heb bijna een maand lang pijn gehad. Ik kon mijn beha niet meer dragen omdat mijn tepel supergevoelig was. Maar het was erger zonder, omdat mijn shirts er constant tegenaan stootten, dus droeg ik mijn gewatteerde sportbeha's tot het genezen was, maar het deed nog steeds pijn. En om het nog erger te maken, kwam Derek de volgende dag naar me toe toen ik zijn telefoontjes en sms'jes niet beantwoordde. Hij herinnerde zich niet eens dat hij het had gedaan. Hij zei dat ik hem bedrogen moest hebben omdat hij het niet gedaan had, en hij zou iedereen vertellen dat ik een bedriegende hoer was als ik het zou melden."

"Dus je hebt het nooit iemand verteld? Nooit naar de dokter gegaan?" Hij sprak de woorden in haar slaap terwijl hij haar bleef bestoken met de zoetste aanrakingen van zijn lippen.

Ze schudde haar hoofd. "Ik weet dat ik het had moeten doen, maar ik was zo bang en gekrenkt. Hoe dan ook, ik heb het toen meteen met hem uitgemaakt. Ik was blij dat we geen les meer samen hadden, maar ik zag hem nog op de campus, en drie dagen later had hij een nieuwe vriendin. Ik heb nooit meer met hem gesproken. Toen Tom en ik begonnen uit te gaan en hij mijn borsten niet mocht aanraken, vroeg hij waarom. Ik zei hem dat ze overgevoelig waren, en hij heeft me daarna niet meer gepusht. Ik kan ze aanraken, en uiteindelijk kwam ik op het punt dat hij ze mocht aanraken zolang hij voorzichtig was, maar ik verstijfde als zijn tanden contact maakten. Ik denk dat het een van de redenen is dat ik slecht in bed ben. Ik denk niet dat ik ooit genoeg kan ontspannen om een man gelukkig te maken."

Zonder waarschuwing pakte Devon haar haren vast en trok haar hoofd naar achteren zodat hij haar in het gezicht kon kijken. Hij fronste, zijn ogen flitsten van woede, en deze keer was het op haar gericht. Hij deed haar geen pijn, maar een greintje angst raasde door haar heen. "Pet, ik zeg dit maar één keer, en als ik mezelf ooit moet herhalen, gooi ik je over mijn knie en zorg ik ervoor dat je een week niet kunt zitten. Ik zal niet toestaan dat je jezelf neerhaalt, nooit, vooral omdat je een versie van PTSS ervaart. Weet je wat dat is?"

Ze had gehoord van Post-Traumatische Stress Stoornis, maar ze dacht dat het alleen gebeurde bij soldaten in de strijd of mensen die getuige waren geweest van een moord of iets net zo ergs. Hij wachtte op een reactie, dus knikte ze zo goed mogelijk met haar hoofd terwijl hij nog steeds een stevige greep op haar haren had. "Wat jou is overkomen was niet jouw schuld. Het was niet veilig, niet verstandig en niet vrijwillig. Niemand, en ik bedoel niemand, zou moeten meemaken wat jij hebt meegemaakt. Je werd misbruikt door een man die je had moeten kunnen vertrouwen. Hij nam je vertrouwen en vernietigde het. Ik wil je nooit horen zeggen dat je slecht bent in bed of dat je een man niet gelukkig kunt maken. Wat je hebt meegemaakt tussen die twee lullenzuigers heeft je passie en je vertrouwen in mannen begraven, maar ik heb glimpen van je passie gezien. Ik weet dat het er is, wachtend om naar de oppervlakte te komen. Die lul heeft je fysiek en mentaal pijn gedaan. En die verdomde amoebe waarmee je getrouwd was, nam nooit de tijd om je lichaam en geest te leren kennen. Hij leerde niet wat je pleziert en wat je beangstigt zoals een minnaar zou moeten doen."

"Als ik bij een vrouw ben, zijn haar plezier, haar verlangens, haar behoeften en haar orgasmes het belangrijkst voor mij. Mijn behoefte aan seksuele bevrediging staat onderaan op een lange lijst. Het is bijna een bijzaak, en ik zal niet toestaan dat het gebeurt totdat mijn sub grondig en volledig verzadigd is en ze niet meer kan verdragen. Mijn bevrediging komt nadat ik haar alles heb gegeven wat ik kan en ik alles heb genomen wat zij in ruil daarvoor heeft. Ik wil de man zijn die je weer vertrouwen kan geven. Ik wil dat je ziet en voelt hoe goed seksueel spel kan zijn."

"Blijf vannacht bij me. . . het hele weekend. Ik wil de man zijn die je orgasmes geeft waarvan je niet wist dat ze bestonden. Ik kan je niet meer geven dan dat. Ik kan je geen voor-altijd geven, dat zit niet in me, maar dit weekend kan ik je de kans geven om te leren wat jij fijn vindt en hoe ongelooflijk seks kan zijn met een man die jouw behoeften, jouw plezier, voor de zijne stelt. Ik wil je leren wat het betekent om je gekoesterd te voelen. Als het niet is wat je wilt, vertel het me nu, en ik breng je naar huis. Maar ontzeg jezelf niet de kans om je seksualiteit te verkennen. Negeer niet wat ik kan zien in je ogen en lichaamstaal, waar je naar verlangt. Als het niet met mij is, zoek dan iemand die je kunt vertrouwen en zorg dat het gebeurt."

Kristen staarde naar de man die haar gevangen hield, niet alleen met zijn handen, maar ook met zijn woorden. Ze wist dat hij gelijk had. Ze was een gepassioneerde vrouw, maar dat zat diep in haar verborgen en geen enkele man had daarnaar gezocht en haar voor zichzelf geplaatst - tot Devon. Wilde ze hem? Geen twijfel mogelijk, dat wilde ze. Vertrouwde ze hem? Ze wist niet waarom, maar het antwoord was ja - ja, ze vertrouwde hem met haar geest en met haar lichaam. Ze hoopte alleen dat ze haar hart niet aan hem zou verliezen omdat ze de pijn niet nog eens kon doorstaan. Dit is wat ze vorige week tegen zichzelf had gezegd: een friend with benefits, niets op lange termijn. En als hij bereid was haar iets te leren en haar te laten ontdekken, zou ze de tijd nemen die hij haar aanbood. En als het zover was, en ze hun eigen weg gingen, zou ze hem bedanken voor alles wat hij haar had gegeven.

Devon kon haar hersenen bijna alles horen verwerken wat hij had gezegd. Hij wilde haar meer dan hij ooit een vrouw had gewild, maar dit was haar beslissing en hij zou zich er aan houden, zelfs als het zijn dood werd. Ze keek in zijn ogen en zijn pik roerde zich op het moment dat hij wist dat ze een besluit had genomen. Hij wist wat haar antwoord zou zijn, maar hij moest de woorden horen, en hij weigerde verder te gaan zonder ze.

"Leer het me, Sir."

# Hoofdstuk 11

Devon stond op en zette Kristen op haar voeten, terwijl hij haar heupen vasthield tot hij zeker wist dat ze stevig stond. Hij greep haar hand en sleepte haar bijna de grote trap op, door het bargedeelte en de dubbele houten deuren uit. Hij zei geen woord tegen haar, noch tegen iemand anders onderweg, en verschillende mensen slaagden er maar net in uit zijn weg te gaan voordat hij ze omver liep. Hij wilde haar strippen totdat ze naakt stond en dat kon hij hier niet doen, niet met de regels die ze hadden. Terwijl ze door de lobby naar de voordeur liepen, hoorde hij haar van achter hem zeggen: "Devon wacht, ik heb mijn handtas nodig. Hij ligt nog in je kluisje."

Hij vertraagde niet maar draaide zijn hoofd zodat ze hem kon horen. "Je hebt hem niet nodig. We halen hem morgenochtend wel." Hij was te ongeduldig om voor iets te stoppen. Hij wilde uren bezig zijn om zijn woorden aan haar te bewijzen. Ze zou vele malen bevredigd worden voordat hij zijn eigen bevrediging vond, of hij zou sterven terwijl hij het probeerde.

Hij gooide de buitendeur open en verminderde zijn pas

een beetje, zodat ze haar evenwicht op de trap niet zou verliezen als ze met haar stiletto's aan naar beneden ging. In plaats van naar zijn auto te gaan, draaide hij zich in de richting van de poort in het hek dat de club scheidt van de rest van het terrein. Toen ze dichterbij kwamen, kwam Beau, Ians grote lab-pit mix, aanrennen om hen te begroeten, blij om iemand te zien die met hem wilde spelen. *Sorry maatje,* dacht Devon, *ik heb grotere plannen vanavond, en daar hoort geen rubberen bal bedekt met hondenslijm bij.*

* * *

"Waar gaan we heen?" Kristen keek naar de zwarte hond die nu met zijn grote lijf tegen de andere kant van het hek stuiterde. "Bijt hij?"

Devon legde zijn hand op de veiligheidsscanner die de voetgangerspoort zou ontgrendelen in plaats van de doorrijdpoort. "Mijn appartement is in het laatste gebouw en hij bijt alleen als we hem dat zeggen, of als een van ons bedreigd wordt." Voordat hij het hek opende, sprak hij het opgewonden mormel toe: "Beau, *pfui, fuss,*" de buitenlandse woorden werden uitgesproken als "fooey" en "fooss." De hond werd rustig en ging zitten terwijl de twee mensen zijn territorium binnenliepen en zijn lievelingsmens het hek weer sloot. Het ongeduld van de hond was duidelijk. Zijn stoppelige, kleine staart trilde terwijl de rest van zijn lichaam stil bleef. Toen de twee over het terrein begonnen te lopen, viel hij in de pas en klemde zijn harige lichaam bijna aan de rechterpoot van zijn mens.

Kristen was een hondenliefhebster en keek verbaasd naar het dier terwijl ze gelijke tred hield met Devon. "Wat heb je tegen hem gezegd?"

Hij vertraagde zijn pas een beetje toen hij besefte dat ze

bijna rende om zijn lange pas bij te houden. " Zijn naam is Beau. De andere twee woorden zijn 'nee' en 'hak' in het Duits. Ian heeft hem als pup gevonden en hem laten trainen door een man die gespecialiseerd is in beschermings- en veiligheidshonden. Zijn commando's worden in het Duits gegeven zodat slechteriken hem geen commando kunnen geven. Hij kent maar een paar woorden in het Engels door de omgang met ons, en die zijn allemaal onschuldig."

Kristen was onder de indruk. "Dat is zo cool. Misschien moet ik dat onthouden voor een van mijn boeken." Devon stopte even. Ze struikelde bijna voor hij haar arm vastpakte en haar tegenhield. "Wat is er?"

Zijn gezicht stond ernstig en op de grens van kwaad. "Ik wil iets heel duidelijk maken. Dit tussen ons, wat we op het punt staan te doen, is geen onderzoek. Kristen, het is echt. Ik wil geen verhaal zijn in een van je boeken. Als dat de reden is waarom je bij me bent, zeg het me dan nu, want als ik er later achter kom dat je me daarom gebruikt, zweer ik dat je het je zal bezuren."

Is dat wat hij dacht dat ze aan het doen was? Voordat ze haar geduld verloor, dacht ze even na vanuit zijn standpunt. Ja, ze was naar The Covenant gekomen voor onderzoek, maar ze was met hem teruggekomen omdat ze dat wilde. Omdat ze hem wilde. Ze bracht haar hand naar zijn wang en ze zag zijn strenge gezicht ontspannen. "Ik kan zien dat je je zorgen maakt en ik kan niet zeggen dat ik me niet onbewust zal herinneren hoe je me vanavond hebt laten voelen terwijl ik aan het schrijven ben, maar ik zou jou of iemand anders nooit op die manier gebruiken Devon. Ik zweer het je, ik ben hier omdat ik je wil. Niet voor onderzoek voor mijn boeken, maar om de vrouw te ontdekken waarvan ik hoop . . . ik geloof dat ze diep in me verborgen zit."

Hij leunde voorover en nam bezit van haar mond, hard

en snel. Hij greep haar heupen vast en trok haar naar zich toe tot hij niet meer kon ontkennen hoe graag hij haar wilde. Toen ze in zijn mond kreunde en haar lichaam tegen het zijne begon te wrijven, rukte hij zijn mond los van de hare, greep haar pols en begon haar weer mee te trekken. "Kom op, vrouw, voordat ik je op de grond gooi en je hier neuk. Ik zou het niet erg vinden, maar ik weet zeker dat je in mijn bed meer op je gemak zult zijn."

Giechelend om zijn ongeduld volgde ze hem het laatste pakhuis in, door een deur op de begane grond die hij ook met een handscanner opende. De buitenkant van het gebouw verloochende opnieuw de binnenkant. Op een paar passen van de buitendeur was een houten appartements-deur. Bruine tapijten links van hen leidden naar een over-loop op de tweede verdieping en een andere deur. De muren waren zacht beige geschilderd.

Devon wees naar een veel kleiner luik rechts van de deur van het appartement op de eerste verdieping en sprak tegen de hond. "Beau, geh rein," zei hij tegen de hond, terwijl hij het uitsprak als "gay rine," de Duitse woorden voor "ga naar binnen." "Je baas komt zo thuis." De hond naderde met tegenzin, maar gehoorzaam, de deur, en een rood lampje op een klein zwart kastje boven aan de deur werd groen. Beau duwde met zijn kop de bovenste klapdeur open en verdween, terwijl de deur weer op zijn plaats viel en het groene lampje weer rood werd. Devon nam Kristens hand in de zijne en leidde haar de trap op.

Hij stopte bij de deur op de tweede verdieping en gebruikte nog een handscanner om deze te ontgrendelen. Ze keek naar de vloer en glimlachte toen ze weer een hondendeurtje in het plaatwerk zag. Devon opende de deur van zijn appartement en gebaarde haar eerst naar binnen te gaan. Toen ze rondkeek in zijn woonkamer kon ze niet geloven dat ze in een oud pakhuis waren. De muren en het drie meter hoge plafond waren allemaal afgewerkt met gyproc en de ruime kamer was comfortabel ingericht. De muren waren mosgroen geschilderd en de meubels gemaakt van donker gebeitst hout. Een grote, L-vormige, bruin lederen bank besloeg twee van de muren van het woonge- deelte, terwijl twee relaxfauteuils in een gedempte stof de zithoek completeerden. De grote ingelijste foto's aan de muren, de salontafel, de bijzettafeltjes, de lampen en de kussens op de bank waren goed op elkaar afgestemd.

Twee grote horizontale ramen bevinden zich hoog aan de buitenmuur boven het korte uiteinde van de bank, waar- door er veel licht naar binnen valt maar niemand van buitenaf naar binnen kan kijken zonder een ladder te gebruiken. Gordijnen in dezelfde stof als de kussens omlijstte het glas. Tegenover de lange kant van de bank stond een enorme multimediakast met een 60-inch flatscreen TV, een ingewikkeld uitziende stereo-installatie, een spelconsole en een assortiment foto's van familie en vrienden. Achter de grote zithoek bevond zich een bar met zes stoelen, hoewel er geen flessen drank op de plank stonden.

Aangrenzend aan de woonkamer, maar toch een eigen open ruimte, was een eethoek met een teakhouten tafel en stoelen voor acht personen en een bijpassende buffettafel en servieskast. Twee prachtige smeedijzeren kroonluchters, die leken op die in de club, hingen aan het plafond boven de eethoek en de woonkamer. Voorbij de eetkamer was de ingang naar een enorme eetkeuken met roestvrij stalen apparatuur, eikenhouten kasten en zwart granieten aanrechtblad. De muren waren ivoorkleurig geschilderd. Tegenover de voordeur en tussen de woon- en eetkamer was een gang die naar de achterkant van het appartement leidde, waar ze aannam dat er slaapkamers waren en minstens één badkamer. Het hele appartement leek groter dan de krotwoning met drie slaapkamers waarin ze was opgegroeid.

Toen ze zich omdraaide, zag ze dat Devon naar haar keek. "Je huis is prachtig."

Zijn grijns was schaapachtig. "Dank je, maar ik kan de eer niet opstrijken. Ik bedoel, kom op, ik ben een man die het grootste deel van zijn volwassen leven op marinebasissen heeft gewoond en op de grond heeft geslapen op plaatsen die je je niet kunt voorstellen als we op missie waren. Zie je mij al gordijnen of bankkussens uitzoeken? Toen mijn moeder mijn kartonnen eettafel zag, en mijn chaotische bank en klapstoelen, heeft ze een binnenhuisarchitect ingehuurd om alles eens grondig onder handen te nemen. Het resultaat is wat je ziet en het kreeg eindelijk mama's goedkeuring. Ians huis was in ieder geval niet veel beter dan het mijne. Hij kreeg ook de koninklijke behandeling." Hij deed een paar stappen in de richting van de gang en voegde eraan toe: "Maak het jezelf gemakkelijk, ik ben zo terug."

Terwijl Devon naar de achterkant van het appartement verdween, bleef zij rondkijken. Toen ze de foto's weer zag, liep ze er heen om ze beter te kunnen bekijken. Er waren twee foto's van de Sexy Six-Pack. Op de ene waren ze gekleed in militair camouflagepak en hielden ze enorme wapens vast, op de andere speelden ze een drie tegen drie basketbalspel. De foto zag eruit alsof hij buiten op het terrein was genomen. Er was een foto van Mitch, Ian en Devon gekleed in hun lederen clubkleding in de lobby van The Covenant. Ze zagen er een paar jaar jonger uit, en ze vroeg zich af of de foto genomen was toen ze de club voor het eerst openden. Ze ging naar een andere groep foto's. De eerste was van een veel jongere Devon in marineblauw, geflankeerd door een oudere man en vrouw, van wie ze aannam dat het zijn ouders waren.

Achter zich hoorde ze hem terugkomen in de kamer en ze wilde zich naar hem toedraaien, maar iets hield haar tegen. Ze keek nog eens naar de foto en richtte haar blik op de oudere man die haar zo bekend voorkwam. Devon stopte naast haar en ze besefte dat hij een trainingsbroek had aangetrokken en dat zijn voeten nu bloot waren. "Dat zijn mijn ouders, Chuck en Marie."

De namen deden geen belletje rinkelen, dus ging ze verder naar de volgende foto, die van vier jongens, van wie drie tieners. Twee van hen leken op een tweeling, en ze dacht dat één van hen Devon was. Ze wees naar de jongen links. "Ben jij dit?"

* * *

Devon knikte, pakte toen haar hand en leidde haar naar de bank waar ze allebei gingen zitten. "Ja, dat ben ik. Vlak voordat Ian vertrok naar de basistraining."

"En die andere twee? Ik neem aan dat dat je andere broers zijn."

Hij draaide zich naar haar toe en ging met zijn vinger op en neer langs haar blote arm, terwijl zijn andere hand met haar haar speelde. "John is degene die op mij lijkt, en Nick is de kleine jongen."

Hij wist dat er nerveuze spanning achter haar vragen zat in plaats van haar nieuwsgierigheid. Zijn familie was niet iets waar hij vaak over sprak. Als hij de situatie niet onder controle kreeg, zouden haar hersenen wel eens de overhand kunnen krijgen over wat haar lichaam duidelijk wilde. Toen het erop leek dat ze nog een vraag wilde stellen, dook hij met zijn vingers in haar zijdezachte lokken voordat hij haar beetpakte en haar mond naar de zijne trok. "Ik wil niet meer praten."

Toen drukte hij zijn mond op de hare en nam wat hij wel wilde - haar.

# Hoofdstuk 12

Hij inhaleerde haar. Kristen genoot van elke seconde, maar toen ze probeerde haar lichaam dichter bij het zijne te brengen, trok hij zich weer terug. Zonder een woord te zeggen stond hij op en trok haar naast zich voordat hij haar door de gang naar zijn slaapkamer leidde, waarvan ze nauwelijks merkte dat die net zo was ingericht als de rest van zijn huis. Wat ze niet kon missen was het middelpunt van de kamer - een zwart gebeitst eiken hemelbed met een grijs en kastanjebruin dekbed erop.

Devon liet haar hand los en liet haar naast het bed staan terwijl hij erop ging zitten en opzij leunde, zijn bovenlichaam op een elleboog steunend. "Kleed je uit. Ik wil je weelderige lichaam zien en ik wil dat je ogen de hele tijd op de mijne gericht zijn. Rits je jurkje los en laat het langzaam over je lichaam glijden, waarbij je centimeter voor centimeter je heerlijke lichaam laat zien. Denk niet na. Volg mijn bevelen op en voel. Voel hoe mooi je voor me bent. Je hebt geen idee hoe graag ik je wil, maar dat zul je spoedig weten."

Ze slikte en voelde haar hartslag stijgen. Zijn verleidelijke stem was betoverend. Dit kon ze doen. Het was tenslotte wat ze zichzelf meerdere malen had gezegd dat ze wilde. Na een seconde of twee aarzelen, reikte ze naar de rits van de jurk en liet hem zakken. Langzaam. Haar ogen bleven op zijn blauwe ogen gericht, en ze besefte dat die van hem op zijn beurt op die van haar gericht bleven - hij keek niet naar haar lichaam, maar naar haar geest. Haar zelfvertrouwen ging een paar tandjes omhoog. Toen de rits bij haar middel ophield, ging haar hand terug naar het dunne riempje dat de jurk omhoog hield, en ze trok het over haar rechterarm, centimeter voor centimeter, een marteling. Zijn neusvleugels wapperden, alsof hij haar geur zocht, maar zijn blik ging niet van haar gezicht af.

Terwijl de stof van de jurk over haar opgewonden tepels sleepte, waardoor ze nog harder werden, stokte haar adem. Een golf van opwinding bevochtigde haar binnenste dijen. Tegen de tijd dat ze de jurk tot op haar middel had, wilde ze hem het liefst helemaal uittrekken, haar hand tussen haar benen schuiven en zichzelf verlossen van de intense druk die daar piekte. Ze gebruikte beide handen om de jurk over haar voluptueuze heupen te schuiven, en toen ze die eenmaal voorbij was, viel de jurk op een hoopje op de vloer. Ze deed een stap opzij en schoof de afgedankte stof aan de kant.

Pas toen ze volledig naakt voor hem stond, sloeg Devons blik neer terwijl hij elke centimeter van haar in zich opnam. "Draai je helemaal om."

Dit was nog verontrustender dan toen ze het volledig aangekleed in het restaurant had gedaan. Deze keer was het echter niet zijn hand die haar aanraakte, maar zijn hongerige blik. Toen ze klaar was met draaien, stond Devon op en stak zijn hand naar haar uit. Zonder aarzelen legde ze haar hand in de zijne en liet hem haar helpen op het grote bed te klimmen. "Ga op je rug in het midden van het bed liggen, Pet. Benen tegen elkaar, recht vooruit. Doe je handen boven je hoofd en pak de palen in het hoofdeinde vast, en hou ze daar. Je vertrouwen tot nu toe heeft me nederig gemaakt, maar ik denk niet dat je er klaar voor bent dat ik je in deze omgeving vastbind. Maar als je je handen weghaalt zonder toestemming, zullen er consequenties zijn. Begrepen?"

Nadat ze zich had gepositioneerd zoals hij had bevolen, likte ze haar lippen en knikte toen. "Ja, Sir, ik begrijp het."

"Goed zo. Je bent absoluut mooi, Pet."

Ze bloosde toen ze zag hoe hij de zoom van zijn shirt vastpakte en het over zijn hoofd tilde, en de T-shirt bovenop haar jurk gooide. Haar ogen werden groot bij wat ze zag, en ze likte weer over haar lippen. Ze kon het niet helpen. Zijn torso was gebeeldhouwde perfectie. Als hij in de tijd van Michelangelo had geleefd, zou het beeld Devon heten in plaats van David. Hij en de rest van zijn vrienden zouden voor altijd de Sexy Six-Pack zijn in haar gedachten, maar de man voor haar had een sexy eight-pack. Het was geen lichaam dat alleen in de sportschool werd gewonnen, hoewel hij duidelijk tijd doorbracht met gewichtstraining. Er zat een vloeiendheid in zijn spieren als ze bewogen, die afkomstig was van zwemmen of andere cardio-activiteiten. Ze durfde te wedden dat hij hield van bergbeklimmen of een andere extreme sport. Toen hij haar belangstelling zag voor de zwarte tatoeage boven zijn hart, wreef hij er met zijn hand over, maar legde de letters en cijfers niet uit.

Hij liet zijn joggingbroek aan hoewel die zijn erectie niet verborg, kroop op het bed en strekte zich op zijn zij naast haar uit, zodat hij op ooghoogte met haar borstkas was. Hij legde de vingers van één hand op haar buik en begon in kleine, sensuele cirkels te wrijven zodat ze kippenvel kreeg. Warmte straalde van zijn vingers in haar lichaam toen hij de cirkels geleidelijk groter en groter begon te maken tot hij de onderkant van haar borst en de bovenkant van haar geschoren heuveltje aan het strelen was, haar nooit helemaal rakend waar zij dat wilde. Ook al lette hij op zijn hand en waar hij haar aanraakte, hij wist het zodra ze haar ogen sloot. "Ogen open, Pet. Volg mijn hand. Kijk hoe je lichaam reageert op mijn aanraking."

Ze deed wat haar gezegd werd en merkte hoe haar borsten zwaarder werden en hoe het kloppen in haar clitje verhevigde. Ze probeerde haar dijen tegen elkaar te wrijven om wat broodnodige wrijving tussen haar benen te creëren, maar zijn hand tilde op van haar buik en hij gaf haar een scherpe tik op een van haar dijen. Haar heupen schokten van verbazing. "Niet bewegen, Pet. Je geeft jezelf geen plezier hier. Dat is mijn werk, en ik zal het doen in mijn eigen goede tijd."

De klap had niet meer pijn gedaan dan de eerste prik, maar ze schrok er wel van, net als van haar verhoogde opwinding. Voor ze het kon verwerken, trok zijn hand langs haar torso en pakte het gewicht van haar borst het dichtst bij zijn gezicht. Devon tilde de borst op, masseerde het vlees en legde zijn vingers rond de basis voordat hij zijn hand verplaatste om hetzelfde met haar andere borst te doen. Terwijl hij haar tweede borst bespeelde, tuitte hij zijn lippen en blies op de tepel van de eerste, op zo'n vijf centimeter afstand. De sensatie zond bliksemschichten naar haar clitoris, en ze kromde onwillekeurig haar rug. Toen nam hij zijn wijsvinger en begon luie cirkels rond haar borsten te trekken, van de ene naar de andere, beginnend bij de basis, helemaal naar haar tepels toe, maar stopte niet om de verharde punten aan te raken. Kristen hijgde bijna en voor het eerst sinds haar verschrikkelijke ervaring op de universiteit wilde ze een man smeken om haar tepels aan te raken.

Devon stopte niet met waar hij mee bezig was. "Neem je linkerhand en haal je duim en wijsvinger door wat ik weet dat je drijfnatte kutje is en smeer ze in met je sappen. Raak je clitoris niet aan en steek ze niet in je. Maak ze gewoon lekker nat."

Ze haalde haar hand weg van waar die de hele tijd had gelegen en deed wat hij haar beval. Kreunend ging ze met haar vingers door haar plooien en verzamelde zoveel mogelijk van haar vocht. Toen ze haar vingers omhoog hield zodat hij ze kon zien, gaf hij haar verdere instructies. "Speel nu met je linker tepel met je vochtige vingers. Rol hem tussen je duim en vinger en trek er aan."

Haar gedachten flitsten naar een soortgelijk bevel waarvan ze gedroomd had dat Meester Xavier haar gaf. Haar ademhaling nam toe samen met de pijnlijke behoefte in haar kutje. En, oh, hoe herinnerde ze zich hoe dat scenario was geëindigd. Op het moment dat haar natte vingers zich rond haar linker tepel sloten, streek Devons vochtige tong naar haar rechter. De gecombineerde sensaties deden haar schreeuwen om meer en alle gedachten aan de fictieve Meester X vluchtten uit haar gedachten.

Devons tong likte keer op keer aan haar tepel en hield gelijke tred met haar vingers die haar andere tepel streelden. Als zij versnelde, versnelde hij . . . als zij vertraagde, vertraagde hij. Hij was dan wel degene die de bevelen gaf, maar zij begon te begrijpen hoeveel controle zij ook had.

"Maak je vingers weer nat. Nadat je ze weer op je tepel hebt gelegd, wil ik dat je hetzelfde doet met je andere hand en deze van me overneemt."

Ze deed wat haar gezegd werd en nadat ze beide borsten onder controle had, gleed Devon verder van het bed. "Stop niet met ze te spelen, Pet, en spreid je benen wijd voor me. Ogen op mij en wat ik aan het doen ben."

Ze deed haar benen uit elkaar en hij klom over haar rechterbeen voor hij zich tussen hen in nestelde. Hij duwde haar enkels naar haar heupen toe tot haar knieën naar zijn zin gebogen waren met haar voeten plat op het bed. Ze was nu zo bloot dat hij zich er niets meer bij voor moest stellen. Ze keek toe hoe hij met zijn eeltige handen langs de binnenkant van haar dijen ging en stopte bij haar onbeschermde kern, die hij omlijstte met zijn beide duimen en wijsvingers. Zijn mond was slechts centimeters verwijderd van waar zij dat het meest wilde. Tom had haar daar alleen aangeraakt maar had haar nooit orale seks gegeven, en ze wist dat Devon op het punt stond iets te doen wat ze alleen in haar dromen had meegemaakt. Ze wachtte en wachtte . . . ze wilde hem smeken om iets anders te doen dan tussen haar benen staren terwijl haar vingers aan haar tepels bleven plukken en knijpen. Zijn ogen gingen naar de hare. "Ik hou ervan hoe je kutje bloot is, Pet. Het is zo mooi, mijn mond loopt ervan over. Zeg eens, hoe lang doe je dit al?"

"Wat doen? Scheren daar beneden?"

"Ja, hoelang wax jij je poesje al? Heb je dit voor die ezel gedaan, of ben ik de eerste die je zo ziet ? Ik wil een eerlijk antwoord, Pet."

Haar lege vagina klemde zich in wanhoop, zoekend naar iets, wat dan ook om het te vullen. "Ik probeerde het voor het eerst zes maanden geleden, voor research. Ik vond het leuk en bleef het doen. Dus het antwoord op je vraag is dat jij de enige persoon bent die het heeft gezien."

Zijn grijns werd bijna kwaadaardig. "Ik ben zo blij dat te horen, Pet."

Hij sloot de ruimte tussen hen en verstijfde zijn tong om de lengte van haar druipende spleetje te likken. Ze gilde zijn naam en haar heupen veerden op van het bed, maar hij greep ze vast en zette ze terug waar ze thuishoorden. "Blijf stil liggen, Pet, of ik laat je niet klaarkomen. En, ik heb je niet gezegd te stoppen met die prachtige tieten van je te spelen."

"J-Ja, S-Sir," hijgde ze. Haar vingers begonnen weer te bewegen, en deze keer toen hij haar likte alsof ze een ijshoorntje was, slaagde ze erin haar heupen niet te bewegen - nauwelijks.

"Hhmmm, recht uit de bron. Dit is zoveel beter dan jouw zoete nectar van mijn vingers te likken, niet dat ik daar niet enorm van genoten heb. Je mag klaarkomen wanneer je maar wilt, Pet."

Devon ging door haar te plezieren met zijn tong, afwisselend indringend en vegend. Terwijl zijn duim over het bovenste van haar clitoris begon te wrijven, kreunde ze. De eerste keer dat hij zijn tong in haar stootte, rolden haar ogen terug in haar hoofd terwijl haar lichaam begon te klimmen. Orale seks was beter dan ze zich ooit had voorgesteld. Hij had eerder gezegd dat hij haar urenlang wilde opeten en nu liet ze hem zijn gang gaan.

Hij verplaatste zijn handen, legde er een boven haar heuvel en gebruikte zijn vingers om haar kleine juweel bloot te leggen voor zijn mond, terwijl hij twee vingers van zijn andere hand nam en ze in haar hete, natte kanaaltje stootte. Zijn tastende vingers zochten en vonden de plek waar het voelde alsof hij vanuit haar baarmoeder over haar clit wreef. De drievoudige aanval op haar tepels, clitoris en G-spot bleek te veel voor haar te zijn en ze gilde het uit terwijl ze uit haar voegen barstte. Witte lichten vlogen voor haar gesloten ogen. Haar lichaam schokte en haar benen trilden. De spieren van haar vagina klemden zijn vingers in een harde greep, weigerden ze los te laten. Devons tong likte sneller om elke druppel van haar bevrediging op te vangen en even later ging ze weer over de rand, dit keer nog harder gillend.

Terwijl ze weer naar de aarde begon af te dalen, keerde zijn mond terug naar haar clitoris en begonnen zijn vingers te werken om haar voor een derde keer de lucht in te sturen. Ze was geschokt toen ze voelde dat haar lichaam weer begon te stijgen. Ze dacht niet dat ze nog een orgasme aankon, als het net zo intens was als de eerste twee. Haar handen hadden haar borsten verlaten tijdens haar eerste ontlading, en nu klemden beide vuisten zich vast aan het dekbed terwijl ze hem smeekte. "N-neee, niet weer, alsjeblieft!"

"Ja, Pet," gromde hij in haar klit. "Nog een keer!"

Zijn mond en vingers waren meedogenloos en of ze wilde of niet, ze kwam al snel weer klaar. Haar derde orgasme was het sterkste tot nu toe, en het zou haar verbazen als ze er niet aan onderdoor ging. Als dat wel zo was, zou het een helse manier zijn om te gaan.

Een minuut of tien later begon Kristens wazige geest op te klaren toen ze in Devons armen lag. In minder dan een uur had de man het ongelijk van haar ex bewezen. Ze was verre van frigide. Sterker nog, ze was een razende vulkaan in de handen van een man die wist hoe hij een vrouw moest behagen. Van waar haar hoofd op zijn borst rustte, keek ze in de lengte van Devons lichaam en zag dat hij zijn jogging-broek nog aanhad met zijn stijve er nog in. Ze besefte dat hij, ondanks haar drie krachtige orgasmes, nog niet was klaargekomen. "Devon . . . Ik bedoel, Sir?"

Hij kuste de bovenkant van haar hoofd. "Ja, Pet?"

"Je bent niet . . . Ik bedoel . . . wil je niet . . . uhm?"

Hij grinnikte zachtjes. "Maak je geen zorgen over mij, de nacht is nog jong. Ben je teruggekomen naar de Aarde?"

Terwijl ze haar hoofd optilde, glimlachte ze naar hem. "Ja, en ik heb een verzoek."

"Alles, liefje."

Plotseling voelde ze zich verlegen en bloosde. "Leer me hoe ik jou moet behagen?"

* * *

Hoewel Devon glimlachte om haar vage verzoek, was hij niet van plan haar te laten gaan. "Me hoe te behagen? Je bent me al de hele avond aan het plezieren."

Ze rolde met haar ogen, en zijn hand op haar kont kneep in haar vlees. "Auw! Dat doet pijn!" Haar ogen flitsten geïrriteerd.

"Rol dan niet met je ogen naar je Dom." Hij probeerde streng te klinken, maar ze was zo schattig als ze geïrriteerd was op hem. "Nu, wat wil je, Pet? In gewoon, simpel en smerig Engels."

"Goed," snauwde ze. "Ik wil dat je me leert hoe ik je moet pijpen. Is dat duidelijk en vies genoeg voor je?"

Het was alles wat hij kon doen om niet te lachen om haar nukkigheid. "Duidelijk genoeg, ja. Smerig genoeg, nee. Maar we zullen er later aan werken om je ondeugende woordenschat uit te breiden. Voor nu, voordat we verder gaan, heb je een straf tegoed.

Ze piepte toen ze rechtop ging zitten. "Nu?"

Hij duwde zichzelf in een zittende positie en legde een kussen tussen zijn rug en het hoofdeinde, om het zich gemakkelijk te maken. "Ja, Pet, nu. Ik heb gewacht omdat ik wilde dat je eerste orgasmes alleen het resultaat van genot zouden zijn. Omdat ik bewezen heb dat je niet ongevoelig bent zoals je in het verleden verteld is, is het tijd voor je pak slaag. Kom op mijn schoot liggen."

Ze aarzelde en hij gaf haar even de tijd om in het reine te komen met wat ze op het punt stond hem te laten doen. Hij wist dat ze zijn bevel zou opvolgen, maar ze was nieuw in BDSM. Dit was haar eerste straf in de wereld van het seksuele spel, en het moest haar beslissing zijn of ze de laatste stap voorwaarts wilde zetten of niet. Toen ze eindelijk geaccepteerd had dat dit was wat ze wilde, kroop ze naar hem toe en ging met haar kont in de lucht over zijn dijen liggen.

Hij wreef over het bleke vlees van haar kont en kneep in haar wangen om ze op te warmen. "De telling is zestien, Pet. Ik laat je deze ene keer kiezen. Na de eerste acht kun je ervoor kiezen dat ik je nu de rest geef. Je tweede optie is dat je de andere acht krijgt als we 's morgens wakker worden, want je blijft de rest van de nacht in mijn bed liggen. Is dat duidelijk?"

Hij kon de nervositeit in haar stem horen toen ze antwoordde: "J-ja, Sir."

Zodra de woorden uit haar mond kwamen, hief hij zijn hand op en sloeg die weer op een bil. *Smak.* Hij was blij toen ze een gil gaf, maar niet bewoog. Haar ivoorkleurige huid werd roze, en hij hield zijn hand er even tegenaan om de warmte binnen te houden. *Smak.* Deze kwam terecht op haar andere bil. Weer slaakte ze een kreetje, maar ze bleef op haar plaats. Hij wist dat na de eerste geregistreerde prik het zou veranderen in iets dat ze nu niet zou kunnen uitleggen.

*Smak. Smak. Smak.* Deze waren een beetje harder. Ze piepte en begon te kronkelen. Zijn hand op het midden van haar rug weerhield haar ervan ergens heen te gaan. Hij richtte de volgende drie langs de plooien waar haar kont en dijen elkaar ontmoetten. *Smak. Smak. Smak.* Hij pauzeerde toen ze begon te snikken en hij streek met zijn hand over haar rode billen, om haar de kans te geven haar ademhaling onder controle te krijgen. Ondanks haar geschreeuw was ze erin geslaagd haar handen voor zich te houden met een stevige greep op het dekbed. Het deed hem plezier dat ze zich verzette tegen wat een natuurlijke reactie zou zijn geweest voor een nieuwe sub om rond te reiken en te proberen haar huid te beschermen tegen zijn straf. Hij dook met zijn vingers tussen haar benen, en ze kreunde toen hij vond wat hij verwacht had - ze was erg opgewonden. "Dat waren er acht, Pet. Moet ik doorgaan of ze bewaren voor de ochtend?"

* * *

Kristen was zo in de war. Haar kont stond in brand, en het enige waar ze aan kon denken was hoe graag ze wilde dat hij zijn pik diep in haar stootte en haar neukte. Ze was doorweekt. Hoewel er tranen uit haar ogen vielen, wilde ze dit achter de rug hebben en verder gaan naar het punt waarop hij haar weer zou laten klaarkomen. Wachten om de andere acht te ontvangen tot morgenochtend zou haar alleen maar de hele nacht ongerust maken. "Ik neem ze nu, Sir, alstublieft."

"Heel goed, ik zal het snel maken."

De volgende waren harder dan voorheen en hoewel ze huilde van de pijn, hijgde ze ook en werd ze met de seconde natter van de warmte die volgde. Toen het laatste pak slaag was uitgedeeld, slaakte ze een zucht van verlichting. Hij liet haar rusten terwijl hij haar tere huid streelde. Nadat haar ademhaling weer onder controle was en haar tranen niet meer vielen, hielp hij haar overeind en knielde ze naast hem op het bed. Ze wilde nog niet gaan zitten.

Devon streek haar vochtige haar uit haar gezicht. "Ik

ben trots op je, Pet. Je hebt het heel goed gedaan voor je eerste spanking. Nu zijn de redenen voor je straf uitgewist, en kunnen we overgaan tot meer plezierige activiteiten. Ik geloof dat je me vroeg om je iets te leren."

Haar met tranen besmeurde wangen plooiden toen ze naar hem glimlachte. "Inderdaad, Sir. Ik vroeg je om mij te leren hoe ik je moet pijpen."

* * *

Devon verschoof zijn heupen zodat hij een beetje achterover leunde en schoof de elastische tailleband van zijn joggingbroek over zijn pijnlijke pik naar beneden. "Dat zal ik met plezier doen, Pet. Schuif naar beneden op het bed en trek mijn broek verder uit." Nadat ze zijn kleren had uitgetrokken, spreidde hij zijn benen om haar ruimte te geven. "Op je knieën tussen mijn benen, Pet. Ik wil je rode kontje in de lucht zien terwijl je me bevredigt. Maak het je gemakkelijk."

Toen ze op haar plaats zat, nam hij zijn pik hard in zijn hand en richtte hem naar het plafond. Een druppel voorvocht sijpelde uit zijn spleet. "Lik eraan." Hij keek toe hoe ze voorover leunde en haar tong uitstrekte om zijn eikel af te likken. Ze genoot van de smaak voordat ze hem weer likte, en nog een keer. Haar onervarenheid was duidelijk, maar in plaats van hem af te schrikken, maakte het hem juist harder. "Neem je hand en wikkel hem om me heen." Hij haalde zijn eigen hand weg en de hare nam de plaats in. "Strakker, Pet. Aarrgghh, ja. Zo ja. Neem nu het hoofd tussen je lippen terwijl je je hand op en neer pompt, langzaam."

*Godver!* Haar onschuld zou zijn dood worden. "Dat is het. Neem me nu in je mond zo ver als je kunt. Let op je tanden." Ze sleepte hem in en uit haar mond, elke keer een beetje verder naar binnen. Haar vertrouwen groeide met elke pas. "Gebruik je tong op de weg naar buiten. Verdorie! Je bent hier een natuurtalent in, Pet. Ik weet niet of ik het lang zal volhouden."

Zonder dat het haar gezegd werd, verhoogde ze haar tempo en zijn ogen rolden terug in zijn hoofd. "Neem je andere hand en rol er zachtjes mijn ballen in." Hij vouwde zijn hand in haar haar en stootte zijn heupen omhoog om zijn lul naar de achterkant van haar keel te sturen. Ze kokhalsde, en begon toen instinctief door haar neus te ademen. Zonder twijfel ging deze vrouw hem vermoorden van gelukzaligheid.

"Pet, ik hou het niet lang meer vol. Wat er ook gebeurt, ik beloof dat ik vanavond mijn pik in je zoete kutje zal krijgen. Als je niet wilt dat ik in je keel klaarkom, kun je me dat beter nu zeggen."

Weigerend te stoppen, verstevigde ze haar greep op zijn schacht en ballen en zoog hem harder en sneller. Het was alle aanmoediging die hij nodig had. Hij brulde toen hij diep in haar mond klaarkwam. Hij voelde hoe ze een paar keer slikte. De beweging van haar keel verlengde zijn orgasme en dwong een lange kreun uit zijn mond. Ondanks zijn ontlading, was hij nog steeds hard. Terwijl hij naar beneden reikte, verraste hij haar door haar onder haar armen te grijpen en haar omhoog te trekken tot ze schrijlings op zijn heupen zat. Hij leunde voorover en pakte een van de condooms die hij op het nachtkastje had gelegd toen hij eerder zijn broek verwisselde. Ze ging op haar knieën zitten. Hij rolde het condoom om voordat hij zijn pik tegen haar opening aan legde. Zodra zijn eikel in haar zat, liet ze zich helemaal op hem zakken. Ze was zo strak, maar haar nattigheid vergemakkelijkte zijn intrede. Hij pakte haar heupen vast en begon ze op en neer te bewegen, gelijk met die van hem. "Oh God, liefje. Je voelt zo verdomde goed."

* * *

Kristen kon niet geloven dat er zich weer een orgasme in haar opbouwde. Nooit in haar leven had ze geweten dat seks zo ongelooflijk kon zijn. Dit was waar vrouwen over opschepten en wat ze in haar boeken schreef. Ze klemde zich om hem heen, en hij kreunde, dus deed ze het nog een keer. Zijn vinger vond haar clitoris en toen hij erover drukte, gilde ze het uit terwijl golven van extase door haar heen vloeiden. Voordat ze wist wat er gebeurde, draaide Devon hen om, zodat hij nu bovenop haar lag. Hij begon koortsachtig met zijn heupen te pompen. Allemachtig. Ze zou niet nog een keer kunnen klaarkomen. Maar hij bewees haar ongelijk, en deze keer nam ze hem mee, en als één vlogen ze over de rand.

# Hoofdstuk 13

Devon wachtte in zijn kantoor op Boomer. Het jongste lid van het team had hem een sms gestuurd dat hij tien minuten te laat zou zijn door een lekke band van zijn jeep. Er lagen dossiers en papierwerk op Devons bureau die aandacht nodig hadden, maar zijn gedachten waren bij de brunette naast wie hij vanochtend wakker was geworden. Hij kon zich niet herinneren wanneer hij voor het laatst een hele nacht met een vrouw in bed had doorgebracht. Dat was al vele jaren geleden. Terugdenkend moet het in de tijd geweest zijn dat hij bij de marine was, en niet in zijn eigen bed, maar in een hotel. Geen enkele vrouw, behalve Jenn, zijn moeder, tante Marsha en de binnenhuisarchitect, was ooit in zijn appartement hier in het complex geweest. Al zijn seksuele ontmoetingen vonden plaats in de club. Tot gisteravond.

Hij werd wakker met Kristens verleidelijke hand die over zijn borst en buik streek voordat ze lager begon te zoeken. In plaats van haar te laten weten dat hij wakker was, hield hij zijn ogen een paar tellen dicht om van haar aanrakingen te genieten. Ze stond op het punt om haar zachte hand om zijn harde lul te leggen toen hij haar verraste door haar op haar buik te draaien, een condoom te pakken en van achteren in haar te glijden. Het was snel en vleselijk geweest, en op een of andere manier niet bevredigend genoeg, want een paar minuten later nam hij haar opnieuw onder de douche. Niet voordat hij de tijd had genomen om haar in te zepen en elke centimeter van haar heerlijke lichaam te betasten en haar de longen uit haar lijf liet schreeuwen toen ze weer klaarkwam. Hij vroeg zich af of Ian haar had gehoord in zijn eigen appartement beneden, ondanks de geluidsisolatie die ze hadden aangebracht in de muren en plafonds van de eenheden. In één nacht en vroege ochtend had hij haar acht of negen orgasmes gegeven - hij was de tel kwijtgeraakt - en vond zijn eigen bevrediging vier keer. En toch wenste hij dat ze hier in zijn kantoor was, zodat hij haar op zijn bureau kon neuken. Kristen mag dan veel dingen zijn, maar frigide was er niet één van.

Hij kon niet genoeg krijgen van zijn Ninja-girl bibliothecaresse. De vrouw had zoveel verschillende lagen en hij dacht niet dat hij ze ooit allemaal zou ontdekken als hij het de rest van zijn leven zou proberen. Om een vreemde reden die hij niet kon verklaren, had hij haar onderdanige collar niet verwijderd nadat hij haar vanochtend bij haar auto had afgezet. Hij merkte dat ze het vaak aanraakte, alsof het haar aardde, en de gedachte beviel hem meer dan nodig was.

Ze was gisteravond zo gretig en ontvankelijk geweest, dat het hem versteld deed staan. Hij kon zich niet herinneren dat de onschuld van een vrouw hem zo had opgewonden als die van Kristen. Hij kon zich ook niet herinneren dat hij ooit zo op zijn gemak was geweest bij een vrouw met wie hij seks had gehad. Nadat ze gistermiddag

The Covenant had verlaten, had hij haar achtergrondcheck bekeken die Marco een paar dagen eerder had gedaan. Hij was verbaasd te zien dat ze geen alimentatie had gevraagd tijdens haar scheiding. Ook al verdiende haar eikel van een ex, Tom Rydell, goed als effectenmakelaar en de geitenneuker zou het verdiend hebben als ze dat wel had gedaan. De meeste vrouwen zouden wraak nemen op een bedriegende man door zijn bankrekening te plunderen. Kristen had dat niet gedaan. Naast het feit dat ze zelf een bètalezer was voor andere auteurs, verdiende ze behoorlijk wat geld aan haar eigen boeken en daar kon ze comfortabel van leven. Ze baande haar eigen weg in de wereld en was daar trots op.

Devon had nog nooit een vrouw zo verleidelijk gevonden. Ondanks zijn gedachten, of misschien juist daardoor, kon hij niet wachten om haar vanavond weer te zien. Ze hadden een laat diner bij hem thuis gepland en een nog later dessert, omdat hij tot ongeveer zeven uur zou werken. Hij zou zijn speelgoedtas uit zijn kastje in de club moeten halen omdat hij wist wat haar volgende les zou inhouden.

Hij hoorde geklop op zijn deur en hief zijn hoofd op om Boomer binnen te zien komen en plaats te zien nemen in een van de leren stoelen aan de andere kant van zijn bureau. "Hé Devil Dog, sorry dat ik te laat ben. Ik moet gisteravond over een spijker gereden zijn. Die verdomde band was vanmorgen nog platter dan een stuk doodgereden wild."

Devon wierp een blik op de kleine klok in een koperen anker dat op zijn bureau stond en noteerde de tijd. "Geen probleem, man. Die dingen gebeuren. We hebben nog een paar minuten voordat we naar het vliegveld moeten om koning Rajeemh en zijn lieftallige kroost te ontvangen."

Hij zei de laatste drie woorden sarcastisch en met een

oogrol. Koning Rajeemh was de heerser van het kleine Noord-Afrikaanse land Timasur, in de buurt van Mali. De man bezat verschillende huizen over de hele wereld, maar het nabijgelegen landhuis aan de golf van Clearwater Beach was een van zijn favorieten. Hij en zijn familie bezochten het meerdere keren per jaar en maakten gebruik van Trident Security om zijn persoonlijke lijfwachten bij te staan wanneer zij daar waren. Voor een royalty was de koning een relaxte man en vriendelijk tegen iedereen in zijn dienst, zolang ze hem niet beledigden of verraadden. Zijn zoon, Prins Raji, de erfgenaam van de troon, was precies zoals hij. Maar zijn dochter, Prinses Tahira, was een heel ander verhaal.

De exotisch mooie drieëntwintigjarige was een verwend nest, eenvoudig en simpel. Ze behandelde haar volgelingen alsof het insecten waren aan de onderkant van haar schoen, tenzij ze iets van hen wilde. Ze had ook een zwak voor Amerikaanse mannen en had zonder succes elke man bij Trident ten huwelijk gevraagd, net als alle contractarbeiders die het bedrijf gebruikte als ze extra mankracht nodig hadden. En verdomme, wat kon ze pruilen en wraak nemen als ze niet kreeg wat ze wilde.

De laatste keer dat ze in Florida was, was het Brody die ze schaamteloos had versierd zodra haar vader zijn rug keerde. Nadat de nerd haar op een ochtend voor de derde keer had afgewezen, sleepte ze hem en de rest van haar beveiliging naar elke schoenenwinkel binnen een straal van 80 km. Vijf uur lang paste ze elk paar dat ze mooi vond, niet één keer, niet twee keer, maar drie keer, waarbij ze de voor- malige SEAL om zijn mening vroeg over elk paar. Alsof Brody het verschil wist tussen een pump en een kleine hak. Devon kende het verschil ook niet, maar diezelfde avond was Brody een half uur tekeer gegaan over de kleine prinses en haar fetisj, zodat ze allemaal een ongewenste les over damesschoenen hadden gekregen. Uiteindelijk hadden ze Shelby gesmeekt om met hem te gaan spelen om hem de mond te snoeren. Niet dat de onderdanige dat erg vond.

"Waarom zit ik weer vast aan deze opdracht?" Boomer had de afgelopen twee dagen geklaagd sinds ze hadden ontdekt dat het koninklijk gezelschap op het laatste moment hun reisroute zou wijzigen na een bezoek aan New York, waar koning Rajeemh een conferentie in de VN had bijgewoond.

"Omdat het jouw beurt is in de prinsessen rotatie."

"En waarom zitten jij en Ian alweer niet in de rotatie?"

Devon grijnsde. "Omdat wij je loonstrookjes tekenen, eikel."

De jongere man fronste zijn wenkbrauwen. "Ik wist dat er een kloterige reden voor was. Kun je me nu neerschieten en me uit mijn lijden verlossen? Je weet hoezeer ik winkelen haat, tenzij het is voor een nieuw wapen of speelgoed voor de club." Devon grinnikte voordat Boomers frons veranderde in een kwade grijns, alsof er plotseling een gedachte bij hem opkwam.

"Over de club gesproken . . .

*Uh-oh.*

"Vertel me hier eens over..." Hij knipte een paar keer met zijn vingers. "Hoe noemde Egghead het ook alweer? Oh ja . . . een afspraakje. Dat is het. Vertel me over die date die je gisteravond had. Ik hoorde dat ze vreselijk knap is en flink van zich af heeft geslagen in de kleedkamer." Boomer was blijkbaar opgedoken in The Covenant nadat Devon Kristen eruit had gesleept.

"Had je een afspraakje?"

De ogen van beide mannen dwaalden af naar de open kantoordeur en zagen daar Paula Leighton staan. Boomer draaide zich om zodat de vrouw hem niet kon zien en mompelde het woord 'sorry'. De dertigjarige office manager had de afgelopen drie maanden voor hen gewerkt nadat mevrouw Kemple met pensioen was gegaan om dichter bij haar drie pasgeboren kleinkinderen in Miami te wonen. De oudere vrouw had sinds het begin van Trident voor hen gewerkt en was een soort surrogaatmoeder voor hen allemaal. Ze was een geschenk uit de hemel geweest toen Jenn voor het eerst bij Ian kwam wonen. Ze gaf het jongere meisje een begripvolle en sympathieke schouder om op te leunen en nam haar mee uit winkelen voor spullen die ze nodig had voor haar studentenkamer. Ze gaven haar een groot feest in een plaatselijk restaurant en een mooie ontslagpremie toen ze hen verliet na Paula opgeleid te hebben. De grijsharige vrouw werd erg gemist.

Efficiëntie was niet Paula's probleem. Het probleem was dat ze te nieuwsgierig was naar hun privéleven en zich erin probeerde te mengen. Ze maakte ook niet zo subtiel bekend dat ze het niet erg zou vinden om uit te gaan met een van de mannen die ze elke dag op kantoor zag. Het leek erop dat haar hoop op Marco gevestigd was. In zekere zin had Devon medelijden met haar omdat ze te hard haar best deed om erbij te horen, waardoor het nog duidelijker werd dat dit niet zo was. De mannen probeerden subtiel te zijn maar lieten haar toch weten dat ze niet in haar geïnteresseerd waren anders dan als de vrouw die hun kantoor runde. Zelfs als een van hen zich tot haar aangetrokken voelde, was geen van hen zo dom om zich in te laten met een werknemer van het bedrijf. Als er niets zou veranderen, zou Devon met Ian moeten praten om haar te ontslaan en een vervangster te zoeken. Op dit moment wilde hij haar nieuwsgierige vraag niet beantwoorden en stelde hij zijn eigen vraag. "Paula, wat doe jij hier op een zaterdag?" Het was een bewijs van waar zijn gedachten eerder waren geweest toen hij zich realiseerde dat hij het alarm op zijn telefoon, dat afging als het binnenhek werd geopend, nooit had gehoord. Niet alleen toen Boomer kwam aanrijden, maar ook toen Paula was gearriveerd.

De vrouw wuifde met haar hand alsof haar onverwachte aanwezigheid niets voorstelde. "Oh, ik was gisteren mijn portemonnee vergeten in mijn bureau nadat ik tijdens de lunch wat rekeningen had betaald, dus ik ben even langs gekomen om hem op te halen. Ik wilde nog even naar het toilet voordat ik wegging. Met wie ben je gisteravond uit geweest?"

Devon pakte zijn schouderholster en deed die om, voordat hij zijn SIG Sauer 9mm semiautomatisch wapen erin stopte.

"Niemand die jij zou kennen." Zijn antwoord was expres vaag. Hij pakte zijn sleutels en mobiele telefoon van zijn bureau voordat hij de lichtgewicht sportjas nam, die zijn wapen in het openbaar zou verbergen, van waar het lag over de arm van zijn bank. Ze hoefden pas over een minuut of tien weg, maar hij wilde Paula niet de kans geven nog meer vragen te stellen. "Kom op, Boomer. We willen de prinses niet laten wachten." Terwijl hij de vrouw passeerde op weg naar buiten, voegde hij eraan toe: "Prettig weekend, Paula."

* * *

"Oké, schatjes, lunch bestellingen zijn binnen, mimosa's staan klaar. Begin maar met al die lekkere vuile praat."

Kristen rolde met haar ogen naar Will en besefte dat ze

met de leren collar speelde die nog om haar nek zat. Ze was hem vanmorgen vergeten af te doen en dat wilde ze nu ook niet. Devon had haar niet gezegd dat ze hem af mocht doen en het voelde niet goed om dat zonder zijn toestemming te doen. "Ik heb geen idee waar je het over hebt."

"Doe niet zo terughoudend, Kristen, of ik laat Roxy je een pak slaag geven."

Ze snoven en giechelden om Kayla's opmerking, en Roxy voegde eraan toe: "Ik weet het niet, schat, ik denk dat ze het misschien te leuk vindt." De vier lachten nog harder en trokken een paar blikken van het zaterdagse brunchpubliek in The Gallery. Het was een combinatie van kunstgalerie en restaurant waaraan de anderen haar hadden geïntroduceerd. Je kon er heerlijk eten en er hingen schilderijen van plaatselijke kunstenaars die te koop waren. Sommige schilders hadden veel talent en elke keer als ze er gingen eten, werden verkochte schilderijen vervangen door nieuwe. Er was een schilderij dat Kristens aandacht trok toen ze voor het eerst gingen zitten en toen ze het beter bekeek, realiseerde ze zich dat het leek op de kunst in de lobby van The Covenant. Ze vroeg zich af of ze door dezelfde kunstenaar waren gemaakt en besloot dat ze Devon er vanavond tijdens het eten naar zou vragen.

Kristen keek naar haar vrienden en neef en was opnieuw dankbaar voor haar nieuwe leven in Florida. Twee maanden nadat ze getrouwd waren, was Tom overgeplaatst naar het kantoor van zijn bedrijf in New York City, dus waren ze naar New Jersey verhuisd, aan de overkant van de Hudson van Manhattan. In het begin was ze blij geweest dat ze haar nieuwe man overal kon volgen, maar het duurde niet lang voordat ze eenzaam werd. Haar beste vriendin van de middelbare school, die ook haar bruidsmeisje was geweest, was na haar afstuderen aan de ASU voorgoed naar

Arizona verhuisd. Kristens andere vrienden van de middelbare school en de universiteit waren verspreid over alle staten met nieuwe carrières en nieuwe gezinnen. Haar ouders en stiefouders hadden hun eigen banen en levens om hen bezig te houden. De meeste van hun buren in Ridgewood, New Jersey waren tweeverdienersgezinnen die van maandag tot vrijdag werkten, van negen tot vijf of later, dus ze had met geen van hen een band opgebouwd die verder ging dan algemene gesprekken. Ze had zich op het schrijven gestort en haar menselijk contact bestond al snel alleen nog maar uit haar man, als hij thuis was, haar familie en beste vriendin via de telefoon. Haar redacteur en Bèta-lezers online, met een paar samenkomsten met Tom zijn compagnons als afwisseling.

Nu had ze weer persoonlijke vrienden en dat voelde heerlijk. "Oké, waar wil je het eerst over horen? Diner, de club, of erna?"

Roxy riep "de club" terwijl de andere twee eisten dat ze over "daarna" zou vertellen.

Ze giechelde en nam nog een slok. "Het is makkelijker om alles op volgorde door te nemen." Haar tafelgenoten kreunden voordat ze haar stem verlaagde om niet te worden afgeluisterd door andere klanten. "Oké, kort en bondig. Ik was dertien minuten te laat aan het restaurant, en hij beloofde me een pak slaag te geven voor elke minuut dat ik te laat was. Het diner was geweldig. Ik had de kalfspiccata en hij de steak pizzaiola. Goed gesprek, geen afknappers, veel hete opwarmers, een kleine faux pas van mijn kant toen het klonk alsof ik hem naar zijn financiële status vroeg. Hij leek het niet erg te vinden. Veel geflirt, en hij gaf me een hap van zijn eten. Ik liet hem me in zijn auto naar de club brengen. Nerveus geklets, en we kwamen veilig aan."

Haar metgezellen lachten om haar gehaaste, stuntelige

samenvatting van het eerste deel van haar afspraakje. Ze haalde dramatisch adem en nam toen een slok van haar champagne met sinaasappelsap. "Oké, over naar de goede dingen. Toen we bij de club aankwamen, deed hij als een echte heer het portier van mijn auto voor me open en kuste hij me. En ja, de man kan kussen."

Ze pauzeerde toen de serveerster hun bruschetta voorgerecht bracht. "De club was absoluut geweldig. Het ziet er zo anders uit 's nachts met de sfeerverlichting en zo."

Roxy nam het woord. "En ik weet zeker dat het feit dat er een groep bijna naakte mensen rondliep, iets te maken had met de andere sfeer."

Kristen huiverde, knikte toen, want dat deel was ongemakkelijk geweest. "Ja, in het begin vond ik het eng. Ik werd aan al die mensen voorgesteld, sommigen met al hun edele delen zichtbaar, en ik wist niet waar ik moest kijken."

"Het duurt een tijdje om eraan te wennen. Toen ik Kay voor het eerst meenam naar clubs, maakte dat haar meer van streek dan de eigenlijke scènes. Een gewoon gesprek is moeilijk als je probeert niet te staren naar de doos en de tieten van een meid, of naar het klokkenspel van een jongen."

Ze barstten allemaal weer in lachen uit, waardoor ze nog meer aandacht op zich vestigden, maar ze konden het niet helpen. Will moest bijna huilen. "Doos en klokkenspel? Zijn dat echte medische termen, dokter? Ja, mevrouw Smith, jouw zoon die met zijn klokkenspel speelt is normaal, en de doos van jouw tienerdochter is nog niet geopend, maar ze moet wel een beha voor die prammen hebben."

Kristen viel bijna uit haar stoel omdat ze zo hard moest lachen dat haar wangen en buik pijn deden. De anderen

waren net zo erg. Het duurde enkele minuten voor ze zichzelf weer onder controle hadden, want ze konden elkaar
niet aankijken zonder weer uit hun dak te gaan. Ze wuifde
met haar handen voor haar met tranen gevulde ogen. "Oh
mijn God, Will, dat heb je niet gezegd."

"Natuurlijk wel, lieverdje. Daarom ben ik hier . . . om er
goed uit te zien voor de mannen, en om een komische
verlichting en mode stylist te zijn voor mijn meisjes. Nu
terug naar de sappige details, zoals waarom je nog steeds
zijn collar draagt. Ik ben misschien niet zo voor kinky, maar
ik weet wel wat zo'n collar betekent."

"Jij verdomde trut!"

Geschrokken keken Kristen en haar vrienden op en
zagen een zeer boze vrouw over haar heen staan. Ze schrok
toen ze zich realiseerde dat het de roodharige was die ze
gisteravond een schop onder haar kont had gegeven.
Heather of Melissa, ze wist niet zeker wie wie was. Hoe dan
ook, Kristen was niet van plan om in een kwetsbare positie
te blijven, dus stond ze op. Net als Roxy en Will, die aan
weerszijden van haar zaten, terwijl Kayla toekeek vanuit
haar stoel in een hoekje.

"Door jou ben ik mijn lidmaatschap van de club kwijt,
trut."

Er zat puur venijn in haar woorden en woede in haar
ogen, maar Kristen weigerde zich terug te trekken, ook al
maakten ze een publieke scène. Ze had de vrouw de avond
ervoor verslagen en dat zou ze vandaag weer doen. Ze hield
haar stem kalm, wat de roodharige zeker nog kwader zou
maken. "Nee, je bent je lidmaatschap kwijt omdat jij en je
cohort een lief, onschuldig meisje pestten dat te bang voor
je was om voor zichzelf op te komen. Dat is wat pestkoppen
zoals jij doen. Maar ik heb je gisteravond gezegd, en ik zeg

het je nog een keer . . . ik ben niet bang voor je, dus als je het tegen me op wilt nemen, laat ik je met alle plezier weer op je gezicht vallen."

Ze deed een stap naar voren, maar Roxy was sneller en ging voor haar staan, tegenover de vrouw die hun brunch had onderbroken met haar onbeleefdheid. Als ze niet had gehoord dat Roxy een BDSM-top was, had Kristen misschien niet gemerkt dat ze zo'n autoriteit in haar stem had. Maar nu herkende ze duidelijk de lage belazer-me-niet-of-je-zal-er-spijt-van-krijgen toon van een Dom/Domme, en ze wist dat ze nooit aan de slechte kant van de goede dokter wilde staan. "Heather, ik weet niet of je me nog kent, maar je vriend Scott is een medewerker van mij uit het ziekenhuis. En ik betwijfel of je wilt dat ik een gesprek met hem heb over je gedrag van vandaag, want zo te horen is hij al boos op je. Ik stel voor dat je doorgaat, anders bel ik Scott sneller dan je 'ja, Mevrouw' kunt zeggen. Ben ik duidelijk?"

Kristen keek toe hoe Heather met elk woord dat Roxy sprak steeds meer verbleekte. De Domme Dokter had een gezond maatje achtendertig en was één meter tachtig op haar lage hakken, zodat ze ontzagwekkend kon zijn als ze dat wilde. Ze torende boven de nu zeer geïntimideerde sub uit, van wie Kristen verwachtte dat ze ofwel zou flauwvallen ofwel in haar broek zou plassen. Zonder nog iets te zeggen, draaide de vrouw zich om en scheurde het restaurant uit, twee verwarde vrouwen achterlatend om haar achterna te gaan. Roxy draaide zich om en keek Kristen aan, haar ogen glinsterden van ondeugendheid. "Oh, meisje, ik kan je vertellen dat je nog niet aan de goede delen toegekomen bent, en ik kan niet wachten om ze te horen."

Toen ze weer met z'n drieën gingen zitten, sloeg Kayla haar ogen op naar haar vrouw en zong: "Ik hou ervan als je in je beschermende Wonder Woman persona kruipt. Het is zo opwindend." Toen keek ze naar Kristen en wenkte tegelijkertijd hun serveerster. "Begin te vertellen, meid, dit gaat goed worden. Serveerster, nog een kan mimosa's, alstublieft."

# Hoofdstuk 14

Om kwart over zeven die avond sneed Kristen tomaten in Devons keuken voor een salade die ze aan het samenstellen was. Aan de overkant van het eiland waar ze werkte, draaide de brede rug van de man naar haar toe terwijl hij een pan met penne a la wodka aan het bakken was. Hij was knap, een goede prater, een nog betere Dom, ongelooflijk in seks, en nu kookte hij ook nog! Wat kan een meisje nog meer willen?

Ze had sinds de middag niets meer gegeten en nu knorde haar maag. De rest van de brunch was rustig verlopen terwijl ze de overige details van haar afspraakje voor haar vriendinnen op een rijtje zette. Ze vertelde hen genoeg om hun nieuwsgierigheid te bevredigen, maar hield veel van de details voor zichzelf.

Ze voelde zich zo op haar gemak bij Devon terwijl ze het eten klaarmaakten en aten, en het leek alsof ze elkaar al veel langer kenden dan in werkelijkheid het geval was. Hij vertelde over zijn dag als beveiliger van een koning en een verwende prinses uit een klein land in Afrika, en zij vertelde hem over haar brunch in The Gallery, compleet met de aanvaring met Heather. Eerst reageerde hij alsof hij een moord wilde plegen, maar hij kalmeerde toen ze uitlegde hoe Meesteres Roxanne het had overgenomen. "Roxy's vrouw, Kayla, vertelde me dat ze een paar maanden geleden een lidmaatschap hadden aangevraagd bij The Covenant. Ze gaan momenteel naar een andere club, ik geloof dat ze het 'Heat' noemde. Omdat Roxy een kinderarts is, zei Kayla dat ze de verhoogde privacy wilden die jouw club biedt."

"Wat is hun achternaam? Ik zal Mitch zeggen dat hij hun aanvraag bovenaan de lijst moet zetten. Zolang er geen rode vlaggen zijn, zullen we het binnen een paar weken goedgekeurd hebben. Het is het minste wat ik kan doen voor de manier waarop ze mijn onderdanige beschermde."

Haar hart ging een beetje tekeer toen hij "mijn onderdanige" zei. Ze wist dat hij het niet zo bezitterig bedoelde als ze dacht dat het klonk, maar toch vond ze het mooi. "Het is Londen, en bedankt. Dat zou zo geweldig zijn. Het is echt een leuk stel, en ik weet dat ze het gebaar zouden waarderen."

"Er valt niets te waarderen. Het is mijn manier om ze te bedanken."

Ze gingen aan de eettafel zitten. Devon aan de ene kant en Kristen in de stoel naast hem. Ze pakte haar vork en wees die naar hem voordat ze zich op haar maaltijd stortte. "Vertel me eens wat meer over je familie, aangezien ik je gisteravond over de mijne heb verteld. Je zei dat je ouders Marie en Chuck Sawyer zijn. Mag ik aannemen dat de echte naam van je vader Charles of Charlie is?" Uit het niets klikte de naam in haar hersenen. Haar ogen werden groot en de vork gleed uit haar vingers en kletterde tegen haar bord. "Oh. Mijn. God. Je vader is Charles Sawyer? Dé Charles Sawyer? Ik dacht al dat hij me bekend voorkwam.

Ik heb een artikel over hem gelezen in *People* magazine. Hij is net de Trump van de Carolinas en de Virginias."

Hij lachte en schudde geamuseerd zijn hoofd. "Zeg hem dat maar niet, papa kan niet overweg met Trump. Hij vindt hem te egoïstisch."

Ze kon niet geloven dat hij een grapje maakte over hoe zijn *miljardairsvader* - ja, dat was met een *M* - niets ophad met een andere *miljardair*, alsof het twee buurjongens waren die niet met elkaar overweg konden. De man voor haar was de erfgenaam van een fortuin waar negenennegentig komma negen procent van de bevolking alleen maar van kon dromen. *Allemachtig!* Ze raapte haar vork weer op. "Heb ik niet . . . gelezen hoe hij en je moeder zijn opgegroeid in middenklassengezinnen, en dat hij is begonnen met een klein makelaarskantoor?"

Hij nam een hap pasta, kauwde, en slikte toen. "Yup, het is waar. Twee jaar voor Ian werd geboren, wist pa zijn eerste appartementencomplex uit een executieverkoop te kopen. De man is slim, leert snel, en sommigen zouden zeggen, extreem veel geluk. Tegen de tijd dat ik drie of vier was, had hij een aantal verstandige investeringen gedaan en bezat hij een aantal gebouwen en winkelcentra in Noord- en Zuid-Carolina en bouwde van daaruit zijn imperium uit. Hij is de directeur van Sawyer-O'Toole, wat mama's meisjesnaam is. Zijn personeel en het bestuur doen de dagelijkse operaties als hij met mijn moeder op reis is."

"Is dat hoe je het geld had om je bedrijven te beginnen? Oh, wacht! Daar ga ik weer, niet beantwoorden. " Ze moest stoppen met haar grote mond, want ze leek geen filter te hebben bij hem.

"Nee, maak je daar maar geen zorgen over. We zijn comfortabel opgegroeid, comfortabeler dan mijn ouders toen ze jong waren. Maar pa en ma zorgden er altijd voor dat we niet verwend werden. We deden klusjes voor ons zakgeld en gingen naar openbare scholen. Ik heb je verteld hoe we werkten in de arme landen waar mijn ouders ons mee naartoe namen. Op ons veertiende, toen we oud genoeg waren om onze werkpapieren te krijgen, moesten we of een baan zoeken of een gemiddelde tienerwerkweek vrijwilligerswerk doen bij een non-profit organisatie. Toen we van de middelbare school afkwamen, moesten we kiezen tussen een vierjarige universitaire studie, met ten minste 91% eindresultaat, of vier jaar in het leger. Papa had vier jaar in het leger gezeten voordat hij met mijn moeder trouwde en zei altijd dat hij toen volwassen en een man was geworden."

"Vader gaf ons allemaal een trustfonds, maar we konden er niet bij tot we dertig waren. Toen we achttien waren, kregen we een klein maandelijks bedrag dat net genoeg was om in ons levensonderhoud te voorzien. Als we meer wilden, moest dat van een verdiend salaris komen. Nick heeft nog niet eens toegang tot zijn volledige vermogen, omdat hij pas vijfentwintig is. Ian en ik hebben een deel van ons geld gebruikt om dit gebouw te kopen, ons beveiligingsbedrijf, Trident Security, en de club te beginnen. Mijn vader heeft ons misschien het startkapitaal gegeven, maar hij zorgde ervoor dat we het verdienden en wist wat het was om hard te werken voor wat we wilden. In de familie Sawyer werd het leven je niet op een presenteerblaadje aangereikt. Mijn ouders zijn de beste en aardigste mensen die ik ken, en ze hebben ons geleerd wat het betekent om trots te zijn op onszelf, ons werk en de wereld om ons heen."

Kristen was onder de indruk van de toewijding van zijn ouders om hun zonen op de juiste manier op te voeden. "Ik ging naar school met een stel verwende kinderen die zoveel van jouw ouders hadden kunnen leren. De meeste kinderen verwachten tegenwoordig dat ze alles krijgen aangereikt zonder dat er werk aan te pas komt. Dus jij en je broers verkozen allemaal de marine boven de universiteit?"

Droefheid vertroebelde zijn knappe gelaatstrekken en hij slikte hard. Hij was duidelijk aan het worstelen met hoe hij haar moest antwoorden. Omdat ze niet wilde dat hij zich ongemakkelijk zou voelen, wilde ze net van onderwerp veranderen toen hij opstond, naar de multimediakast liep en de foto van de vier broers oppakte waar ze de avond tevoren naar had gekeken. "Ian ging meteen na de middelbare school bij de marine, maar ik koos voor de universiteit. De Universiteit van Noord-Carolina in Chapel Hill, waar ik handelswetenschappen volgde. Ian is twee jaar ouder dan ik. Hij was de wereld aan het redden terwijl ik aan het feesten was na de les. Ik haalde nog steeds 93% in mijn eerste semester, hoewel het hoger zou geweest zijn als mijn lessen statistiek niet zo vroeg in de ochtend waren."

Hij ging weer naast haar zitten en gaf haar de ingelijste foto. Hij leek te vergeten dat hij haar gisteravond had verteld wie wie was en wees naar elk van de vier jonge jongens op de foto. "Dit is Ian, vlak voor hij naar de basistraining vertrok. Dat ben ik, en de kleine jongen is Nick, die toen ongeveer zes was. En dit hier is mijn andere broer, John."

Door de vreemde toon in zijn stem toen hij John noemde, bestudeerde Kristen de foto nog wat beter. Devon en John hadden elk een arm om de schouders van hun oudere broer, terwijl Ian Nick onder zijn oksels vasthield, zodat de voeten van de jongen in de lucht hingen. Alle vier waren ze aan het mokken voor de camera. "Hij lijkt precies op jou. Zijn jullie tweelingen?"

"Veel mensen verwarden ons, maar nee, dat waren we niet. We waren wel een Ierse tweeling, want hij was elf maanden jonger dan ik." Ze merkte de verleden tijd op die hij nu gebruikte. "En Nick was een verrassing. Hoe dan ook, John en ik gingen met veel dezelfde mensen om omdat we zo dicht bij elkaar zaten. Hij zat een jaar lager op school. Tijdens de middelbare school feestten we zoals de meeste kinderen. We vonden manieren om aan bier en sterke drank te komen zonder gepakt te worden. Ik wist dat hij veel dronk in het weekend, maar dat deden we allemaal. Meestal kwamen onze ouders er niet achter, maar een paar keer waren we niet zo voorzichtig als we dachten en kregen we huisarrest. Als dat gebeurde, gaf mam de huishoudster een paar dagen vrij met behoud van loon, en moesten wij het huis voor haar schoonmaken terwijl we een kater hadden. Ik wist niet wat erger was, het geluid van de stofzuiger op een bonkend hoofd of het schoonmaken van de badkamers die door vijf jongens werden gebruikt." Hij grinnikte even en schudde zijn hoofd bij de herinnering. Zijn maaltijd vergeten, haalde hij diep adem en ging verder. "Hoe dan ook, John raakte verslaafd aan alcohol, en ik heb het nooit geweten. Niemand van ons wist het. Ik dacht niet dat een zeventienjarige jongen alcoholist kon zijn, maar ik had het mis."

Hij zuchtte, maar ging verder, en Kristen kreeg het gevoel dat hij hier niet vaak over sprak. Haar hart sloeg over toen ze hoorde hoe hij zijn verleden en emoties aan haar toevertrouwde. "Ik was teruggekeerd naar de universiteit voor mijn tweede semester. Kerstmis en Nieuwjaar waren geweldig geweest. Ian kon niet komen, maar kon op kerstochtend vanuit ergens in het buitenland naar huis bellen, ik ben vergeten waar, wat natuurlijk mijn moeder en Nicks dag goed maakte. Ik was terug op school, begon me in te werken in mijn nieuwe klas, en ging weer om met mijn vrienden. Ik had een meisje aan de haak geslagen net voor de vakantie en we gingen verder waar we gebleven waren. We waren aan het zoenen in mijn kamer op een vrijdagavond na een paar uur in een lokale bar. Er werd op mijn deur geklopt. Ik had haar half uitgekleed en we lachten en hadden plezier als normale negentienjarigen, dus schreeuwde ik naar wie het ook was om op te rotten. Het kloppen ging over in bonzen en ik stond op om de deur te openen en degene die het was te vertellen dat hij moest oprotten. Het waren mijn vader en mijn oom Dan, de vader van Mitch. De blik op hun gezichten. . . Ik dacht dat het Ian was, maar dat was niet zo. Het was John."

"Hij had gespijbeld die ochtend nadat mam, pap en Nick naar werk en school waren gegaan. Ik weet niet meer waarom, maar de huishoudster had die dag ook vrij. Pap was iets vergeten in zijn kantoor en kwam het tussen de middag ophalen. Hij vond John op de keukenvloer met anderhalve lege fles wodka. Hij had zoveel gedronken dat hij flauwviel, moest overgeven en ademde alles in. Er was niets wat de ambulanciers konden doen. We kwamen er later achter dat zijn alcoholpromillage vier keer hoger was dan de wettelijke limiet. Ik had een leuke tijd op school, ik ging met een meisje en probeerde in haar broek te geraken, terwijl mijn broertje op de tafel van de lijkschouwer lag." Zijn hand wreef over de linkerkant van zijn borst. "Dat is waar de tattoo over mijn hart voor staat, zijn initialen, zijn geboorte- en sterfdatums."

Ergens tijdens zijn verhaal had Kristen haar stoel dichterbij gezet, en had nu zijn andere hand in de hare. "Het was niet jouw schuld. Alcoholisten zijn meestal erg goed in het verbergen van hun probleem. John heeft het duidelijk goed verborgen gehouden, dus je kunt jezelf niets verwijten."

"Een deel van mij weet dat nu, maar een deel van mij zal altijd het schuldgevoel hebben dat ik wist dat het uit de hand liep met mijn broer en dat ik het niet gestopt heb. Ik zag dat hij veel dronk tijdens het winterreces, maar ik weigerde toe te geven dat hij een probleem had. Hoe dan ook, het duurde drie dagen om Ian thuis te krijgen vanuit niemandsland, en toen hebben we de hele Ierse avond-waken en begrafenis doorgemaakt. De avond van de begrafenis kwamen een paar familieleden terug naar het huis na de dienst en het samenzijn in het restaurant."

"Ik weet niet waarom, maar ik had de hele week niet gehuild, ik denk dat ik verdoofd was. Ik zat op de patio met Mitch' oudere broer, DJ -Dan Jr.- en Ian kwam naar buiten met een paar biertjes voor ons. Ik nam een slok, misschien twee, en moest overgeven. Toen er niets meer in mijn maag zat, heb ik bijna een uur gekokhalsd. Toen stortte ik in en huilde. Ian zat bij me op het gras en liet me niet los tot ik mezelf weer onder controle had. Ik heb sindsdien geen slok alcohol meer aangeraakt." Devon haalde diep adem terwijl een eenzame traan over zijn linkerwang viel. Kristen haalde haar hand van zijn arm en veegde hem met haar vingers weg. "Ik kan niet geloven dat ik je dat allemaal verteld heb. Mijn team kent de basis van wat er gebeurd is, maar ik heb nog nooit iemand het hele verhaal verteld."

Ze leunde voorover en drukte haar lippen tegen de zijne voordat ze weer ging zitten. "Ik ben vereerd dat je het me verteld hebt. Het spijt me dat je dat hebt moeten meemaken. Ik heb geen broers of zussen, maar als ik die wel had gehad, denk ik niet dat ik zo'n verlies zou hebben overleefd zonder een complete inzinking te krijgen."

Hij schaamde zich duidelijk om te huilen waar zij bij was, stond op en begon hun maaltijd op te ruimen. "Ik heb ook een tijdje gedacht dat ik het niet zou overleven. Ik ben na de begrafenis niet meer naar school gegaan. John wilde Ian volgen in de marine. Omdat hij dat niet kon, dacht ik dat ik in zijn plaats moest gaan. Wat de reden ook was, het was de beste beslissing die ik ooit nam, en ik heb er nooit spijt van gehad. De marine gaf me een doel en een manier om mijn schuldgevoel onder controle te krijgen."

Ze volgde hem naar de keuken en begon de restjes op te ruimen in een bak die hij haar aanreikte, terwijl hij de vuile vaat en potten aanpakte. "Ben je daarom begonnen in de levensstijl? Voor de controle?"

Hij knikte. "Ian dacht dat het me zou helpen er overheen te komen, en in sommige opzichten deed het dat ook. Het gaf me in ieder geval een uitlaatklep voor het verdriet dat zich in de loop der tijd had opgehoopt."

Ze ruimden in stilte op, en de huiselijkheid van hun handelingen deed haar plots verlangen naar iets meer. Iets waarvan ze had gezworen dat ze het niet wilde, en waarvan Devon zei dat hij het haar niet kon geven. Iets dat een leven lang zou duren. Maar ze zou geen heel leven met hem hebben. Ze zou alleen dit weekend hebben.

# Hoofdstuk 15

Kristen schudde haar gedachten van zich af en zag dat hij ontspannen naar haar keek, leunend tegen het aanrecht. Zijn armen over zijn borstkas in een grijs T-shirt en zijn benen gekruist bij zijn enkels. "Waar ben je naartoe, Pet? Ik was je even kwijt."

Omdat ze niet wilde dat hij wist wat ze dacht, probeerde ze zijn vraag van zich af te schudden. "Het was niets belangrijks. Wil je koffie?"

De Dom in hem moet haar antwoord niet leuk gevonden hebben want hij fronste en zijn ogen vernauwden zich. "Uitkleden."

"W-wat?"

Hij verroerde zich niet van zijn positie, maar zijn houding leek niet langer ontspannen. "Ik ga mezelf niet herhalen, Kristen. Je hebt me luid en duidelijk gehoord. Ofwel zeg je je stopwoord ofwel doe je wat je gezegd wordt."

Ze aarzelde slechts een fractie van een seconde langer, trok haar mouwloze, smaragdgroene shirt over haar hoofd en legde het op het aanrecht naast haar. Zijn ogen dwaalden over haar lichaam terwijl ze verder ging. Ze waren het enige deel van hem dat bewoog. Ze voelde zijn onthutsende blik alsof het een streling over haar huid was die haar kippenvel bezorgde en haar hartslag verhoogde. Nadat ze haar sandalen en witte capribroek had uitgedaan, stond ze daar in haar beha met bloemenprint en string. Maar het was niet genoeg om hem tevreden te stellen. "Alles, Pet. Je hebt er al vijf verdiend. Aarzelen leverde je nog eens vijf op. Als je weer aarzelt, blijf ik er meer toevoegen."

*Verdorie.* Tien was niet zo slecht, maar omdat hij duidelijk van streek was over iets, wilde ze er niets aan toevoegen. Haar kont was nauwelijks hersteld van de kletsen van gisteravond. Ze ontdeed zich van haar laatste kledingstukken en stond daar te wachten tot hij iets zou zeggen of doen. Het was vreemd om poedelnaakt in zijn keuken te staan terwijl hij aangekleed bleef. Een minuut ging voorbij . . . toen nog een . . . en hij staarde haar alleen maar zwijgend aan. Ze begon te friemelen. Toen ze haar mond opendeed om hem te vragen of ze iets moest doen, duwde hij zich abrupt van het aanrecht af, waardoor ze terug deinsde. "Gezicht naar het eiland. Leg je borst en buik op het aanrecht. Laat je hoofd op de ruggen van je handen rusten en zet je voeten zo ver mogelijk uit elkaar."

Ze volgde zijn instructies op en legde haar bovenlichaam over het eiland. De koelte van het graniet was een schok voor haar systeem. Een moment van paniek overviel haar toen hij de kamer verliet en terugkwam met een zwarte plunjezak die hij op het andere aanrecht achter haar neerzette. Ze haalde langzaam diep adem om niet te hyperventileren, hoorde hem in de tas rommelen en probeerde te zien wat hij aan het doen was. Vanuit haar huidige positie kon ze dat niet.

"Weet je waarom ik boos ben, Pet?"

Hij schreeuwde niet tegen haar, maar de vlakke, lage toon van zijn stem was luider voor haar dan elke schreeuw die ze ooit had gehoord. Een rilling van angst vermengd met opwinding verwarde haar. "N-Nee, Sir."

"Toen ik je vroeg waar je was gebleven in je complexe brein, wat was het antwoord dat je me gaf, woord voor woord?"

Haar gedachten raasden door haar hoofd - wat had ze gezegd? "Eh, ik geloof dat ik zei dat het niets belangrijks was, Sir."

Ze verkrampte toen hij naderbij kwam en achter haar wijdgespreide benen ging staan. Ze wachtte tot hij haar zou aanraken, haar zou slaan, iets met haar zou doen, maar hij maakte geen contact met welk deel van haar lichaam dan ook. Hoe langer hij daar stond en haar niet aanraakte, hoe meer ze wilde dat hij het deed, op welke manier hij maar verlangde. De spanning van het onbekende was moordend voor haar. Na een minuut of zo, sprak hij weer.

"Ik ben niet je ex-klomp-koeienstront, Pet. Als ik je een vraag stel, verwacht ik een antwoord dat je intelligentie waardig is. 'Het was niets belangrijks' was geen intelligent antwoord. Als ik wilde dat je me een niet-antwoord gaf, had ik de vraag niet gesteld. Voor dat leugentje, heb je vijf tikken verdiend. Wil je jouw antwoord nu herzien, of heb je liever dat ik je die vijf geef en dan je handen achter je bind? Dan laat ik je hier het komende uur staan met een vibrator in je kutje, een andere in dat lekkere kontje van je en een prop in je mond, terwijl ik op de bank ga zitten en een wedstrijd ga zoeken om naar te kijken."

Serieus? "Ik zou graag..." Ze schraapte haar keel en probeerde het opnieuw. "Ik zou mijn antwoord willen herzien, Sir."

"Goed, maar ik stel voor dat je goed nadenkt over je antwoord. Je hebt maar één kans om indruk op me te maken."

Ze was zo nerveus dat het even duurde voor ze zich herinnerde waar ze aan had gedacht voordat zijn grote, slechte Dom-zijn op bezoek kwam. Wat hadden ze gedaan? Ze herinnerde zich dat ze de keuken hadden schoongemaakt en de vaat hadden weggezet. *Dat was het!* Ze haalde diep adem. "Het is me opgevallen, Sir, dat ik nog nooit een maaltijd met een man heb gedeeld waarbij we samen kookten en opruimden, behalve met mijn vader toen ik klein was. Dat ik genoot van zoiets ongelooflijk eenvoudigs verraste me en ik wilde het ooit nog eens doen. Ik weet dat je . . . . . Ik bedoel . . . we zeiden dat dit tijdelijk was en ik wilde niet dat je dacht dat ik me in dingen inleefde en wenste dat dingen anders konden zijn, dus het was makkelijker om je vraag af te wimpelen. Het spijt me, Sir."

Hij legde zijn handen op haar blote rug en begon haar huid te strelen, van haar schouders naar haar billen en weer naar boven. "Nu, dat was niet zo moeilijk, toch? Ik mag het dan niet altijd eens zijn met je antwoorden, maar ik zal niet toestaan dat je tegen me liegt. Begrepen?"

"Ja, Sir. Het spijt me dat ik je niet respecteerde met mijn eerste antwoord."

Ze kon zijn gezicht niet zien, maar ze hoorde de glimlach in zijn stem. "Dank je, Pet. En trouwens, ik heb ook genoten van het koken en opruimen met jou, en het verraste me ook. Ik geloof niet dat ik dat ooit gedaan heb met een vrouw die niet mijn moeder was. Heb je dat nooit met je klote-ex gedaan?"

Er kwam een kleine giechel uit haar mond. "Alsjeblieft, die eikel kan nog geen water koken zonder een instructieboekje van tien pagina's."

Een lachsalvo volgde uit zijn keel. "Eikel? Heel goed, Pet, je leert het al. Laten we nu die eikel vergeten en teruggaan naar jou en mij. Laat me je voorbereiden, en dan geef ik je jouw straf. Als het voorbij is, zal alles vergeven en vergeten zijn, en dan kunnen we verder gaan met wat plezier voor de rest van de avond."

*Voorbereiden?* Wat bedoelde hij daar nou weer mee?

"Rustig maar, Pet." Ze besefte niet dat ze weer gespannen was. "Ik zou je nooit schaden, dat weet je toch?"

"Ja, Sir." En dat deed ze, hoewel ze merkte dat hij het woord "schaden" gebruikte in plaats van "pijnigen". Was dat expres geweest? Toen hij haar de avond ervoor een pak slaag had gegeven, deed het eerst pijn, maar daarna ging het over in intens genot. Tegen de tijd dat hij klaar was, was ze druipend van behoefte.

Zijn handen streelden nu haar benen, armen en heupen, naast haar rug en billen, in een verzachtende cirkelvormige beweging. Ze begon zich te ontspannen en slaakte uiteindelijk een diepe zucht. Ze merkte het niet toen hij een van zijn handen weghaalde, tot ze een plop hoorde en een koude vloeistof een eindje boven haar kont voelde landen voordat die tussen haar wangen naar beneden sijpelde. Het was koud en haar lichaam schokte een beetje, maar ze bleef op haar plaats. De hand die over haar rug wreef zakte lager en zijn vingers gingen uit elkaar, terwijl hij het glijmiddel in de verborgen vallei en over het gevoelige gaatje werkte. Haar been- en bilspieren spanden zich, en met zijn andere hand sloeg hij op haar rechterbil. "Niet klemmen. Dit zal een stuk makkelijker voor je zijn als je je ontspant."

Kristen haalde diep adem en probeerde te doen wat hij haar opdroeg. Hij zei niet wat "dit" was, maar daar had ze hem niet voor nodig. Vanmorgen onder de douche had hij haar gezegd dat hij haar weldra in haar kont zou nemen, maar dat hij haar er eerst op moest voorbereiden. Ze had echter niet verwacht dat die voorbereiding vanavond zou beginnen. Dit was een van haar zachte grenzen en hij leek vastbesloten om die eerder vroeger dan later te testen.

Terwijl hij meer glijmiddel aanbracht, stopte een van zijn vingers precies bij haar onbeproefde ingang. Een deel van haar wilde hem tegenhouden, maar het andere deel van haar wilde haar angsten en zelfopgelegde seksuele beperkingen overwinnen. Deze man gaf haar de kans om haar diepste, donkerste fantasieën te verkennen. Fantasieën die ze ontkend zou hebben voor ze hem ontmoette.

"Niet zo gespannen, Pet. Ik ga beginnen met mijn vinger erin te steken. Je zult wat druk en ongemak voelen, maar als het zo'n pijn doet dat je het niet meer kunt verdragen, zeg dan het woord 'geel' en ik zal het rustiger aan doen en opnieuw beginnen. Vergeet niet te ademen en te bukken. Het kan even duren, maar ik beloof je dat je een stop in dat maagdelijke gaatje van je zult hebben voor we verder gaan vanavond."

Oh God, ze wist dat hij het meende en zijn woorden deden haar clitoris kloppen terwijl haar gedachten raasden. Ze was nog nooit door een man daar aangeraakt en het gevoel van hem bij haar anus maakte haar bang en opgewonden tegelijk. Dit was wat ze tegen zichzelf zei dat ze wilde. Haar Dom die haar vertelde wat hij met haar ging doen. Haar enige keus was om hem zijn gang te laten gaan of haar stopwoord te zeggen en alles te beëindigen. Ze slikte haar angst in en dwong haar spieren te ontspannen. "Ja, Sir."

"Braaf meisje." Zijn vinger omzoomde haar gebobbelde opening, en bracht de gel aan die zijn binnendringen zou vergemakkelijken. Hij begon te duwen, en haar lichaam vocht tegen de invasie. Zijn hand landde deze keer op haar linkerwang. "Vecht er niet tegen. Je zult me binnenlaten."

Ze kreunde, niet wetend of het kwam door de warmte die zich verspreidde van waar hij haar sloeg of door het gevoel van zijn vinger in haar kont. Telkens als ze haar spieren rond haar anus begon aan te spannen, trok hij zich terug voor meer glijmiddel en ging weer naar binnen. Telkens een beetje verder. Hij kwam op een punt waarop ze niet zeker was of ze het brandende gevoel dat door haar heen ging wel aankon, toen hij met zijn andere hand haar clitoris vond en er een keer hard in kneep. De nieuwe sensatie overviel haar en leidde haar gedachten af van zijn vinger in haar kont.

Zodra ze weer ontspannen was, duwde hij zijn knokkel langs haar sluitspier en ontstak de zenuwen in haar. Een flits van pijn kwam en ging, voordat het werd vervangen door een gevoel van gevuld te zijn en te willen . . . nee . . . meer te willen.

Ze kreunde en schoof met haar heupen, op zoek naar iets, wat haar de verlichting zou geven waar ze zo naar verlangde. De beweging leverde haar een nieuwe tik op. "Blijf stil liggen," gromde hij. "Je zult nemen wat ik je geef, wanneer ik het je geef, en geen seconde eerder."

Zijn vinger voelde enorm terwijl hij hem naar binnen en weer naar buiten stootte, nooit helemaal uit haar komend. Hij draaide zijn knokkel bij elke haal naar buiten, om haar nog wat meer uit te rekken. Ze hijgde en zweette, wilde zich van hem losrukken, wilde terugduwen voor meer. "Alstublieft, Sir."

"Alstublieft wat, Pet?"

"Meer. Sir. Alstublieft. Meer." Ze was gereduceerd tot één-woord zinnen. Alles verder dan dat zou nadenken vereisen en ze kon niet denken, alleen voelen.

"Ik denk dat je van onderen probeert te toppen, liefje, maar ik voel me een beetje gul." Ze wist niet wat ze verwacht had, maar het was niet geweest dat hij zijn vinger volledig zou verwijderen. Ze schreeuwde het uit bij het abrupte verlies en haar adem stokte toen ze iets groters dan zijn vinger bij haar ingang voelde. Hij spoot wat meer glijmiddel op haar kont en begon wat zij wist dat een anaalplug was, bij haar naar binnen te werken. Het voelde enorm en ze dacht niet dat hij het ooit in haar zou kunnen krijgen. Terwijl hij rond haar heup reikte, kneep hij weer in haar clitoris en de plug gleed naar binnen. De sensaties bleken te veel te zijn, en ze gilde toen een intens orgasme over haar heen spoelde. Witte en zwarte vlekken flitsten voor haar gesloten ogen en haar lichaam trilde terwijl golf na golf van genot door haar heen ging terwijl Devon de plug ronddraaide die nu tot aan het uiterste puntje in haar anale holte zat. Haar ademhaling was zwaar toen ze weer naar beneden zweefde.

"Tss, tss, tss. Zo'n ondeugende sub, klaarkomen zonder toestemming. Je zou beter moeten weten, en het brengt je teller op vijftien, Pet. Blijf daar staan en neem ze als het brave meisje dat je kunt zijn. Maar ik moet je waarschuwen, klemmen maakt het meer . . . intenser, maar als je te veel ontspant riskeer je de plug te verliezen. En geloof me, je wilt hem niet verliezen. Je zult de straf voor dat vergrijp niet leuk vinden."

"Ja, Sir," slikte ze.

Ze voelde hoe hij zich van haar verwijderde en verwachtte de eerste tik, maar die kwam niet. In plaats daarvan hoorde ze hem opnieuw iets uit zijn plunjezak halen. Haar gedachten gingen door de mogelijkheden van wat hij zou nemen en geen van hen voorspelde veel goeds voor haar. Ze was zo bezorgd geweest dat ze hem niet meer had horen naderen, tot ze een scherpe steek voelde toen iets tegen haar billen streek. Ze kon de plotselinge kreet die uit haar mond ontsnapte niet helpen, maar op de een of andere manier bewoog ze niet. Haar ademhaling nam weer toe in korte stoten. Waar hij haar ook mee had geslagen, hij sleepte het nu langs de binnenkant van een van haar benen en langs de andere. "Voor het geval je het je afvraagt, Pet, dit is een rijzweep."

Voordat ze hem kon antwoorden, voelde ze het martel-werktuig net boven haar dijen tegen haar kont slaan en ze ging op haar tenen staan en spande haar beenspieren. Helaas herinnerde dat haar aan de plug in haar kont. Gevoelens van pijn en genot streden binnenin haar en ze kon niet zeggen welke van de twee de strijd aan het winnen was. Het geluid van de zweep tegen haar blote huid was meer een plof dan een klap, maar dat betekende niet dat het verdomde ding geen pijn deed. Maar toen de eerste prik minder werd, voelde ze de toename van het kloppen in haar clitoris, en ze maakte zich zorgen dat ze niet in staat zou zijn om een volgend opkomend orgasme tegen te houden. Tegen de tijd dat hij bij vijftien was, was ze één aanraking verwij-derd van een val in het hiernamaals. Ze hoorde hem de zweep op de toonbank achter hen gooien voordat zijn vingers tussen haar benen doken en hij ontdekte hoe gênant nat ze was. Hij streelde haar plooien. "Dat vond je lekker, nietwaar, Pet? Wil je dat ik je deze keer toestemming geef om klaar te komen?"

"Oh, God, ja! Ja, Sir. Alstublieft, Sir, laat me klaarkomen!"

"Omdat je het zo lief vraagt..." Een van zijn vingers bewoog verder en tikte op haar clitoris, en dat was alles wat nodig was om haar over de rand te sturen terwijl ze haar keel rauw gilde. Ze had nooit gedacht dat ze flauw kon vallen van intens genot, maar dat was precies wat er daarna gebeurde.

* * *

Devon lag op zijn zij, zijn hoofd in zijn hand terwijl hij op zijn elleboog leunde. Het was vier uur 's ochtends, en hij kon niet slapen. Dus in plaats daarvan keek hij naar Kristen die naast hem sliep. Ze was nog steeds naakt, haar lange haar lag uitgespreid op het kussen onder haar hoofd. Hij vocht tegen de drang om haar aan te raken, omdat ze de rust verdiende na wat hij haar die avond had aangedaan. Hij had een band met haar nodig, dus stak hij zijn hand uit en wreef met zijn vingers over een paar lokken van haar bruine lokken.

Genietend van het gevoel van haar zijdezachte lokken dacht hij na over alles wat hij haar gisteravond had verteld en was verbaasd hoe prettig hij het had gevonden om toe te geven wie zijn vader was. Zijn SEAL teamgenoten wisten van zijn vader, maar weinig anderen in de Marine, buiten een paar van zijn superieuren, hadden het ooit gehoord. En niemand in de club, met uitzondering van hun teamgenoten Mitch en Tiny, had enig idee dat de vader van Ian en Devon *de* Charles Sawyer was. Hun familie en vrienden noemden hem Chuck - zelfs Jenn noemde hem Opa Chuck, tot groot genoegen van de oudere man, omdat zij het dichtst bij een kleinkind kwam dat hij op dit moment had - maar voor de rest van de wereld was hij Charles.

Hij had zichzelf nog meer verbaasd toen de vreselijke gebeurtenissen rond John's dood zich over hem hadden uitgestort, tot al zijn schuld en verdriet voor haar zichtbaar waren. Hij had nog nooit iemand het hele verhaal verteld en hij had nog steeds moeite om het feit te verwerken dat hij het Kristen had verteld nadat hij haar nog maar een paar uur kende - ondanks hun korte ontmoetingen voor hun afspraakje. En in godsnaam, hij had gehuild waar zij bij was . . . hoe gestoord was dat?

Neerkijkend op haar engelachtige gezicht, voelde hij hoe perfect het was om haar hier in zijn bed te hebben. Het gevoel beangstigde hem. Hij had haar gezegd dat hij haar geen lange termijn kon geven. Terwijl hij luisterde naar haar trage, oppervlakkige ademhaling, kon hij zich niet voorstellen haar te laten gaan. Hoe meer hij erover nadacht, hoe meer hij besefte dat er geen reden was waarom hij dat moest doen. Misschien had hij nooit een echte relatie gehad omdat geen van de andere vrouwen goed genoeg voor hem was geweest dan een paar uur van wederzijds genot. Alles aan Kristen sprak hem aan op een niveau waarvan hij het bestaan niet kende. Misschien had hij zijn tijd afgewacht tot zij in zijn leven kwam. Voor de eerste keer genoot hij van het samenzijn met een vrouw op een ander niveau dan D/s. De seks was ongelooflijk, maar daarnaast hield hij van al het praten en knuffelen dat hij met haar deed. Normale dagelijkse bezigheden waren leuk met haar aan zijn zijde.

Hij besloot toen dat hij wilde zien hoe het verder zou gaan en dat hij zou proberen een relatie met haar te hebben. Als het uiteindelijk niet zou lukken, zou hij een betere man zijn omdat hij haar had gekend. Als het wel zou lukken, dan keek hij uit naar een toekomst vol geluk . . . geluk waarvan hij het bestaan niet kende . . . geluk waar hij nu naar hunkerde.

Nadat ze een paar tellen bewusteloos was geweest op zijn kookeiland, had hij haar opgepakt en naar zijn slaap- kamer gedragen en haar lichaam verkend terwijl hij wachtte tot ze weer bijkwam. Hij nam haar eerst terwijl ze op haar rug lag, en stuurde nog een orgasme door haar heen voordat hij haar omdraaide met haar knieën onder zich, en van achteren bij haar binnendrong. In die positie kon hij de rode striemen zien die hij op haar billen had achtergelaten en de koningsblauwe plug die er strak tussen zat. De striemen zouden de volgende middag wel vervagen, maar ze zou ze zeker nog voelen in de ochtend. Tussen zijn lul en de plug in haar kont, was ze zo strak geweest. Het had niet lang geduurd voordat ze beiden hun bevrediging hadden gevonden.

In de grote badkamer had hij zijn grote jacuzzi gevuld met heet water en ze zaten er allebei in nadat hij haar plug had verwijderd. Eerst was ze een beetje beschaamd geweest toen hij de zeep en een spons pakte en haar van haar nek tot haar tenen begon in te zepen, maar na een minuut of twee was ze daar overheen. Vier geweldige orgasmen hadden haar hersenen en ledematen onbruikbaar gemaakt, dus ze ontspande zich en sloot haar ogen toen hij haar onder handen nam. Hij grinnikte toen hij terugdacht aan de vorige avond in de club. Ze was geschokt geweest toen Shelby vier intense orgasmes had beleefd in een tijdsbestek van vijftien tot twintig minuten. Zijn pet was niet meer geschokt.

Ze begon zich naast hem te roeren en haar ogen fladderden open. "Hhmm, hoe laat is het?"

Devons pik kwam tot bewustzijn bij het geluid van haar sexy, slaperige stem en bij de manier waarop ze haar lichaam als een lui katje uitstrekte voordat ze tegen hem aankroop. Hij kuste haar neus. "Iets na vieren."

Ze sloot haar ogen weer en mompelde: "Wat? Waarom ben je zo vroeg wakker?"

"Gewoon aan het denken."

"Iets goeds?"

Devon sloeg de arm om haar heen steviger vast en gaf

haar een snelle kneep. "Het is altijd goed als ik aan jou denk."

Toen ze haar hoofd optilde, keek ze hem aan. "Werkelijk? En wat was er zo goed aan je gedachten aan mij, hhmm?"

Hij reikte omhoog en stopte een paar plukken haar achter haar oor voordat hij diep inademde en een sprong in het diepe maakte. "Ik dacht eraan dat ik niet wilde dat dit weekend zou eindigen." Hij schoof op zijn zij zodat hij oog in oog met haar lag en vervolgde: "De laatste keer dat ik langer dan een weekend met een vrouw heb doorgebracht, was het meisje op de universiteit. Sindsdien heb ik nooit meer tijd gehad voor een relatie en als ik die wel had, wilde ik er nooit meer moeite voor doen. Elke vrouw die ik aan de haak sloeg wist dat het een tijdelijke D/s-verbinding was en op zondagavond was het voorbij. Maandagmorgen was het zover en ik ging verder zonder ook maar één moment spijt te hebben."

Ze legde haar hand op zijn blote borst. Net boven zijn getatoeëerde hart, en hij wilde er niet teveel van verwachten, maar hij vond het fijn. Het voelde alsof haar hand daar thuishoorde.

* * *

"Hoor ik daar ergens een 'maar'?" Kristen fluisterde, durfde geen hoop in haar te laten opkomen zonder zijn woorden te horen.

Hij omvatte haar hand met de zijne. "Ja, dat hoor je. Het is zondagochtend en ik heb geen zin om de collar van je nek te halen en je vanavond voorgoed mijn deur uit te laten lopen. Je hebt er geen idee van hoe bang ik ben, maar het is niet zo eng als de gedachte dat dit onze laatste dag samen is.

Kristen, ik weet dat ik zei dat dit tijdelijk was. Ik weet eerlijk gezegd niet of het dat nog steeds is. Ik weet alleen dat ik wil zien waar dit tussen ons heen gaat. Kom morgenochtend, dan wil ik je weer zien. Zeg alsjeblieft ja."

Kristen slikte de brok in haar keel weg. Ze besefte dat dit een grote stap voor hem was, omdat hij haar naam had gebruikt in plaats van de bijnaam die ze al gewend was. Wat betreft zijn wens om te onderzoeken wat dit tussen hen was, dacht zij hetzelfde. Ze wilde niet bij hem weggaan en hem nooit meer zien.

"Ja, Devon. Ja, ik wil je na vandaag weer zien, om te zien hoe we verder gaan."

Hij slaakte een zucht van verlichting voor hij haar mond met de zijne in beslag nam.

# Hoofdstuk 16

In de late woensdagochtend zat Devon aan zijn bureau om het laatste papierwerk af te werken dat zich sinds de week ervoor had opgestapeld. Het was drie hele dagen geleden dat hij Kristen had gezien en zijn frustratie begon hem parten te spelen.

Ze hadden zondagmiddag een paar uur op het strand doorgebracht nadat hij 's morgens vroeg zijn bekentenis had afgelegd. Terwijl ze in het kalme water waadden, hadden ze nog wat gepraat. Hij beantwoordde haar vragen over zijn avonturen, het reizen met zijn ouders naar het buitenland en zijn SEAL training. Ze vertelde hem dat ze Engels als hoofdvak had op de universiteit en dat ze wat extra geld kon verdienen om haar salaris van de bagelwinkel aan te vullen door bèta-lezeres te worden voor andere schrijvers.

"Ik hou van lezen, en ik ontdekte dat ik een goede proeflezer was. Ik las alles, van tijdschriftartikelen tot universitaire proefschriften en complete romans. Ik heb zelfs een geschiedenisboek van zevenhonderd pagina's nagekeken voor een professor die het zelf wilde uitgeven. Het was een geweldige manier om iets te doen wat ik leuk vond en er voor betaald te krijgen. Het extra geld hielp toen ik nog studeerde."

Ze dreef op haar rug langs het wateroppervlak terwijl hij op de zandbodem stond en haar enkels vasthield zodat ze niet weg zou drijven. "Zo, mijn kleine Ninja-girl, hoe ben je van bèta-lezeres tot schrijver gegaan?"

"Op een dag las ik een manuscript van een nieuwe klant. Het was zo slecht dat ik bij hoofdstuk twee al klaar was om mijn haar uit te trekken. Het verbaast me hoe sommige mensen de middelbare school afmaken en geen idee hebben van grammatica, interpunctie en spelling. Ik zat erover te zeuren tegen Will, maakte een terloopse opmerking over hoe ik een verhaal beter kon schrijven dan een of andere halvegare auteur-imitator en hij zei: 'Nou, waarom doe je dat dan niet.' En de rest, zoals ze zeggen, is geschiedenis. Met de hulp van een van mijn klanten heb ik mijn eerste twee boeken zelf uitgegeven voordat mijn huidige redacteur contact met me opnam en vanaf dat moment ging het me voor de wind.

Hij trok haar aan haar voeten verder het water in, weg van nieuwsgierige ogen. Hij wilde haar aanraken, maar er was een groep kinderen aan het spelen in het ondiepe water en hij wilde niet bijdragen aan de misdadigheid van minderjarigen. "En, wat vond die lulhannes van je schrijven?"

Ze giechelde. "Hij dacht dat het een stomme hobby was en dat ik nooit de schrijver van de volgende grote Amerikaanse roman zou worden. Wat hij niet begreep was dat ik het niet deed om groot te worden. Ik deed het omdat ik er plezier in had en als wat ik schreef plezier bracht aan mijn lezers, dan was ik gelukkig. Nadat we verloofd waren, vertelde hij me dat hij niet wilde dat zijn vrouw zou werken omdat hij genoeg verdiende om ons te onderhouden. Ik weigerde mijn proeflezen op te geven, omdat ik een band had met een aantal van mijn auteurs. Ik hield ervan anderen te helpen hun verhalen te ontwikkelen. Hij dacht niet dat ik zelf geld kon verdienen als auteur, en het hield me bezig, dus mijn kleine hobby vond hij prima."

"Lul-meester. Hij zei dat omdat hij jaloers op je was. In plaats van trots op je te zijn en je te laten zien aan iedereen die wilde luisteren, kleineerde hij je uit jaloezie."

"Zo heb ik er nooit over gedacht. Ik dacht gewoon . . . Oh, God, Devon, wat ben je aan het doen?" Ze kreunde terwijl haar ogen terugdraaiden in haar hoofd.

Hij glimlachte. Terwijl ze aan het praten waren, trok hij haar naar zich toe. Haar knieën lagen nu over zijn heupen en hij stond met zijn rug naar de kustlijn, waardoor haar lichaam aan het zicht van iedereen onttrokken werd. Zijn ene hand ondersteunde haar onderrug terwijl ze ronddobberde, terwijl zijn andere hand onder het kruis van haar badpak haar harde, kleine clitje plaagde.

"Ik speel met mijn speeltje, kleine subbie. Dit is van mij, weet je nog? Ik kan ermee spelen waar en wanneer ik wil, en nu vind ik het leuk. Wees nu een braaf meisje en blijf rustig. Ik denk niet dat de ouders van die kinderen aan de kust willen dat ze een geïmproviseerde seksuele opvoedingsles krijgen."

Haar lange haren dwarrelden rond haar hoofd terwijl hij met haar speelde, haar verschillende keren naar het randje brengend en zich weer losmakend vlak voordat ze erover vloog. Ze had hem gesmeekt en kreunde zo zacht als ze kon tot hij toegaf en haar gaf wat ze nodig had. Hij keek geamuseerd toe hoe ze erin slaagde haar hoofd boven water te houden en bedekte haar mond met beide handen om haar geschreeuw tot een minimum te beperken terwijl ze tegen zijn vingers beukte. Nadat ze was bijgekomen en hij zijn gespannen erectie weer onder controle had gekregen, waren ze teruggegaan naar het strand en hadden daar een paar uur in de zon gelegen.

Het was een prachtige dag geweest. Toen ze op weg waren om iets te gaan eten, kreeg Devon een telefoontje van een oude teamgenoot die hem op de hoogte bracht van de dood van een andere voormalige SEAL met wie ze enkele jaren eerder hadden gediend. Eric Prichard was gedood tijdens een aanrijding met vluchtmisdrijf toen hij 's avonds aan het joggen was. Hij liet zijn vrouw en vier kinderen achter.

Devon verontschuldigde zich voor het feit dat hij hun dag moest onderbreken en zette Kristen af bij haar appartement met de belofte dat hij haar later zou bellen. Daarna ontmoette hij Ian op kantoor om hun agenda's voor de komende dagen vrij te maken en hun lopende zaken en opdrachten door te nemen, waaronder die van koning Rajeemh, om er zeker van te zijn dat alles voor een paar dagen door hun partners kon worden gedekt. Boomer was blij dat hij van zijn prinses-babysit-taak werd ontheven, totdat hij hoorde waarom.

Maandagochtend vroeg gingen de zes voormalige SEALs en hun nichtje aan boord van een vliegtuig naar Iowa om een van hun eigen mensen te begraven en zijn familie te helpen met alles wat ze nodig hadden. Devons hart brak toen hij Jennifer met de kinderen van Prichard zag. Hij wist dat het verdriet dat haar omringde de nachtmerrie die ze maanden eerder had beleefd in alle helderheid moest doen herleven. Maar op de een of andere manier wist Jenn haar eigen verdriet te bedwingen en concentreerde ze zich op het helpen met de vier kleintjes, die allemaal onder de twaalf waren. Haar ouders zouden trots geweest zijn op de volwassene die hun dochter geworden is.

De volgende twee dagen waren lang en emotioneel. Nadat de Taps waren gespeeld bij het graf en de voormalige SEALs hun drietandspelden in het hout van de kist van hun collega hadden geslagen, kwamen ze allemaal bijeen om het leven van de man te vieren met vrienden en familie. Later die avond coördineerden ze met voormalige teamgenoten om ervoor te zorgen dat Dana Prichard alle steun zou krijgen die ze nodig had om de komende maanden als weduwe door te komen en gingen toen terug naar Tampa. Iedereen, behalve Ian die doorging naar Miami voor een vroege vergadering de volgende ochtend, ging rechtstreeks naar huis, volledig uitgeput. Het was al na tienen toen Devon het terrein opreed nadat hij Jenn bij haar studentenhuis had afgezet. Het was te laat om Kristen te bellen. Hij wilde haar niet storen omdat zij zelf de hele dag bezig was geweest met een "Meet en Greet" lunch, gevolgd door een signeersessie voor haar fans.

Hij had zich erop verheugd haar later vandaag te zien. Nu maakte de gedachte aan haar hem hard. Vanmorgen was hij de enige op kantoor naast Paula en Ian zou pas vanavond terugkomen uit Miami waar hij een nieuwe klant zou ontmoeten. Devon had plannen gemaakt voor een etentje met Kristen over de telefoon meteen nadat hij vanmorgen wakker was geworden. Op dit moment wilde hij haar zo erg graag zien. Hij wilde net zijn mobieltje pakken om haar te bellen toen het ding oplichtte en Ians naam liet zien. "Wat is er, Boss-man?"

"Hé Dev, ik ben vroeg op de terugweg. Larry Keon belde. Hij wil met het team over iets praten. Ik heb de details nog niet, omdat hij belde toen hij op een vlucht uit D.C. stapte. Hij klonk bezorgd over iets. Carter komt ook."

Devon ging rechterop zitten bij die laatste drie woorden. T. Carter was black-ops. Hoewel het team hem al zo'n tien jaar kende en met hem had samengewerkt in talloze situaties over de hele wereld, wisten ze nog steeds niet tot welk alfabetagentschap hij behoorde. Ze kenden zelfs zijn voornaam niet. De man had contacten in de CIA, FBI, NSA en het Pentagon om er maar een paar te noemen, en dat waren alleen nog maar de binnenlandse agentschappen. Hij had ook tal van andere contacten over de hele wereld. Devon wist het niet zeker, maar het zou hem niet verbazen als POTUS Carter op de sneltoets van het Witte Huis had staan. Als hij naar hen toe kwam voor een vergadering in hun kantoor, dan was er iets om zich zorgen over te maken. Het was al erg genoeg dat de adjunct-directeur van de FBI, de tweede man in het agentschap, die een van Tridents hoogste regeringscontacten was, hierheen vloog in plaats van te bellen. Als Carter er ook zou zijn, dan was er iets ernstigs gebeurd of stond het op het punt te gebeuren. "Shit, dat is niet goed. Wat wil je dat ik doe?"

"Bel het team en zeg ze dat ze om twee uur verzamelen. Keon landt tien minuten na mij, dus ik wacht op hem. Oh, en geef Paula de rest van de dag vrij. Ik wil haar niet in de buurt hebben als we met onze vrienden praten."

"Begrepen. Nog iets anders?"

"Nee, dat is alles. Ik ga nu naar het vliegveld. Ik zie je om twee uur."

Tien minuten later had Devon het team gewaarschuwd en Paula op weg gestuurd nadat hij haar meerdere malen had verzekerd dat ze het kantoor wel een paar uur zonder haar konden runnen. Hij benadrukte ook dat ze haar niet nodig hadden om aantekeningen te maken tijdens de verga- dering en dat ze nog steeds betaald zou worden voor een volledige werkdag. Nadat de vervelende vrouw vertrokken was, nam hij even de tijd om Kristen te bellen en gedag te zeggen. Ze nam op bij het tweede belsignaal. "Hallo, Meester Devon." Hij glimlachte omdat de vrouw bijna spinde.

"Meester Devon, hhmm? Mijn pet klinkt geil."

Ze lachte. "Ik ben zeker geil. Je hebt me drie dagen verwend en dan ga ik drie dagen zonder. Yup, ik ben geil. Kunnen we afspreken voor de lunch? Ik kan niet wachten tot het avondeten."

Devons telefoon piepte met een inkomend gesprek. Hij haalde hem met tegenzin van zijn oor en keek naar het scherm. Carter. "Pet, wacht even op me, alsjeblieft. Ik heb nog een telefoontje dat ik moet beantwoorden." Toen ze hem bevestigde, drukte hij op de knop om het gesprek door te schakelen. "Hé, mijn vriend, ik hoor dat je op bezoek komt. Wil je me vertellen wat er aan de hand is?"

"Niet over de telefoon, Devil Dog. Ik ben nog ongeveer een uur weg. Zullen we eerst een hapje gaan eten? Het is een lange morgen geweest."

De raderen in Devons hoofd begonnen te draaien en een gedachte kwam bij hem op. Met een blik op de klok zag hij dat hij tijd genoeg had. "Ik heb een beter idee, als je er klaar voor bent. Wat denk je van een broodje sandwich subbie?"

Er was een pauze, en toen schalde Carters diepe stem door de telefoon. "Dat klinkt lekker, mijn vriend. Waar moet ik je ontmoeten, de club?"

"Nee, we zullen in mijn kantoor op je wachten. Kun je stipt om dertienhonderd komen?

"Absoluut. Ik zie je zo."

Nadat Carter de verbinding verbrak, schakelde Devon terug naar Kristen. "Pet?"

"Ik ben hier," antwoordde ze.

"Herinner je je mijn bibliothecaris fantasie nog waar ik je over verteld heb?"

Ze giechelde. "Wilt je dat ik dat nu doe, Sir?"

"Uh-huh. Ik wil dat je een professionele, maar sexy rok aantrekt, een wit overhemd met knoopjes, die stiletto's van je waar ik dol op ben, en je bril, en naar mijn kantoor rijdt. De bewaker zal je door de tweede poort zoemen. Parkeer bij het eerste gebouw, bel aan en ik laat je binnen."

"Wat je maar zegt, Meester Devon. Mag ik je een pak slaag geven omdat je je bibliotheekboeken niet op tijd hebt teruggebracht?

Devon lachte hardop terwijl zijn lul zich verhardde door haar speelsheid. "Je zal boeten voor je brutaliteit, kleine meid. Nu wil ik ook dat je je haar opsteekt en geen ondergoed draagt, Pet. Niemand anders is hier. Je hebt precies vijfenveertig minuten om aan te bellen en als je een minuut te laat bent, eindig je over mijn knie. Begrijp je dat?" Dat zou hem vijftien minuten geven voordat Carter arriveerde.

Hij kon de opgewondenheid in haar stem horen. "Ja, Sir."

"Goed, ik zie je dan en geen minuut later."

Devon verbrak het gesprek, leunde achterover en glimlachte even voor hij opstond en naar zijn appartement ging om wat spullen te halen.

* * *

Korte tijd later waarschuwde Devons telefoon hem dat de poort werd geopend en opende de beelden van de beveiligingscamera's op zijn computer om te zien hoe Kristen naast het gebouw binnenreed. Hij wierp een blik op de klok en zag dat ze twee minuten te vroeg was, maar terwijl hij de videobeelden bekeek, vroeg hij zich af wat ze aan het doen was - ze was nog niet uit haar Nissan Altima gestapt.

Hij keek toe terwijl ze een strapless beha uittrok die ze blijkbaar droeg om te voorkomen dat iemand anders haar donkere tepels door haar dunne witte blouse zou zien voordat ze het kanten kledingstuk in haar tas stopte. Daarna controleerde ze haar make-up en haar in de spiegel onder de zonneklep van de auto, maar deed nog steeds geen moeite om het portier te openen en uit te stappen. Hij zoomde de camera in op haar gezicht en zag haar verschillende keren naar het midden van het dashboard kijken, waar het klokje zou zitten. Nou, nou, nou . . . zijn brutale kleine meisje wilde niet vroeg zijn of zelfs maar op tijd. Het leek erop dat ze er zeker van wilde zijn dat ze een tikkeltje te laat was, zodat ze zichzelf een straf kon garanderen. Hij lachte om haar capriolen. Hij had een onderdanig monster gecreëerd.

Toen ze eindelijk uit de auto stapte en Beau begroette, die op haar had gewacht, stokte Devons adem en werd zijn pik langer. Ze was zo sexy als wat, zijn fantasie was uitgekomen. In een nauwsluitende, grijze kokerrok die tot onder haar knieën kwam, de witte blouse met de bovenste knoopjes bijna obsceen open, en die geweldige hakken van haar. Ze had zijn orders opgevolgd en haar haar was netjes in een knotje gedraaid. Hij keek toe hoe ze haar leesbril op haar kleine, puntige neus zette en naar de hoofdingang liep. Hij wachtte niet tot de bel ging voordat hij naar buiten ging om haar te begroeten.

De deurbel ging een paar seconden voordat hij de deur opende om haar binnen te laten. "U bent laat, juffrouw Anders."

"Niet later dan jouw bibliotheekboeken, Sir," siste ze terwijl ze langs hem heen de receptie in liep, kennelijk niet al te bezorgd dat hij in Dom-modus was.

Zijn mond en handen trilden, en hij kon niet wachten om zich met haar bezig te houden. "Kom mee, juffrouw Anders, dan bespreken we de straffen in mijn kantoor." Hij draaide zich om en liep weg, wetende dat ze hem op de hielen zou zitten.

Nadat ze zijn kantoor waren binnengegaan, sloot hij de deur maar deed hem niet op slot. Carter zou binnen moeten kunnen. Kristen stond in het midden van de kamer en hij liep langzaam om haar heen, haar op en neer bekijkend, haar anticipatie opbouwend. Hij had de spanning graag nog wat langer willen rekken, maar hij moest haar zo snel mogelijk hebben waar hij wilde voordat zijn vriend zou komen. Hij liep om zijn bureau heen en ging in de comfortabele leren stoel zitten. "Kom hier, juffrouw Anders. Het is tijd om te boeten voor jouw te laat komen."

Hij zag hoe haar ogen oplichtten voordat ze zich zwijgend een weg naar hem toe baande en naast hem bleef staan. "Trek je rok omhoog tot aan je middel en plaats jezelf over mijn schoot." Zonder tegenspraak deed ze wat hij haar beval, haar blote billen presenterend voor haar straf. Hij schoof haar op zijn benen tot ze uit balans was. Met haar voeten in de lucht raakte ze met haar vingertoppen de vloer aan om zich te stabiliseren. De vrouw had het soort kontje waar de meeste mannen graag tegenaan stuiterden als ze hun minnaars van achteren neukten, genietend van het zachte kussen van vlees. Hij wreef met zijn hand over haar verleidelijke bollen terwijl hij sprak. "Het worden er tien, mijn kleine bibliothecaresse, en je telt hardop en bedankt me na elke keer. Begrepen?"

"Ja, Sir."

Hij hield van de ademende, nerveuze tik in haar stem. Nadat hij een paar keer in haar billen had geknepen om het bloed te laten stromen, hief hij zijn hand op en sloeg hem weer naar beneden.

"Ow! Eén, Sir. Dank u."

Smak.

"Twee, Sir. Dank u."

Hij ging door tot de tiende tel, de intensiteit met elke tik opvoerend, en keek toen naar het kunstwerk dat hij gemaakt had. Haar kont en bovenbenen waren helder rood, en hij kon verschillende van zijn overlappende handafdrukken zien. Hij streelde haar mishandelde vlees voordat hij zijn vingers tussen haar benen doopte om te kijken hoe opgewonden ze was. Ze was druipend. Perfect.

Hij hielp haar opstaan en draaide de stoel zodat hij tegenover haar zat. "Kniel, mijn kleine bibliothecaresse. Haal mijn pik tevoorschijn en streel me."

Zonder haar rok te laten zakken, zakte ze op haar knieën en reikte gulzig naar zijn rits, haar lippen aflikkend terwijl ze dat deed. Het alarm van de poort klonk op zijn telefoon en hij wierp een blik op de tijd, daarna op zijn computer waar de beveiligingsbeelden nog steeds voor hem zichtbaar waren. Carter was maar een paar minuten te vroeg. Hij wist dat de man pas op de afgesproken tijd binnen zou komen. Devons heupen schokten toen Kristens handen contact maakten met zijn stijve pik, en zijn ogen dwaalden terug naar haar gezicht. Haar blik bleef op die van hem gericht terwijl ze haar geballde vuist op en neer langs zijn schacht bewoog. Hij greep de ondoorzichtige sjaal die hij op zijn bureau had gelegd. Voorover leunend maakte hij haar tijdelijk blind en knoopte de uiteinden van het materiaal achter haar hoofd vast. "Zuig me, Pet. Langzaam. Niet stoppen tot ik het zeg."

Met haar hand als gids liet ze haar mond zakken naar zijn schaamstreek en zijn ogen rolden terug in zijn hoofd toen haar natte lippen en tong zijn dikke vlees omringden. Verdorie! De vrouw had niet gelogen toen ze zei dat ze een snelle leerlinge was. Ze likte en zoog hem als een expert in plaats van een vrouw die haar tweede pijpbeurt ooit geeft. Drie minuten van seksuele marteling later, ging de deur van zijn kantoor open en kwam de black-ops strijder binnen. Kristen was zo druk bezig met wat ze aan het doen was dat ze hem niet hoorde binnenkomen en de deur sluiten. Ze hoorde hem zeker toen hij sprak. Van waar zijn vriend stond, kon hij haar of Devons schoot achter het bureau niet zien. "Wat is er, Devil Dog?"

Kristen bevroor zoals hij verwacht had. Hij greep de knot in haar haar en gromde. "Ik heb je niet gezegd te stoppen, Pet." Hij voelde haar aarzeling voordat haar hoofd weer begon te bewegen.

Aan de andere kant van de kamer werden Carters ogen wijder en een geamuseerde grijns verspreidde zich over zijn gezicht toen hij een paar stappen in de richting van het bureau zette en er overheen gluurde. "Nieuwe secretaresse?"

Zijn vriend maakte een grapje, want hij wist dat Devon zich nooit met een werknemer zou inlaten. Zelfs niet als het om een snelle eenmalige neukpartij ging, wat hier niet het geval was. "Nope. Dit is mijn ondeugende bibliothecaresse die maar beter wat harder kan gaan pijpen voor ze weer een straf verdient. Haar kont doet nog pijn van haar eerste van de dag."

Ze lachten allebei bijna hardop toen ze onmiddellijk haar inspanningen opvoerde.

Carter liep om de zijkant van het bureau heen en kreeg een blik op Kristens rode achterwerk. "Heel mooi." Hij trok zijn wenkbrauw op naar Devon in een stille vraag - wat mocht hij doen?

Voor Kristens bestwil antwoordde hij. "Een van de

zachte grenzen van mijn pet is een ménage. Ze was in staat om Brody en Marco in actie te zien de andere nacht met Shelby, en mijn kleine subbies kutje was soppend nat tegen de tijd dat ze klaar waren. Pet, de stem die je hoort is van mijn goede vriend Carter, en ik geloof dat hij blij is om je rode kontje en druipende kutje te zien."

De andere man keek neer op de geblinddoekte vrouw en vroeg met een diepe bevelende stem: "Is dit wat je wilt, sub? Ik, een volmaakte vreemdeling voor je, die je niet zult kunnen zien, die je zoete kutje van achteren neukt terwijl je Meester in je keel klaarkomt? Als dat niet zo is, stop dan met hem te pijpen en zeg je stopwoord. Als je dit niet wilt, draai ik me om en vertrek. Het zal de enige consequentie zijn van je stopwoord. Je Meester zal doorgaan alsof ik hier nooit ben geweest. Als je niet wilt dat ik wegga, moet je vertellen wat er gebeurt als ik blijf."

Carter was een ervaren Dom en veel gevraagd door de subs in The Covenant wanneer hij in de stad was en tijd had om langs te komen. Hij zorgde er altijd voor dat de onderdanige wist waar ze aan begon en dat ze twee opties had: doorgaan op de ingeslagen weg zonder omwegen of helemaal stoppen zonder sancties. De onderdanige had alle controle in deze scène.

Devon hield zijn adem in toen Kristens hoofd vertraagde en ze hem losliet. Hij wist dat ze even de tijd had genomen om de woorden van de onbekende man te verwerken en haar gedachten en gevoelens te evalueren. "Ik begrijp het, Sir, en ik wil mijn stopwoord niet gebruiken. Neuk alstublieft mijn poesje terwijl ik mijn Meester pijp tot hij klaarkomt."

Carter grijnsde naar zijn vriend. "Hoe kan ik zo'n beleefde en mooie sub weigeren?"

Kristen wist instinctief dat hij haar zou beschermen en

nam Devon weer in haar mond terwijl hij toekeek hoe zijn vriend achter haar knielde. Carter begon zachtjes met zijn handen over haar billen, heupen en dijen te wrijven, om haar aan zijn aanraking te laten wennen voor hij verder ging. Na een kort moment waarin ze zich spande bij het gevoel van onbekende handen op haar lichaam, begon ze zich te ontspannen en hernieuwde ze haar enthousiasme om Devon te pijpen. Terwijl ze zijn schacht likte en slurpte, reikte haar hand omlaag om zijn ballen te strelen, waardoor hij kreunde. "Helemaal zo, Pet. Niet stoppen . . . lekker rustig terwijl Carter je klaarmaakt."

Devon opende de la naast hem en haalde de condooms en het glijmiddel tevoorschijn die hij er eerder had neergelegd. Hij legde ze op zijn bureau waar de andere Dom er bij kon en stak toen een wijsvinger op en boog die een paar keer om Carter te laten weten dat ze nog niet klaar was voor iets anders dan één vinger in haar strakke kontje. Carter erkende hem terwijl hij zijn ene hand naar haar plooien tussen haar benen liet zakken en met de andere de tube glijmiddel pakte. Hij druppelde een behoorlijke hoeveelheid gel in de spleet van haar kontje en begon het toen in de rand van haar gebobbelde gaatje te werken terwijl hij twee vingers in haar kletsnatte kutje stak en haar ermee neukte.

Kristen kreunde rond Devons pik en de trillingen brachten hem hoger. Omdat hij niet te vroeg wilde komen, greep hij een handvol van haar loshangende haar en dwong haar haar tempo te vertragen, terwijl zijn andere hand haar wang, hals en schouder streelde. Hij werkte zich een weg naar beneden in haar shirt, waar haar weelderige ongeremde tieten in de maat van haar bewegingen wiegden. Haar tepels verhardden bij het strelen van zijn duim en hij rolde en rukte er zachtjes aan. Elke keer dat hij met haar borsten speelde, leidde hij haar op een andere manier af.

Hij dacht niet dat ze het in de gaten had dat hij er elke keer harder in kneep. Ze was zo opgewonden als hij het deed, dat de pijn onmiddellijk veranderde in genot, dat rechtstreeks naar haar baarmoeder schoot en haar nog meer ophitste. Hij kon ze nu likken, zuigen en knijpen zonder dat ze zich helemaal opspande. Het zou nog wel even duren voordat hij ze met zijn tanden zou proberen te schrapen en hij wist niet of ze ooit tegen de tepelklemmen zou kunnen. Als ze nooit over haar angst ervoor heen zou komen, zou hij het accepteren. Voor nu wilde hij proberen elke slechte herinnering aan haar vorige seksuele ontmoetingen uit te wissen tot alleen hij nog bestond in de verste uithoeken van haar geest.

Kristens hoofd zat in een wilde tol. Als iemand haar een week eerder had verteld dat ze geblinddoekt op haar knieën aan Devons enorme erectie zou zitten zuigen in zijn kantoor, midden in de middag, terwijl een wildvreemde haar kutje en kontje vingerde, zou ze gezegd hebben dat ze gek waren. Nu was zij de gek. Gek van het intense genot en de sensaties die door haar lichaam gierden en ze genoot van elke minuut. Ze wist dat als ze "nee" had gezegd, Carter zou zijn vertrokken en Devon niet boos of teleurgesteld zou zijn. Maar als ze het wel zou zeggen, dan zou zij degene zijn die teleurgesteld was omdat ze niet iets had geprobeerd waarover ze had gefantaseerd.

Ze kon het verschil tussen de aanrakingen van de twee mannen onderscheiden. Ze wist niet zeker hoe, want het voelde niet alsof een vreemde haar aanraakte. Het voelde alsof de handen van de andere man een verlengstuk waren van die van Devon. In haar gedachten was Devon de enige die haar aanraakte met vier handen, niet twee. Carters vingers waren ongeveer even groot als die van Devon. In feite hadden ze allebei de handen van mannen die gewend waren hard te werken. Toch waren ze zachtaardig en getalenteerd genoeg om een vrouw extreme bevrediging te brengen. Een korte gedachte aan hoe die twee dit eerder met andere vrouwen gedaan moeten hebben kwam in haar hoofd op. Maar die gedachte verdween net zo snel toen de vingers in haar vagina bewogen om haar vocht over haar clitoris te wrijven waardoor een stroomstoot door haar heen ging en haar geest onbruikbaar werd voor alles, behalve vier van haar vijf zintuigen. Met haar ogen bedekt, werden haar tastzin, smaak, reuk en gehoor verhoogd. Ze voelde Carters handen en vingers op haar. Ze genoot van Devons smaak op haar tong. Ze inhaleerde zijn muskusachtige en mannelijke geur. En tenslotte vulden hun gekreun en aanmoedigende woorden haar oren, samen met het gekraak van een condoomverpakking.

Carter trok zijn onderste hand van haar lichaam, en ze hoorde het gezoem van een rits. Toen voelde ze hoe hij zijn pik op één lijn bracht met de ingang van haar kern terwijl zijn vinger in haar kontje bleef spelen. Ze jammerde toen hij zich in haar nattigheid wurmde, zijn heupen heen en weer wiegend terwijl hij beetje bij beetje vorderde, haar lichaam even de tijd gevend om zijn dikte te accommoderen. "Verdomme, ze is strak." Hij kreunde in extase toen hij zich diep in haar begroef. "Verdomme, haar kutje voelt hemels aan, man."

* * *

"Ik ken het gevoel. Pet, je hebt toestemming om klaar te komen wanneer je maar wilt." Devon liet zijn hoofd achterover vallen tegen de leren stoel en was geneigd zijn ogen te sluiten en alleen maar te voelen. ɪhet verlangen om toe te kijken hoe ze alles nam wat ze haar gaven, was nog sterker. Zijn lul die achter haar rode, gezwollen, natte lippen verdween was een aanblik die hij nooit moe zou worden. Ze was om te beginnen al een mooie vrouw, maar in de greep van genot was ze verbluffend.

Terwijl ze hem in en uit haar mond zoog, veegde ze met haar tong over zijn paarse kop. Bij elke opwaartse beweging likte ze druppels voorvocht van zijn spleet. Ze herinnerde zich alles wat hij haar de eerste keer had geleerd, en haar verlangen om hem te behagen bracht hem nog meer genot. Haar kreunen en ademhaling namen toe terwijl Carter haar hoger en hoger dreef tot haar orgasme haar greep en haar deed tuimelen. Ze gilde om zijn lul, en hij begon haar mond serieus te neuken. Hij verstevigde zijn greep op haar hoofdhuid en hield haar vast waar hij haar wilde hebben terwijl hij het tempo van zijn stotende heupen opvoerde, zich in de diepe holte van haar mond stortte en contact maakte met de achterkant van haar keel. Toen ze een beetje kokhalsde, verkortte hij zijn stoten. "Adem door je neus, Pet. Ik ga klaarkomen en jij gaat elke druppel doorslikken."

Hij voelde en hoorde haar hem erkennen met een gedempte, "uhm-hmmm" en liet zich gaan. Haar mond en keel bewogen gulzig terwijl ze zijn zaad doorslikte. "Dat is het, Pet. Verdomme, je bent zo'n braaf meisje." Toen de laatste druppels hem verlieten, deed Carter iets waardoor ze weer over de rand ging en de man volgde haar meteen, terwijl hij zijn eigen bevrediging brulde.

Enkele ogenblikken lang was het enige geluid in de kamer het harde ademen van hen drieën. Toen kreunde Kristen wanneer Carter uit haar gleed terwijl hij lovende woorden prevelde. Hij keek Devon aan toen hij op zijn knieën ging zitten. "Als jij haar hebt, ga ik even naar boven naar een van de kamers om snel te douchen." Toen Devon knikte, leunde zijn vriend over Kristens torso en kuste de achterkant van haar hoofd terwijl ze haar voorhoofd op de knie van haar meester liet rusten, haar blinddoek nog op zijn plaats. "Dank je, liefste. Dat was heerlijk. Dank je dat ik je mocht delen met Meester Devon. Je bent een mooie vrouw en hij is een gelukkig man." Toen hij weer naar hem opkeek, wist Devon dat Carter begreep dat deze vrouw belangrijk voor hem was. Ze was niet zomaar een sub en het was een eer voor de agent om deel te nemen aan haar eerste ménage.

Nadat Carter zijn condoom in de prullenbak had gegooid, de kamer had verlaten en de deur achter zich had dichtgedaan, stopte Devon zichzelf terug in zijn broek en trok de rits omhoog. Staande bukte hij zich, nam Kristen in zijn armen en legde haar uitgeputte lichaam op zijn bank. Hij dekte haar toe met een gebreide deken die over de rugleuning van de bank was gedrapeerd. Een decoratief cadeautje van mevrouw Kemple. Hij haalde een nat washandje uit de kleine badkamer van zijn kantoor en maakte Kristen schoon terwijl ze in een door subspace opgewekte slaap viel.

Hij deed haar schoenen uit en haar blinddoek af om het haar gemakkelijk te maken en verzorgde zichzelf daarna in de badkamer. Zittend op de rand van de bank naast haar, streelde hij haar de volgende twintig minuten van top tot teen terwijl ze sliep. Toen hij het poortalarm van zijn telefoon hoorde, zuchtte hij en wekte haar zachtjes. "Pet, gaat het?"

"Uhm-hhmm. Fantastisch."

Hij grinnikte om haar slaperige, verzadigde stem. "Ik moet naar een vergadering verderop in de gang. Ik wil dat je hier blijft en een poosje slaapt. De deur zal dicht zijn en niemand zal je storen. Ik laat een fles water en je tasje hier naast je staan. Als je me ergens voor nodig hebt, sms me en ik kom meteen terug, oké? Als ik klaar ben, gaan we iets eten."

"Mmm-hhmm, 'k. Ik hou van je."

# Hoofdstuk 17

Devon verstijfde bij haar gemompelde woorden, maar ze was weer in slaap gevallen. Besefte ze wat ze had gezegd? Was ze verliefd geworden op een man die nooit zulke woorden had uitgesproken tegen iemand anders dan diegenen die hij als familie beschouwde? En waarom rende hij niet naar de heuvels zodra hij ze hoorde?

Een zachte klop onderbrak zijn gedachten. Hij liet haar slapen, pakte zijn mobiele telefoon en sloot de deur af achter zich toen hij naar buiten ging. Ian wachtte hem op in de gang. "Ik wacht op Carter, Brody en Marco. Boomer en Jake kwamen vlak achter mij aan."

"Carter is boven, hij komt zo terug."

Ian knikte, en zijn gezicht werd grimmig. "Keon is niet alleen gekomen. Twee NCIS agenten zijn bij hem."

Devons ogen verwijdden. "Verdomme. Wat is er in godsnaam aan de hand?"

Zijn broer draaide zich om en begon in de richting van de vergaderzaal te lopen met Devon op zijn hielen. "Het is niet goed. Ik heb alleen de basis gehoord op weg hierheen. Ik zal het Keon meteen aan iedereen laten vertellen."

Enkele minuten later zaten de zes belangrijkste personeelsleden van Trident Security rond de grote vergadertafel, samen met adjunct-directeur Larry Keon van de FBI, black-ops agent T. Carter, en NCIS-onderzoekers Nathan Dobrowski en Barbara Chan.

Brody startte zijn laptop op terwijl Keon opstond en identieke mappen begon uit te delen aan iedereen, behalve Dobrowski en Chan die hun eigen exemplaren bij zich hadden. Chan had ook een laptop open die was aangesloten op de grote HD monitor die aan de muur hing aan het enige onbezette eind van de tafel. Beau had zich bij hen gevoegd en lag luid te snurken van ergens onder de lange tafel. Keon bleef staan terwijl hij sprak.

"We hebben informatie gekregen dat een aantal recente sterfgevallen van voormalig marinepersoneel deel kunnen uitmaken van een groter complot. Foto's van afgezwaaide SEALs Eric Prichard, Quincy Dale, en Jeff Mullins verschenen op de monitor, samen met hun overlijdensdata, of in Quincy Dales geval, een geschatte datum. Een ronde van verbaasde vloeken van de teammaten volgde.

"Neem je me in de maling?" De retorische vraag kwam van Boomer. "Wat is er verdomme aan de hand? Wist iemand dat Dale dood was?"

De anderen schudden hun hoofd terwijl het jongste teamlid naar hun verbijsterde gezichten keek. Dit was nieuws voor hen allemaal. Hun voormalige teamgenoot woonde in Alaska en had weinig contact met zijn maten sinds zijn laatste tournee zo'n tweeënhalf jaar geleden was afgelopen. Littekens in zijn gezicht door brandwonden die hij had opgelopen bij een raketaanval zorgden ervoor dat de man als een kluizenaar leefde.

Keon stak zijn hand op om de kamer te kalmeren voordat hij verder ging. "We hebben het pas maandag over

Dale gehoord. Dat is wat een rode vlag op deed gaan. Dales broer had al een maand of vier niets meer van hem gehoord en voor zover ik heb begrepen was dat de laatste jaren niet ongebruikelijk. Robert Dale besloot afgelopen zaterdag uiteindelijk om drie uur te rijden naar Quincy's huis en vond het ontbindende lijk van zijn broer in zijn hut. De lijkschouwer schatte dat hij al drie maanden dood was. Een 9mm Smith and Wesson werd bij het lichaam gevonden en zijn vingerafdrukken stonden op het wapen. Eerst dachten de agenten aan zelfmoord. Met Dales recente geschiedenis was dat niet zo moeilijk te geloven."

"Behalve dat Dale geen S&W negen had." Boomer sprak met de zekerheid van een man die de gewoonten van zijn vriend goed kende. "Hij haatte ze. Hij zei dat ze nooit goed voelden, dat de greep en het gewicht verkeerd waren. Ik weet nog dat hij er tijdens zijn laatste tour ruzie over had met een of andere knorrepot. Hij zou duizend andere wapens gekocht hebben voordat hij een S&W negen kocht."

Keon knikte. "Precies wat zijn broer zei. En iemand vijlde het serienummer van het wapen weg, wat nog meer twijfels opriep. Robert zei dat Quincy nooit een pistool zou hebben gekocht zonder nummer en dat hij het zelf ook niet zou hebben gedaan. Niets anders was niet op zijn plaats, geen vingerafdrukken of sporen. De staatspolitie vroeg de lijkschouwer voor de zekerheid de ingangswond te onder-zoeken. De lijkschouwer zegt dat het schot in het hoofd dichtbij was, maar niet helemaal mogelijk voor Dale om het zelf te doen. De dokter zei dat het een onhandige hoek was, wat niet logisch is. Het zou niet comfortabel zijn geweest voor een persoon om het wapen zo ver achter het oor te houden. Zelfmoorden door een kogel in het hoofd schijnt een veelvoorkomende manier te zijn om te gaan in verlaten gebieden van Alaska. De dokter weet waar hij het over heeft en heeft besloten dat het waarschijnlijk moord was."

Barbara Chan nam het over. "Een melding van doodslag op een SEAL zo dicht op een vluchtmisdrijf op een ander van hetzelfde team, maakte me nieuwsgierig. Ik haalde een lijst van de huidige en afgezwaaide leden van het team door de computer en Jeff Mullins' naam kwam tevoorschijn, samen met zijn vrouw. De inbraak-moord deed mijn interne paniekalarm afgaan. Drie leden van hetzelfde team dood binnen zes maanden en ze zijn allemaal onopgelost."

"Iemand jaagt op SEALs." Devon haatte het om te zeggen wat ze allemaal dachten, maar het moest gezegd worden.

"En niet zomaar SEALs, maar Team Vier in het bijzonder. Prichard wist dat er iets niet klopte," zei Keon. "Vanmorgen vroeg heb ik een lokale agent de vrouw van Prichard laten ondervragen. Volgens het politierapport droeg hij een verborgen pistool in een enkelholster toen zijn lichaam werd gevonden. De vrouw zei dat het niet ongebruikelijk was toen hij nog actief was bij het team. Sinds ze naar Iowa verhuisden na zijn afzwaaien, dacht ze niet dat hij het nog veel droeg. Rustig stadje en zo."

"Na nog een paar vragen, herinnerde ze zich iets van een paar dagen voor zijn dood. Prichard vroeg haar of haar iets vreemds was opgevallen of dat ze iemand in de buurt had gezien die ze niet herkende. Dat had ze niet en ze vroeg hem waarom. Hij haalde zijn schouders op en zei dat het waarschijnlijk niets was. Het was de laatste keer dat hij er iets tegen haar over zei. Ik denk dat ze het in haar shock en verdriet vergeten was. Haar elfjarige zoon hoorde haar praten met de agent en zei dat ze de dag voor zijn vaders dood naar huis reden van de voetbaltraining, en dat Prichard in de spiegels bleef kijken. Hij nam een lange weg naar huis en een aantal bochten die niet nodig waren. Hij remde ook af en gaf gas zonder reden. De jongen vond het vreemd. Prichard zei dat hij gewoon iets aan het controleren was. Er gebeurde niets en ze kwamen zonder problemen thuis. Ik denk dat we kunnen aannemen dat hij wist dat iemand hem in het vizier had. De vragen zijn, wist hij wie of waarom, en waarom zei hij niets tegen de sheriff of belde hij iemand van het team voor versterking?"

"Ik denk dat hij dat probeerde voordat hij vermoord werd." Alle ogen waren op Marco gericht. "Curt Bannerman zei iets tegen me op de begrafenis. Hij kreeg een voicemail ongeveer twee uur voordat Eric werd vermoord. Eric zei alleen dat hij Curt ergens over moest spreken. Hij moest hem zo snel mogelijk terugbellen. Curt kon pas om 20.00 uur terugbellen en toen was het al te laat."

Keon ging zitten en zuchtte. "Je moet met Jennifer Mullins praten en kijken of er iets ongewoons is gebeurd in de dagen voor de moord op haar ouders."

"Mee eens." Ian stuurde Jenn snel een sms'je met de vraag of ze straks naar kantoor kon komen. "Ik laat haar later langskomen zodat we kunnen praten."

"Het goede nieuws is - als er goed nieuws in deze puin-hoop kan zijn - als de reden dat deze mannen werden gedood is gekoppeld aan een specifieke missie, en het was niet alleen omdat ze SEALs waren of meer specifiek SEAL Team Vier, dan zijn we in staat om het te beperken tot een periode van negen maanden zes jaar geleden. We hebben tenminste een beginpunt."

Jakes ogen vernauwden zich. "Hoe kom je daarbij?"

"Omdat," legde Ian uit, "dat het enige tijdsbestek was waarin Jeff en Dale samen in het team zaten. Dale kwam bij ons negen maanden voordat Jeff met pensioen ging. Helaas, volgens Dobrowski hier, waren we actief gedurende de meeste van die maanden. Er is een lijst van meer dan dertig individuele missies. Sommige duurden maar een dag of een week, maar een paar waren langer en overspanden vijf landen. Twee in het Midden-Oosten, één in Afrika, Colombia en Brazilië, en als team zijn we verantwoordelijk voor meer dan zeventig bevestigde sterfgevallen tijdens die missies."

Chan viel weer in. "We weten dat het veel is en we hebben andere onderzoekers die contact opnemen met alle SEALs die in die tijd actief waren in Team Vier en ze ondervragen. Jullie zes staan allemaal op de lijst en zijn de enigen die samenwerkten in een grote groep met de veiligheidsmachtigingen die jullie hebben, dus kwamen we hier om jullie gedachten te peilen en de missieverslagen met jullie door te nemen."

De teamgenoten kreunden. Dertig missies met meer dan zeventig doden konden een astronomische hoeveelheid inlichtingen, bewijsmateriaal, papierwerk en foto's opleveren.

"Het Pentagon is al sinds maandagavond bezig om ons kopieën van alles te bezorgen. Ik kreeg een telefoontje toen we uit het vliegtuig stapten. De dossiers zullen morgenvroeg hier zijn vanuit D.C. Ik denk niet dat ik het voor de hand liggende hoef te zeggen, heren, maar ik doe het toch. Het gaat hier om zeer geheime missie rapporten. Ondanks jullie toegang, zijn jullie nu allemaal burgers. We hebben toestemming van hogerhand nodig om jullie toegang te geven, ook al hebben jullie ze geschreven. Deze rapporten zullen niet gecensureerd of bewerkt worden. Vanaf hun aankomst om negen uur morgenochtend wordt deze kamer afgesloten. Nathan of ik moeten aanwezig zijn als jullie in deze kamer zijn met de rapporten en niets verlaat deze kamer zonder onze toestemming. Zes militaire politieagenten zullen buiten staan in wisselende diensten van twee. Niemand anders dan de tien mensen die nu in deze kamer zijn, is toegestaan hier binnen te komen. Dat geldt ook voor al het ondersteunend personeel dat je hebt."

Brody lachte hardop. "Paula wordt gek! Ian, mag ik erbij zijn als je het haar vertelt?"

Met een paar grinniken nam de spanning in de kamer af bij de gedachte dat hun nieuwsgierige office manager buiten schot zou blijven en uit de kamer verbannen zou worden. Als de vrouw een kat was geweest, had haar nieuwsgierigheid haar al lang gedood.

Devon wierp een blik op de mensen rond de tafel en zijn blik viel op één man. "Hé, Carter, wat is jouw rol in deze hele rotzooi?"

De grote man haalde zijn schouders op zonder enige emotie te tonen. "Ik ben hier alleen voor het eten."

Devon snoof terwijl de rest van het team in lachen uitbarstte. Jaren geleden was Devon undercover geweest voor een missie in Rio de Janeiro toen hij onverwacht Carter, ook undercover, tegenkwam op een chique gala met meer dan vijfhonderd mensen. Er was een Colombiaanse drugsbaron aanwezig die door het team in de gaten werd gehouden. Devon trok aan het kortste eind omdat hij in een zwart gestrikt apenpak rondliep. Toen hij een minuutje alleen was met zijn maat, stelde hij een soortgelijke vraag en kreeg hetzelfde antwoord. Af en toe stak de flauwe grap de kop op als hun vriend niet tegen hen wilde liegen en hen niet de waarheid kon vertellen. Met andere woorden, als hij het hen zou vertellen, zou hij hen moeten vermoorden.

Keon stond op en de NCIS agenten volgden hem. "Ian, ik hoef jou en je team niet te zeggen dat jullie moeten oppassen. Als je iets nodig hebt, laat het me weten. Ik moet morgen naar het bureau in Jacksonville voor wat ongerelateerde zaken. Mijn tijd zal de komende week verdeeld zijn tussen hier, daar, D.C. en New York, maar ik zal bereikbaar zijn via gsm als er iets opduikt. Naast het NCIS, heb je de volledige steun van de FBI. We zijn erbij betrokken omdat de moorden gebeurden in drie verschillende staten en ze kunnen het gevolg zijn van één van de opdrachten die je deed voor Oom Sam, inclusief sommige goedgekeurd door de FBI. Ik kende Mullins niet zo goed als jullie allemaal, maar hij was een goede man. Hij en zijn vrouw en de anderen verdienden niet wat ze kregen. Ik zal verdoemd zijn als Team Vier nog iemand verliest tijdens mijn dienst."

Nadat Keon en de twee rechercheurs naar een plaatselijk hotel waren vertrokken, bleef Carter lang genoeg om zijn mening te geven. "Wat Larry zei, geldt ook voor mij. Een paar van mijn informanten houden hun oren aan de grond en luisteren naar elk verkeer over het team. Ik ga wat rond de pot draaien en een paar dingen controleren. Als er iets uitkomt, laat ik het je weten. Ik ben gewend geraakt aan jullie lelijke koppen, dus blijf veilig en doe Jenn de groeten van me. Zeg haar dat het me spijt dat ik haar gemist heb en dat ik haar snel weer zie." Toen hij Devon passeerde op weg naar de deur, verlaagde hij zijn stem zodat niemand anders het kon horen en voegde eraan toe: "Zeg ook gedag en bedankt tegen je kleine bibliothecaresse. Ik kijk er naar uit om haar de volgende keer te ontmoeten."

Na Carters vertrek was het een paar minuten stil in de kamer. Ians telefoon ontving een sms en hij keek naar het scherm en toen naar zijn team. "Jenn is op weg hierheen. Enig idee hoe deze kutzooi begonnen is?"

Jake antwoordde als eerste. "Niet uit mijn hoofd. Ik moet toegeven dat ik me zorgen maak over Jenn. Niet alleen moeten we haar ondervragen over de ergste nacht van haar leven, maar is ze hier bij ons ook in gevaar? Zal het makkelijker of moeilijker voor haar zijn om te weten dat het geen willekeurige misdaad was en dat haar ouders vermoord werden omwille van iets uit haar vaders dienst? De man was een held voor haar."

Ian knikte. "Ik dacht hetzelfde. Maar ik denk dat ze volwassen genoeg is om te weten dat haar vader dit vijf jaar geleden niet had kunnen voorzien. Als dat zo was, had hij stappen ondernomen om zijn familie te beschermen. En ze is veiliger hier bij ons nu we weten dat er een dreiging is. Ik geef haar bescherming voor school, en ze blijft voorlopig hier bij ons. Jake, praat met je broer en vraag hem haar een paar dagen uit het rooster te halen. Tenminste tot we een beter idee hebben van wat er aan de hand is." Toen de andere man knikte, ging hij verder. "Wat het ondervragen van haar betreft, dat zal een beetje moeilijk worden. Ik zal Nelson bellen en kijken of hij haar vanavond of morgenoch-tend kan inpassen voor een sessie." Dr. Brett Nelson was de traumapsycholoog die Jenn bezocht sinds haar komst naar Florida.

Iedereen keek naar Devon toen hij opstond. "Kristen ligt op mijn bank te slapen. Ik ga even bij haar kijken voordat Jenn hier is. Wil iemand een paar pizza's bestellen omdat we hier nog wel even zullen zijn?" Als iemand van zijn team verbaasd was over zijn eerste verklaring, dan lieten ze dat niet merken. Ze konden Kristens Altima niet gemist hebben die buiten geparkeerd stond en wisten dat er nog iemand in het gebouw was.

Boomer pakte zijn telefoon. "Aan de slag."

De rest riep meteen "geen ansjovis" toen Devon de deur uitliep.

# Hoofdstuk 18

Kristen werd net wakker toen Devon zijn kantoor binnenkwam. Ze knipperde een paar keer met haar ogen voordat ze zich uitrektc en verleidelijk naar hem glimlachte. "Goedemiddag."

Hij stak de kamer over en ging op de rand van de bank naast haar zitten. "Hoe voel je je? Heb je goed geslapen?"

"Mmm-hhmm. Hoe lang was ik weg?"

Hij wierp een blik op zijn horloge. "Ongeveer anderhalf uur. Je hebt het verdiend." Hij grinnikte toen haar wangen vlamden.

"Is hij er nog?"

"Nee, schat. Carter moest weg. Maar de volgende keer dat hij langskomt, zal ik jullie een formele introductie geven." Zijn grijns vervaagde. "Ik moet het diner vanavond afzeggen. Er is iets tussengekomen, maar ik wil toch dat je vannacht in mijn bed slaapt. Ik weet niet hoe laat ik terug zal zijn in mijn appartement, misschien rond negen of tien. Je kunt komen wanneer je maar wilt. Als je nu meekomt, laat ik Brody je handafdruk in het systeem scannen. Het zal je niet in elk beveiligd gebied krijgen. Het zal de poort en mijn appartement voor je openen."

Haar ogen en glimlach werden breder. "Is dit jouw versie om mij de sleutel van jouw huis geven?"

Lachend stond Devon op. "Ja, ik denk het wel. En ik wil je zo naakt als de dag dat je geboren bent als ik thuis kom. Kom op, laten we naar Brody gaan. Er wordt zo pizza bezorgd, dus ik zal je voeren voor je gaat."

Een half uur later, met haar rok rechtgetrokken, haar beha weer aan en haar haar uit de knot, zat Kristen in de vergaderzaal met Beau aan haar voeten. Ze at haar pizza op en luisterde terwijl de Sexy Six-Pack en Jenn over alledaagse onderwerpen praatten. Het was duidelijk hoe close ze waren. Hun gemakkelijke plagerijen waren leuk om naar te luisteren. "Ik heb een vraag. Waarom noem je Devon, Devil Dog? Ik bedoel, het is duidelijk een woordspeling op zijn naam, maar is er meer aan de hand?

Iedereen lachte toen Devon met zijn ogen rolde en zuchtte. "Het gaat terug naar een parachute oefening/demonstratie die we deden vlak nadat ik bij Team Vier kwam. We deden aan hoogtespringen. Nadat ik gesprongen was, besloot ik te kijken hoeveel salto's ik kon maken voordat ik aan mijn koord moest trekken. Normaal gesproken zou het geen probleem zijn gewees., Wat niemand ons vertelde was dat Admiraal Richardson, een echte muggenzifter voor protocol en zo, toekeek met een stel andere hoge pieten op de grond. Nadat ik geland was, kreeg ik de admiraal in mijn gezicht. Hij schold me de huid vol. Hij was rood aangelopen, schreeuwde tegen me, en sommige van zijn woorden waren verward. Ik denk dat in plaats van te vragen of ik dacht dat ik een waaghals was, hij me vroeg of ik een duivelshond was. De volgende dag had iemand mijn kastje leeggehaald en tot de nok toe gevuld met Drakes' Devil

Dogs. Van die kleine chocoladekoekjes." Starend naar zijn veel te onschuldig kijkende teamgenoten voegde hij eraan toe: "Ik weet nog steeds niet wie het gedaan heeft. Ik heb maandenlang Devil Dogs gegeten."

"Ja, en die klootzak deelde ook niet," zei Brody. "Hij was lange tijd niet blij met zijn nieuwe bijnaam, want 'Devil Dog' is een standaard bij de infanterie. Natuurlijk, als iemand zijn bijnaam niet leuk vindt, wordt die vrijwel permanent."

Kristen glimlachte. "Ik denk dat hij het niet leuk vond vanwege de rivaliteit tussen de marine en de infanterie, toch?" Devon knikte, nam een hap pizza en rolde weer met zijn ogen. "En, heeft iedereen een roepnaam?" Ze dacht dat dat de militaire slang ervoor was terwijl ze Brody aankeek. "Die van jou is Egg-iets, toch?"

"Ten eerste, schatje, dat zijn geen roepnamen . . . dat zijn bijnamen, zo simpel is het. Roepnamen zijn voor missies. En ja, de mijne is Egghead. Een buiging voor mijn supcrieure computer hacking vaardigheden. Trouwens, we hebben de jouwe al goedgekeurd. Ik vind het Ninja-girl label leuk."

Ze staarde naar Devon. "Serieus? Heb je het hen verteld?"

Hij grijnsde en haalde zijn schouders op terwijl iedereen lachte. Van daaruit gingen de mannen de tafel rond.

"Ik ben de explosieven- en sloopman, dus ik ben bij Boomer terechtgekomen," vertelde Ben haar. "Niets gênants aan."

"Behalve als we hem Baby Boomer noemen," grapte Jake, waardoor de jongere kreunde en zijn maat de middelvinger opstak. "De mijne is Reverend. Ik ben een sluipschutter. Toen ik voor het eerst bij Team Vier kwam, zei een van de jongens dat ik mijn doelwitten naar hun schepper stuurde."

"Ja, en omdat iedereen het nodig vindt om zijn zonden aan jou op te biechten, Pater Donovan." De kamer vulde zich weer met gelach. "Hoe dan ook, ik ben Polo."

Toen Marco niets verder uitlegde, vroeg Kristen: "Waarom Polo?"

De kamer werd stil en ze was verward toen iedereen, inclusief Jenn, naar haar staarde. Brody zei doodleuk: "Wacht er maar op."

*Wachten op wat? Wat is het probleem om Marco, Polo te noemen?* Op het moment dat haar ogen oplichtten, gniffelde Boomer. "Ding, ding, ding . . . ze heeft het, net onder de draad."

Ze giechelde. "Oké, dus ik was een beetje traag met die ene. Nu snap ik het. Van *De reizen van Marco Polo* en het spel. We speelden het in het zwembad toen ik een kind was." Ze keek naar de man die nog niet had geantwoord. "Ian, wat is jouw roepnaam, ik bedoel jouw bijnaam?

Voordat hij kon antwoorden, sprong Brody ertussen. "Hij heeft er geen, tenminste niet een die we kunnen zeggen in het bijzijn van twee mooie dames. We hebben in de loop der jaren een paar namen voor hem geprobeerd, maar niets is blijven hangen. Nu is hij de Boss-man."

Ian glimlachte, maar het bereikte zijn ogen niet. "En vergeet het niet, eikel."

* * *

Nadat ze klaar waren met eten, liep Devon met Kristen naar haar auto en kuste haar voordat hij het portier voor haar opende. "Ik zie je later, Ninja-girl. En vergeet niet dat je beter naakt bent als ik thuis kom."

Hij keek toe hoe ze wegreed met een brede grijns op haar gezicht. Zijn eigen glimlach vervaagde toen haar auto door de buitenste poort verdween en zijn gedachten gingen terug naar wat ze Jenn nu moesten laten doormaken. Haar de gebeurtenissen laten herbeleven die tot de moord op haar ouders hadden geleid zou moeilijk voor haar zijn, maar Doc Nelson stemde ermee in om haar en Ian morgenvroeg te ontmoeten om haar te helpen met de repercussies. Tegen de tijd dat Devon de vergaderzaal binnenkwam, hadden de anderen hun maaltijd opgeruimd en was Ian naast Jenn gaan zitten, klaar om zijn petekind de steun te bieden die ze zeker nodig zou hebben. Zelfs Beau leek aan te voelen dat ze hem nodig zou hebben. Hij zat nu aan haar andere kant met zijn grote kop rustend op haar dij terwijl ze zijn zijdezachte oren streelde. De ogen van de hond waren gesloten in wat wel hondachtige extase moest zijn.

Ze bleven allemaal stil toen Ian Jenns hand nam en tegen haar sprak. "Baby-girl, we moeten je wat vragen stellen. Ik wou dat het niet nodig zou zijn, maar het is belangrijk."

De ogen van de jonge vrouw verwijdden zich bij Ians ernstige, maar zachte toon. "Wat is er, oom Ian?"

"We willen dat je terugdenkt aan de dagen en weken die voorafgingen aan de moorden op je ouders. Is er iets gebeurd waarvan je dacht dat het vreemd was op dat moment? Was je vader nerveus, overstuur of ergens bezorgd over? Vroeg hij jou of je moeder iets vreemds? Heb je iemand in de buurt van je huis gezien die een vreemde voor je was, of als je hem kende, was het dan ongewoon dat hij daar was?"

Ze keken toe hoe Jenns ogen zich vulden, maar het sierde haar dat er geen tranen vielen. Ze haalde diep adem. "Er is iets anders gebeurd, is het niet? Er is iets gebeurd waardoor je denkt dat mijn ouders niet vermoord zijn omdat een inbreker niet verwachtte dat er iemand thuis was toen hij inbrak, toch?"

Ian zuchtte, duidelijk een hekel hebbend aan wat hij haar moest vertellen. "We hebben vanmiddag informatie ontvangen die mogelijk een verband legt tussen de dood van je ouders en het vluchtmisdrijf van Eric, waarvan we nu denken dat het geen ongeluk was. Hij pauzeerde en Devon wist dat dit hem de das omdeed. "Lieverd, Quincy Dale werd doodgeschoten terug gevonden in zijn hut. Hij is ongeveer drie maanden geleden vermoord. Zijn broer ging bij hem kijken nadat hij niets meer van hem gehoord had."

Jenn's hand bedekte haar mond in shock. Ze wisten dat ze de dood van Dale zwaar zou opvatten. De man was een groot liefhebber van de Amerikaanse geschiedenis en wist altijd de aandacht van Jenn te trekken met verhalen van de ontdekking door Christoffel Columbus tot in de eenentwintigste eeuw. Hoewel Dale zich van vrijwel iedereen had teruggetrokken, bleef hij in contact met Jenn via e-mails en af en toe een telefoontje. Zij was de enige die hem de afgelopen jaren een glimlach op zijn littekens kon bezorgen. Hij had zelfs twee keer zijn eenzame berg voor haar verlaten om de begrafenis van haar ouders bij te wonen en om haar drie maanden later te zien afstuderen aan de middelbare school. Devon besefte dat Dale waarschijnlijk was teruggekeerd van Jenns diploma-uitreiking vlak voordat hij werd vermoord.

Jenn kon haar tranen niet langer bedwingen. "Oh, nee! Niet Quincy! Ik heb hem in de zomer een paar e-mails gestuurd. Door de verhuizing, school en werk, realiseerde ik me net dat hij me niet had geantwoord. Dat doet hij soms als hij in een dipje zit, en dan stuurt hij me later een heleboel mailtjes tegelijk. Oom Ian, wat is er aan de hand?

Quincy was de aardigste man van de wereld. Waarom zou iemand ze allemaal vermoorden?" Haar vragen waren misschien aan Ian gericht, maar ze draaide haar hoofd om hen allemaal te overzien, hopend dat iemand een antwoord voor haar had.

Devon sprak zachtjes tot haar. "We weten het niet, meisje, maar we komen er wel achter. Dat beloof ik. Je weet dat ik geen beloftes maak die ik niet kan nakomen."

"Ik weet het, oom Devon," fluisterde ze voor ze haar keel schraapte en weer sprak. "Oké, laat me even denken. Je weet dat ik in het huis van mijn vriendin was de nacht . . . de nacht dat het gebeurde. Ik had ook het grootste deel van de dag met Dana gewinkeld en dus zag ik mijn ouders alleen die ochtend. Ik herinner me dat ze in de keuken stonden te praten toen ik beneden ging ontbijten. Papa zei . . . hij zei zoiets als, als het nodig was, zou hij jou bellen, oom Ian. Hij wilde eerst iets onderzoeken. Ze veranderden van onderwerp toen ik binnenkwam, en ik dacht er niets van omdat jullie altijd met elkaar aan de telefoon zaten en papa al eerder wat onderzoek en werk voor je had gedaan. De week ervoor was papa ook meer weg dan normaal en zat hij veel in zijn kantoor aan de computer. Ik herinner me een paar avonden dat hij pas na het avondeten thuiskwam. Toen ik hem vroeg waar hij was geweest, zei hij dat hij aan iets voor jou had gewerkt. Dat het niets bijzonders was."

"Voor mij?" vroeg Ian met een verwarde uitdrukking op zijn gezicht. Toen Jenn knikte, keek hij Devon aan. "Ik heb hem niet gevraagd iets voor mij uit te zoeken. Of wel?"

"Nee." Devon schudde zijn hoofd toen de andere mannen allemaal ontkenden Jeff gevraagd te hebben iets te onderzoeken.

Jenn zuchtte. "Het spijt me dat ik me niet meer herinner, maar verder valt me niets op. Ik bedoel, het is zes maanden geleden, en ik was daarna zo'n puinhoop."

Ian tilde haar hand op en kuste haar knokkels. "Het is goed, Baby-girl. Als je nog aan iets anders denkt, laat het één van ons weten. Maar voor nu wil ik dat je hier in je kamer blijft. Ik denk niet dat je in gevaar bent, maar ik neem liever geen risico's. Morgenochtend worden er een paar mannen toegewezen om je te beschermen als je niet bij ons bent. Ik weet dat je geen lessen mag missen als het vermeden kan worden. Mike geeft je de komende dagen vrij tot we een beter idee hebben van wat er aan de hand is."

Haar onderlip trilde, en zes Navy SEAL harten braken voor haar. "Zijn jullie . . . . ...zijn jullie allemaal in gevaar?"

Ian stond op en trok hun nichtje overeind en omhelsde haar stevig. "Er zal ons niets overkomen, baby-girl. Je zult voor een lange tijd bij ons vastzitten."

De huurmoordenaar beantwoordde zijn trillende telefoon vanuit zijn huidige positie in een boom op redelijke afstand van het omheinde terrein. "Wat?"

"Hoe lang verwacht je dat dit gaat duren?"

De man die zijn huidige uitstapje financierde, klonk angstig nadat hij de afgelopen zes maanden kalm was geweest. "Hoezo, is het tijdschema veranderd?"

"De opdrachtgever wil over twee weken een aankondiging doen. Ik wil dit dood en begraven, letterlijk, voordat dit gebeurt. Als één van hen nog leeft, kunnen bepaalde dingen aan het licht komen en ik weiger die mogelijkheid te accepteren."

"Tegen die tijd is het gebeurd. Nadat de rest van mijn

geld op mijn rekening is gestort, zul je nooit meer iets van me horen en zal dit nummer niet langer beschikbaar zijn."

Hij hing op. Het kon hem niet schelen of de andere man nog iets te zeggen had. Hij pakte zijn verrekijker en keek weer naar de toegenomen activiteit op het terrein. Maandag waren de vier mannen die hij had moeten doden op een vliegtuig naar Iowa gestapt om de begrafenis van hun gevallen teamgenoot bij te wonen, samen met de andere twee en het meisje van Mullins. Hij was een beetje verrast haar te zien. Na de dood van haar ouders was hij ervan uitgegaan dat ze bij haar vaders familie zou gaan wonen. Het maakte hem hoe dan ook niets uit. Ze had de dood al eens bedrogen, maar als zij, of iemand anders, deze keer bijkomende schade zou oplopen, maakte hem dat niet uit.

Tot vandaag was het rustig geweest op het terrein. Met maar één bewaker bij de poort, wat hem de gelegenheid gaf om de beveiligingssystemen te controleren. Hij was kwaad toen hij ontdekte dat Trident Security nauwlettend in de gaten werd gehouden door meerdere camera's en sensoren binnen en buiten de hekken. Degene die hun systeem had ontworpen was goed, bijna te goed. Hij moest nog een manier vinden om langs hun beveiliging te komen. Er was ook een grote hond die niet alleen een huisdier was, maar ook goed getraind leek te zijn.

Was het eerder al moeilijk geweest, met het aantal mensen dat vandaag het terrein op en af ging, was het nu zo goed als onmogelijk om binnen te dringen. Devon Sawyer en de vrouw waarvan hij had gehoord dat het hun secretaresse was, waren de enigen die er 's morgens waren geweest. Rond het middaguur vertrok de secretaresse en een uur later arriveerde een onbekende vrouw. Hij vroeg zich af of

Sawyer hen beiden neukte. Toen kwam er een onverwacht persoon opdagen.

*Carter.* Hij wist niet of het een voor- of achternaam was. Hij wist alleen dat de man zo duister was in de wereld van de black-ops dat veel informanten en contacten de naam van de man fluisterden in ontzag en angst. Hoewel hij de agent, of wat zijn titel ook was, nooit had ontmoet of ermee te maken had gehad, was uit de verhalen die hij had gehoord, iedereen die de man ooit had onderschat, ofwel dood ofwel vermist en vermoedelijk dood.

Een paar minuten voor twee uur 's middags begon het druk te worden op het terrein. De rest van de voormalige SEALs kwamen samen met drie mensen die zich als FBI-agenten voordeden. Toen was alles weer een tijdje stil en mondain. De FBI en Carter vertrokken, pizza en het meisje van Mullins doken op, en ongeveer een half uur later reed de onbekende vrouw weg. Hij keek toe hoe Devon Sawyer haar kuste en wist dat hij het antwoord had op een van zijn vragen.

Rond vijf uur 's middags begonnen de ingewanden van de moordenaar weer te kronkelen. Er kwamen nog zes onbekende mannen aan. Toen hij ze gewapend en alert zag, wist hij dat deze mannen zeer getraind en intelligent waren - zeker voormalige militairen. De Sawyer broers en Brody Evans voegden zich buiten bij hen en het was duidelijk dat ze spraken over het terrein en het beveiligingssysteem. Jennifer Mullins werd zelfs door twee van hen begeleid van het tweede naar het vierde gebouw. Er was iets mis. Ze waren hun rangen aan het uitbreiden. De vraag was, waarom?

* * *

Devon keek op zijn horloge terwijl hij de trap naar zijn appartement opliep nadat hij bij Jenn had gecontroleerd die wat dozen met spullen van haar leven in Virginia doorzocht. Ze was op zoek naar familiefoto's van haar grootouders en overgrootouders, die haar moeder een paar jaar eerder op Cd's had gescand. "Sommige foto's waren van mijn tante. Ze heeft ze aan mam uitgeleend om kopieën voor mij te maken. Ik heb ze nodig voor een opdracht. We moeten een zo ver mogelijk teruggaande stamboom maken voor mijn les *Sociologie en het Amerikaanse gezin.*"

Hij leunde tegen het kozijn van de voordeur toen zij op de vloer van Ians woonkamer zat met de dozen voor zich en Beau aan haar zijde. "Vind je het goed om dat te doen, met alles wat er aan de hand is?"

Jenn zuchtte. "Ik denk het wel. Mijn professor en ik hadden de eerste week van school een gesprek. Ik had een vraag over iets en bleef na de les. We praatten wat en ze vroeg me naar mijn familie. Dr. Nelson overtuigde me ervan dat het goed was om over alles te praten als ik me op mijn gemak voelde bij iemand, dus uiteindelijk vertelde ik professor Palmer wat er gebeurd is. Ik ben blij dat ik dat gedaan had, want ze begreep het echt. Haar zwager vermoordde haar zus een paar jaar geleden nadat ze ruzie hadden gekregen. Hij zit nu in de gevangenis. Hoe dan ook, Professor Palmer zei me dat als deze opdracht te moeilijk voor me was, ze het zou begrijpen en dat ik dan iets anders kon doen. Maar, oom Devon, ik wil het doen . . . Ik weet het niet, ik heb het gevoel dat ik het moet doen. Ik voel dat als ik het niet doe, ik mijn ouders in de steek laat. Is dat raar?"

Devon glimlachte naar haar. "Ik denk helemaal niet dat het raar is, Baby-girl. Ik denk dat het de manier van je hart is om je te laten weten dat het aan het genezen is en dat je elke dag beter wordt. Je zult altijd moeten leven met wat er gebeurd is. Ik bedoel, hoe kan je dat niet? Maar het punt is dat je zult leven, niet alleen bestaan zoals sommige mensen doen - mensen die niet zo sterk zijn als jij. Ik weet dat je ouders trots op je zijn, zoals wij allemaal. Ik wist dat we je op een dag zouden moeten gaan zien als een volwassen vrouw en niet meer als een klein meisje, en ik denk dat die dag is gekomen. Ik noem je nog wel Baby-girl uit gewoonte."

Nadat ze van de vloer was opgestaan, stapte ze over Beau's omvangrijke lichaam en gaf Devon een knuffel. "Ik zou het niet anders willen."

Toen hij de omhelzing beantwoordde, kneep hij haar stevig vast. "Ik ook niet, meisje, ik ook niet."

Het was iets na negenen toen hij de deur van zijn eigen appartement opende. Zijn lichaam en geest leden onder een combinatie van vermoeidheid en anticipatie. De laatste dagen haalden hem in. Het enige waar hij nu aan kon denken was om bovenop Kristens weelderige lichaam te klimmen en zo diep en zo lang als hij kon in haar hete natte kern te zinken.

Ze was niet in de woonkamer of keuken, dus liep hij naar zijn slaapkamer om haar te zoeken. Hij wist dat ze pas tien minuten eerder dan hij was toegekomen, want net als bij de binnenpoort, klonk er ook bij de deur van zijn appartement een kort, eenstemmig alarmsignaal op zijn telefoon als de deur werd geopend. Toen hij zijn slaapkamer binnen-liep, zag hij dat die leeg was op een verleidelijk spoor van afgedankte kleren en ondergoed na, dat naar de badkamer leidde. Van waar hij stond, kon hij de douche horen lopen en glimlachte. Ze moet haast hebben gehad toen ze hier aankwam.

Hij ging de badkamer binnen en kon haar naakte silhouet zien terwijl ze haar haren waste achter de dikke glazen wand die de open douchecabine scheidde van de rest van de kamer. Met een stilte die hem door het leger was ingepeperd, kleedde hij zich uit, liep toen langs de muur en greep haar van achteren om haar middel. Hij hield haar stevig vast toen ze sprong en gilde. "Oh mijn God, Devon, je bezorgde me een hartaanval!"

Hij grinnikte terwijl hij de lengte van haar lange, natte haar over haar linkerschouder schoof en zich toegang gaf tot de rechterkant van haar nek. Hij liet zijn mond zakken naar het gebied onder haar oor en begon haar huid te likken en te knabbelen. Ze kreunde en hield haar hoofd schuin, hem uitnodigend om meer te doen en hij was blij haar te kunnen helpen. Zijn handen bewogen alsof ze een eigen wil hadden. De ene ging naar haar borsten terwijl de andere omlaag ging naar de schat tussen haar benen. Zijn pik stond stijf en hard tegen haar kont en hij vervloekte zichzelf omdat hij vergeten was een condoom te pakken. Ach, hij zou voorlopig met zijn mond en handen van haar moeten genieten. Nadat hij haar in zijn bed had gekregen, zou hij zijn eigen bevrediging wel vinden.

Hij pakte het stuk zeep van de plank en begon haar lichaam in te zepen. Het was niet het bloemige spul dat zij gebruikte, wat hij heerlijk vond bij haar, maar hij vond het prettig te weten dat hij haar bedekte met de oceaanfrisse geur van de zeep die hij dagelijks gebruikte. Hij markeerde haar lichaam op meer dan één manier en maakte er aanspraak op. "Reik omhoog en leg je armen om mijn nek en hou ze daar." Nadat ze had gedaan wat haar was opgedragen, vroeg hij: "Ik vind het niet erg je naakt in mijn douche aan te treffen, Pet, maar waarom was je zo laat hier? Als ik een paar minuten eerder was gekomen, had je een flink pak slaag verdiend, want dan was je nog aangekleed geweest en had je mijn directe bevel overtreden."

Kristen kreunde toen zijn handen haar overal bleven

schoonmaken. "Mmm. Sorry, Sir. Ik had moeite om een van de hoofdstukken in mijn boek precies goed te krijgen. Ik heb het verschillende keren herschreven, maar was er nog steeds niet tevreden mee. Op de terugweg naar huis vanmiddag, bedacht ik de perfecte manier om het te schrijven." Ze pauzeerde en verruimde haar houding toen hij haar blote kutje begon te wassen met het sop in zijn hand. "Mmm, dat voelt zo goed."

"Dus, dat is waarom je te laat was?" Hij verminderde de lengte van zijn streling terwijl hij het tempo en de druk opvoerde recht boven haar clitje dat uit zijn beschutting gluurde en smeekte om de aandacht. Als het wiegen van haar heupen een indicatie was, had hij haar zo geconcentreerd op wat de vingers bij haar klitje deden, dat ze niet leek op te merken dat degenen die met haar zeepborsten speelden, haar tepels knepen en rolden met meer druk dan gewoonlijk.

Al snel hijgde ze hard en drukte haar kont tegen zijn liezen. "Oh, S-Sir, alstublieft. I-Ik ga klaarkomen."

"Maar je hebt nog geen toestemming om klaar te komen, Pet." Hij lachte om haar kreun van frustratie. "Je hebt mijn vraag nog steeds niet beantwoord en je weet dat ik er niet van hou om in herhaling te vallen."

Terwijl hij de snelheid en intensiteit van zijn handelingen opvoerde, gilde ze zijn naam. Ze probeerde weg te komen van de aandringende vingers op haar clitoris. Toen nam hij gas terug, wilde niet dat ze klaarkwam voordat ze hem antwoordde, maar hield haar nog steeds op het randje. "Ja! Daarom was ik . . . Ik was te laat. Ik was z-zo-zeer bezig met wat ik aan het schrijven was, ik . . . Oh, God, Devon, alsjeblieft . . . I-Ik verloor de tijd uit het oog."

Hij kneep tegelijkertijd in haar clit en tepel. "Kom nu, Pet."

En dat deed ze. Ze kwam harder en langer klaar dan ze ooit in haar leven was klaargekomen. Als Devons sterke armen haar niet hadden vastgehouden, was ze misschien met het water in de afvoer gesmolten. Toen de laatste sidderingen haar lichaam verlieten, spoelde hij de zeep van haar huid voordat hij haar hielp op de ingebouwde betegelde zitting van de douche te gaan zitten. Hij waste en spoelde snel zijn eigen haar en lichaam af voordat hij het water uitzette en drie handdoeken uit de hoge kast buiten de douche haalde. Hij hing er een aan een haakje aan de zijkant van de kast en nam de andere twee om Kristen af te drogen. Hij hield haar arm vast om haar te stabiliseren terwijl ze stond, ging dan met de eerste handdoek over haar armen en benen voordat hij hem om haar bovenlichaam wikkelde en vastmaakte. Toen zei hij dat ze voorover moest buigen en haar haar over haar hoofd moest slaan, zodat hij het voor haar kon drogen.

Nadat hij klaar was met Kristen, pakte Devon de laatste handdoek en droogde zichzelf af. *Zo hoort het ook*, dacht hij, zij verdiende het om altijd op de eerste plaats te komen. Zij was zijn sub, zijn vrouw, zijn . . . liefde. Zijn geest greep naar de plotselinge gedachte terwijl zijn lichaam haar volgde naar de slaapkamer waar ze hun handdoeken lieten vallen en in zijn bed klommen. Was dit liefde dat hij voelde? Hij wist het niet zeker, want hij was nog nooit verliefd geweest. Er was geen ander woord dat leek te passen.

Zijn vader zou het hoofd van zijn schouders lachen als hij wist wat er in het hoofd van zijn zoon omging. De man had altijd gezegd: "Als je de juiste vrouw ontmoet, heeft ze je zo snel om haar vinger gewonden, dat je niet weet wat je overkomt." Zijn vader had gelijk. In hun korte tijd samen, was Devon hard voor haar gevallen. Hij kon zich niet voorstellen dat hij weer de man zou worden die hij een week geleden was geweest. Een man die haar nooit ontmoet had, nooit met haar gepraat had, haar nooit aangeraakt had . . . nooit van haar gehouden had. Ja, het moest wel liefde zijn - er was geen andere manier om het feit te beschrijven dat zij de andere helft van zijn ziel was. Wow, ga maar na. Devon Sawyer, een zelfverklaarde vrijgezel voor het leven, was verliefd. Maar hij was er nog niet klaar voor om Kristen of wie dan ook dat te vertellen. Hij was er nog niet klaar voor om zijn hart en ziel op het spel te zetten. Zij was er misschien niet eens klaar voor om het te horen, omdat de inkt van haar scheidingspapieren nog maar net droog was. Ze had gezegd dat ze van hem hield toen ze in slaap viel. Hij was er zeker van dat ze dat niet besefte en hij had geen idee of ze het meende. Geen van beiden had er over gesproken. Nu kon hij de woorden misschien niet hardop zeggen, maar hij kon het haar laten zien met zijn lichaam. Hij ging naast haar liggen en trok haar lichaam onder de zijne, waarna hij iets deed wat hij nog nooit in zijn leven had gedaan. Hij bedreef de liefde met een vrouw, zijn vrouw.

# Hoofdstuk 19

Devon zuchtte toen een van de twee militaire politieagenten van de marine die op wacht stonden, de deur van de vergaderzaal van het slot deed. Hij volgde Brody, Jake, NCIS agenten Chan en Dobrwski, en tenslotte Beau, de kamer in voordat de deur weer achter hen werd gesloten. De anderen zouden er spoedig zijn om de ontzaglijke taak die hen wachtte verder te zetten. Ze hadden gisteren meer dan twaalf uur besteed aan het doorzoeken van dozen en dozen met verslagen en foto's en ze hadden nauwelijks progressie gemaakt. Bijna honderd archiefdozen stonden opgestapeld rondom de kamer.

In drie groepen nam elk paar een andere missie en bekeek elk minuscuul stukje gegevens. Om er zeker van te zijn dat niets over het hoofd werd gezien, werd elke missie aan een ander paar doorgegeven, totdat het hele team elk dossier had bekeken. Het was een moeizaam proces en vandaag gingen ze verder waar ze gebleven waren. Terwijl ze rond de grote tafel gingen zitten, begon Jake het eten uit te delen dat hij voor iedereen had gehaald bij een broodjeszaak.

"Hoeveel vragen denk je dat Paula vandaag zal hebben?" grapte Brody terwijl hij een van zijn twee grote bacon, dubbele ei- en kaas sandwiches uitpakte. Het was een van de andere redenen waarom hij zijn bijnaam had verdiend: de grote man was verslaafd aan eieren. Hij kon ze op elke mogelijke manier klaarmaken, voor elke maaltijd van de dag, zolang ze maar vergezeld gingen van een of andere vorm van vlees en zijn favoriete hete saus.

"Verdomme, ik hoop niet dat het er veel zijn. Anders ontsla ik haar aan het eind van de dag," reageerde Devon, terwijl hij plaatsnam met een koffie en een broodje ei voor hemzelf.

Gisteren had Paula bewezen dat Brody's voorspelling juist was. Ze was duidelijk geïrriteerd omdat ze niet in de vergaderzaal mocht komen en niet wist wat ze daar deden, vooral met gewapende bewakers aan de deur. Natuurlijk had ze haar ongenoegen niet geuit. De hele dag door had ze op de deur geklopt, de meest onbenullige vragen gesteld over dingen die ze al wist, alleen maar om over iemands schouder te kunnen meekijken als ze de deur open deden.

Barbara Chan slikte een hap van haar bagel met roomkaas door. "Als ze vandaag weer zo'n streek uithaalt, laat ik een van de militaire politie haar misschien uit principe neerschieten."

De deur ging weer open en Ian liep naar binnen, een deel van het gesprek opvangend. "Doe dat alsjeblieft niet. De tapijten zijn een paar weken geleden opnieuw gelegd en ik wil er geen bloed op hebben," merkte hij op terwijl hij de deur dichtdeed en een koffie, broodje en stoel pakte, in die volgorde. "Ik zal nog eens met Paula praten. Ik wil haar niet ontslaan als het niet hoeft, want niemand van ons heeft tijd of zin om een nieuw iemand te leren hoe hij het kantoor moet leiden. Tenzij iemand zich vrijwillig wil aanmelden."

Zijn team schudde nadrukkelijk het hoofd. "Ik dacht het niet. Als het zo doorgaat, bel ik mevrouw Kemple om te zien of ze voor een week of twee terug kan komen uit Miami om iemand anders op te leiden. In de tussentijd moeten we een moordenaar vangen." Hij begon de lijvige dossiers uit te delen. Het zou weer een lange dag worden.

Twee uur later begonnen Devons ogen te tranen na het lezen van bijna een miljoen getypte pagina's. Oké, het waren er geen miljoen, maar zo voelde het wel. Zijn telefoon ging en hij keek naar het scherm, blij te zien dat het Kristen was. Hij nam op en vroeg of ze even wilde wachten terwijl hij de vergaderzaal verliet en naar zijn kantoor liep, waar hij de deur sloot voor wat privacy.

"Hoi, schat."

"Hoi. Hoe gaat het? Heb je iets gevonden?"

Hij had haar een gecensureerde versie verteld van wat er gistermorgen aan de hand was toen ze samen ontbeten in zijn keuken, voordat ze beiden vertrokken voor die dag. Hij had misschien een prijs op zijn hoofd staan en het team was het ermee eens dat als zij bij hem was, ze het recht had dit te weten. Ze betwijfelden of ze in gevaar was. Hij was nog steeds bezorgd over haar veiligheid en liet twee van hun gecontracteerde veiligheidsagenten een oogje op haar in het zeil houden. De mannen blonken uit in hun werk en hij had hen gezegd dat ze niet mocht weten dat ze er waren, omdat hij niet wilde dat ze zich zorgen maakte. Jenn had ook twee bodyguards die haar heen en weer naar haar colleges brachten. Met de moorden op haar ouders was er een grotere kans dat ze een doelwit zou zijn. Naast die vier en hun vaste bewaker bij de poort, patrouilleerden er nog vijf hoogopgeleide en gewapende mannen. Ze hadden ook mensen die Brody's, Jake's, Marco's en Boomer's woningen in de gaten hielden als de mannen er niet waren. "Nee, nog niet. Wat ben je van plan?"

"Ik probeer mijn aantal woorden voor vandaag binnen te halen en ik ben er bijna. Als je het niet erg vindt, jij was mijn inspiratie voor de douchescène die ik net schreef."

Haar stem was laag en verleidelijk, en zijn hersenen speelden hun eigen douchescène van vanmorgen na in zijn hoofd. Het was uiterst bevredigend geweest voor hen beiden en hij grinnikte. "Nee, Pet, ik vind het niet erg. Sterker nog, ik kijk ernaar uit om je vanavond nog meer te inspireren. Ik moet er nog even over nadenken hoe ik jouw vleselijke muze kan zijn. Maar, een idee komt net bij me op. Ik wil dat je vanavond je laptop meeneemt."

Nieuwsgierig vroeg ze, "Waarom?"

"Ik wil dat je me de douchescène voorleest die je geschreven hebt."

"Wat?! Devon, ik kan het je niet voorlezen!" Het was één ding als hij het zelf wilde lezen, maar iets heel anders om het hem voor te lezen. De scène was zo heet dat ze bloosde toen ze het schreef en wist hoe rood haar wangen zouden zijn als ze de woorden hardop tegen hem zei.

Hij lachte om haar schok en duidelijke verlegenheid. "Natuurlijk kan je dat, en je zult het naakt doen. Als je Dom beveel ik je dat, en je weet wat er gebeurt als je mijn bevelen niet gehoorzaamt."

Haar geërgerde zucht klonk zwaar in zijn oor, en zijn grijns werd breder. "Prima. Ja, Sir." Maar ze fleurde meteen weer op. "Oké, verandering van onderwerp. Ik belde om te vragen of je zin had om vanavond naar Clearwater Beach te gaan. Een van mijn klasgenoten van de middelbare school is op tournee met een improvisatiegroep, en ze doen daar om negen uur een show in een hotel. Ik stuurde haar een berichtje op Facebook en ze zei dat ze een tafel voor acht vrijhield als ik dat wilde. Will, Kayla, en Roxy zeiden dat ze graag zouden gaan. Ik vroeg me af of jij en drie van de jongens of misschien Jenn met ons mee zouden willen gaan. Ik begrijp het als je niet meegaat met alles wat er aan de hand is, maar ik dacht dat het even iets anders is om te doen. Jullie kunnen waarschijnlijk wel wat komedie gebruiken na de afgelopen dagen."

Hij was het met haar eens. Het was een lange en stressvolle week geweest, en een broodnodige humor onderbreking zou wat spanning verlichten. "Het klinkt geweldig. Ik ga mee en ik zal kijken wie er nog meer wil gaan. Waarom kom je niet naar hier om acht uur, dan rijden we er met z'n allen samen heen."

"Geweldig. Ik zal Sara vragen om de tafel te reserveren, en de meisjes en Will om ons daar te ontmoeten. Het is makkelijker voor hen in plaats van om te rijden naar jouw huis."

"Perfect." Hij wierp een blik op zijn bureauklok en zag dat hij nog uren van verveling te gaan had. "Laat me weer aan het werk gaan. Ik zie je later. Oh, en vergeet je laptop niet, Pet."

Hij glimlachte toen ze kreunde en kon zich voorstellen dat haar ogen rolden bij zijn herinnering. "Ja, Sir."

Iets na acht uur klommen Devon, Kristen en Jenn op de achterbank van Brody's Ford F-150 terwijl Jake de passagiersstoel voorin bezette. Brody zette het voertuig in zijn versnelling, net als de bestuurder van de Cadillac Escalade die achter hen wegreed. Twee bewakers die Jenn toegewezen had gekregen zouden hen uit voorzorg volgen van en naar Clearwater Beach. Jenn en Kristen kletsten onderweg wat terwijl de mannen alert bleven op alles wat niet in orde bleek. Devon was verontwaardigd dat ze geen aanwijzingen hadden gevonden waarom vier van hun vrienden waren vermoord en hij bleef zoeken naar een antwoord. Het zou nog minstens drie dagen duren om de dossiers door te nemen en hij hoopte dat de oplossing ergens daarin te vinden was. Als dat niet zo was, had hij geen idee hoe ze nog verder moesten.

Na vijftien minuten reden ze over een tweebaansweg en begonnen een brug over te steken die over een groot meer liep. Achter hen veranderde een grijze Hummer van rijstrook achter de Escalade en gaf gas om beide voertuigen aan de linkerkant te passeren. Devon keek toe hoe de terreinwagen met getinte ruiten naast hem langs de bestuurderskant kwam rijden en zijn interne waarschuwingssysteem laaide op. Voordat hij Brody kon waarschuwen, week de grote truck uit naar rechts, botste tegen hen op en dwong de Ford tegen de metalen vangrail, die geen partij was voor de pick-up van tweeduizend kilogram. Terwijl de vrouwen schreeuwden en de mannen vloekten, ging hun voertuig de lucht in en viel in de richting van het meer, negen meter onder hen. De klap van de pick-up op het water deed verschrikkelijk veel pijn en de airbags van de bestuurder en de passagier sprongen eruit toen de voorbumper door het gewicht van de motor als eerste werd geraakt.

Nadat het voertuig tot rust was gekomen, begon het interieur van de cabine zich in een alarmerend tempo met water te vullen. Devon schudde zijn hoofd om helder te worden en beoordeelde snel de situatie. Hij maakte zijn gordel los en deed hetzelfde voor een verbijsterde Jenn en Kristen.

Jenn schreeuwde: "Oom Brody!"

Devon wierp een blik op de voorstoel en zag hoe Jake

hun bewusteloze vriend probeerde te bevrijden. Jake wist dat hij Brody wel aan kon, dus draaide Devon zich om, tilde zijn voeten in de lucht en schopte tegen het achterraam. Als hij hen niet snel uit de zinkende pick-up zou krijgen, zouden ze mee onder water gaan. Hij greep Kristen eerst vast, omdat ze naast hem zat, en duwde haar uit de opening voordat hij Jenn greep. Nadat beide vrouwen veilig uit de cabine en in het troebele water waren, draaide hij zich om om Jake te helpen de nog bewusteloze Brody op de achterbank te krijgen en daarna zo voorzichtig mogelijk uit het raam. Ze wisten niet welke verwondingen de grote man had, maar alle verdere schade die ze konden aanrichten door hem te verplaatsen was beter dan hem te laten verdrinken.

Devon keek en zag dat het ongeveer vijftig meter zwemmen was naar de oever. Hij greep de twee vrouwen vast en duwde ze erheen. Terwijl hij hen hielp, begon Jake te zwemmen met zijn arm om Brody's borst, het lichaam van de man in een reddingsgreep meeslepend. Toen ze het ondiepere water naderden, hoorde Devon geschreeuw van boven en ook van de oever voor hen. Toen hij opkeek, bevroor hij toen hij een van hun twee lijfwachten aan de rand van het water zag staan, zijn semiautomatische pistool op hen gericht.

*Godverdomme!* Een van hun contractanten was een verrader? Ze waren open schietschijven. Hij stormde naar voren om zich tussen de vrouwen en het gevaar te plaatsen, net toen de man drie keer snel achter elkaar zijn wapen afvuurde. Devon schreeuwde terwijl hij probeerde zijn eigen doorweekte wapen uit de holster op zijn onderrug te trekken en keek snel om te zien wie er geraakt was. Hij was het niet geweest. Op dat moment zag hij over zijn linkerschouder een grote boomstam in het water drijven, zo'n drie meter van hem vandaan. Het was alleen geen boomstam, het was een alligator . . . een hele grote, hele dode alligator. Hij keek om naar de lijfwacht die inmiddels zijn wapen had laten zakken en nu het water in waadde om hulp te bieden terwijl hij alert bleef op meer krokodilachtigen . Devon slaakte een zucht van verlichting en wuifde hun redder dankbaar toe.

Devon zag Ian en Boomer naar hen toe rennen toen de eerste ambulance van de hectische plaats van het ongeluk wegreed met een nu half bewusteloze Brody en een van de lijfwachten voor zijn bescherming. Hij had een geleende mobiele telefoon gebruikt om contact met hen op te nemen, omdat hij en alle anderen die in Brody's auto hadden gezeten, nieuwe nodig hadden als ze die van hen niet konden drogen. Ian bereikte de groep een stap eerder dan de jongere man en controleerde onmiddellijk Jenn en daarna Kristen, die beide voor snijwonden en kneuzingen werden behandeld door paramedici. Nadat hij ervan overtuigd was dat alles goed zou komen met hen en met de gekneusde en gehavende Jake en Devon die beschermend over hen waakten, richtte Ian zijn bezorgde ogen op die van zijn broer en blafte: "Samenvatting."

Devon verschoof zijn houding en trok een grimas. Een natte spijkerbroek was klote. "Hij kwam uit het niets. Als hij ons achtervolgde, dan is hij goed, want niemand van ons besefte dat hij een probleem was tot het te laat was. De beveiliging leek hem niet te storen. Grijze Hummer, twee of drie jaar oud, en de platen waren bedekt met vuil, zodat ze onleesbaar waren. Getinte ramen, dus we konden geen kenmerken zien. De bestuurder was zeker een man en hij was alleen. De politie heeft een opsporingsbevel uitgevaardigd, maar ik ben niet optimistisch omdat hij waarschijnlijk gestolen is."

Meteen nadat hun voertuig de lucht in ging, trapte de bewaker die de Escalade bestuurde op zijn remmen en liet zijn partner uitstappen om de slachtoffers te helpen. Hij ging toen achter de Hummer aan, waarbij hij 911 waarschuwde. De korte pauze had de verdachte de kans gegeven om er vandoor te gaan.

"Hoe is het met Brody?"

"Die was even van de kaart. Hij kwam bij toen ze naar het ziekenhuis vertrokken. Ik heb Henderson met hem meegestuurd." Henderson was de lijfwacht en voormalig scherpschutter van de marine die had voorkomen dat ze het avondeten van de alligator werden. Devon was van plan de man een bonus te geven voor het moeilijke en dodelijke schot in het kleine brein van de alligator.

"Auw!"

Devons ogen dwaalden af naar Kristen bij haar pijnkreet. Hij gromde naar de vrouwelijke hulpverlener die haar duidelijk iets had aangedaan. De vrouw negeerde hem alsof mensen de hele dag naar haar gromden. "Ik denk niet dat het gebroken is, maar je zult wel een flinke blauwe plek op je scheenbeen hebben."

Kristen wierp een blik op Devon nadat ze op een brancard was getild voor vervoer naar het ziekenhuis. "Ik kan wel tegen een blauwe plek, aangezien we bijna dood waren."

Ze keek of klonk niet boos, alsof ze het hem kwalijk nam dat hij haar in gevaar had gebracht, maar Devon vond van wel. Als hij en zijn gevaarlijke verleden er niet geweest waren, zou ze niet gewond geraakt zijn. De snee in haar voorhoofd zou meerdere hechtingen vergen en ze had waarschijnlijk een hersenschudding. Net als de rest van hen had ze ook meerdere kleinere snijwonden en blauwe plekken over haar hele lichaam. Hij kromp ineen bij de gedachte dat ze dood kon zijn door hem. Als haar Dom en minnaar werd hij verondersteld haar te beschermen en hij had gefaald. Zijn darmen trokken samen. Als ze bij hem bleef, zou er altijd een kans zijn dat iemand uit zijn verleden wraak op hem zou komen nemen, om wat voor reden dan ook. Haar leven op het spel zetten, omdat hij egoïstisch genoeg was om van haar te houden, was niet iets wat hij bereid was te doen. Hij moest haar laten gaan voordat ze weer gewond zou raken of, nog erger, vermoord zou worden.

Naast hem pakte Ian zijn schouder vast in een stevige maar zachte greep. Toen hij zijn blik losmaakte van Kristen en zijn broer aankeek, zag Devon het medeleven en begrip in de ogen van de oudere man. Ian leunde naar hem toe en hield zijn stem laag.

"Ik weet wat je denkt en je moet ermee ophouden. Dit was niet jouw schuld, net zoals John's dood niet jouw schuld was. Kristen leeft en je zult je best doen om dat zo te houden. Maar broer, ze kan op een dag gewond raken als ze over straat loopt, of ze nu bij jou is of niet. Ongelukken gebeuren. Je houdt van haar. Ik kan het zien. Iedereen kan het zien. En om een of andere onbekende kosmische reden houdt zij ook van jou. Niemand van ons zal eeuwig leven, Dev, dus wil je gelukkig zijn of ellendig voor de rest van je leven? Ik denk niet dat je daar lang over moet nadenken, maar, dan nog, je hebt niet veel hersenen. Dat zal wel samengaan met die kleine Ierse lul van je."

Devon snoof bij Ians laatste opmerkingen maar antwoordde niet. Hij moest er even over nadenken. Zijn broer had een punt gemaakt. Devon voelde zich er nog niet beter door toen zijn vrouw achter in de ambulance werd gezet. Nadat ze haar hadden ingeladen, klom hij naar binnen en nam plaats op de bank naast haar terwijl hij haar hand vasthield omdat hij haar moest aanraken. Hij had misschien nog geen definitieve beslissing over hun relatie genomen, maar wat er ook zou gebeuren, hij zou haar met zijn leven blijven beschermen.

# Hoofdstuk 20

Vijf lange uren later hielp Devon Kristen in zijn bed te klimmen nadat hij hen beiden had uitgekleed en het laatste troebele water van hun lichamen had gedoucht. Haar lichaam was ontsierd met snijwonden en blauwe plekken en het was alles wat hij kon doen om de woede van wat er gebeurd was en de angst voor wat er met haar gebeurd kon zijn, te bedwingen. Hij waste teder haar haren en haar huid voordat hij het overtollige water afdroogde. De snee in haar voorhoofd was met twaalf kleine hechtingen dichtgemaakt. De plastisch chirurg had zijn best gedaan om zichtbare littekens na genezing te voorkomen. Hoewel ze een lichte hersenschudding had, zoals hij eerder had vermoed, verzekerde de arts van de spoedeisende hulp dat ze naar huis kon zolang Devon in de buurt bleef en haar in de gaten hield voor eventuele gerelateerde symptomen.

Brody had niet zoveel geluk gehad en na veel gezeur van zijn kant werd de grote nerd vannacht ter observatie in het ziekenhuis opgenomen met een matige hersenschudding. Devon wist dat de enige reden dat ze Brody hadden kunnen overtuigen om te blijven, ondanks zijn dubbel zicht en misselijkheid, Ians dreigement was om een reserve set handboeien uit zijn SUV te halen. De baas vertelde Brody dat hij Meesteres China zou bellen om de gewonde man te komen martelen. Hun teamgenoot was nu in de bekwame handen van vier lijfwachten die mekaar afwisselden en een erg mooie verpleegster die hij had versierd toen de anderen de eerste hulp verlieten.

Ian verzorgde Jenn in zijn appartement beneden. Hun nichtje had een gebroken pols die nu in het gips zat, samen met haar eigen snijwonden en kneuzingen. Toen ze allemaal thuiskwamen, had een bezorgde Beau niet kunnen uitmaken wie van zijn favoriete vrouwen hem meer nodig had. Uiteindelijk was de hond de jongere vrouw naar haar slaapkamer gevolgd. Jake en Devon waren er beter aan toe dan de anderen en liepen rond met matige builen en kneuzingen die hen waarschijnlijk stijf zouden maken en 's morgens vreselijk pijn zouden doen. Devon was zelfs verbaasd dat ze allemaal met lichte verwondingen van het ongeluk waren weggekomen. De airbags en veiligheidsgordels hadden hun werk ongelooflijk goed gedaan.

Boomer en Jake zochten hun toevlucht in de logeerkamers boven de Trident kantoren op het beveiligde terrein. Ian had het bewakingspersoneel uitgebreid en stuurde twee extra bewakers naar Marco's woning. Hij nam geen risico's met de levens van zijn team. Hoe graag Ian en Devon Marco en zijn zus ook naar het bedrijfsterrein wilden brengen, Nina verplaatsen, die nu in een ziekenhuisbed lag, was niet haalbaar. Devon had met hun teamgenoot gesproken nadat hij Ian en Boomer naar de plaats van het ongeval had laten komen, maar zei hem bij zijn zus te blijven. De enige reden dat hij had gebeld was dat hij zeker wilde weten dat Marco en de mannen die zijn huis in de gaten hielden alert bleven. De arme jongen was verscheurd tussen bij Nina blijven of vertrekken en haar vriendin het van hem laten overnemen. Hij wilde de tijd die hij nog met haar had niet verliezen, noch wilde hij haar kwaad doen door wie er ook achter het team aanzat.

Devon had ook contact opgenomen met Will vanuit het ziekenhuis en verzekerde hem dat Kristen in orde was, slechts lichtgewond. Ze zou in orde komen en het was niet nodig dat hij en haar vrienden naar de eerste hulp kwamen, want dat zou de chaos alleen maar vergroten. Hij had de man niet in detail willen vertellen wat er gebeurd was, maar er was een nieuwsploeg opgedoken toen Kristens ambulance wegreed van de plaats delict en het verhaal werd uitgezonden op de uitzending van elf uur 's avonds. Wat ze hadden weten te verzwijgen was dat het ongeluk geen ongeluk was geweest. Ze waren in staat om de Tampa politie te overtuigen dat de andere bestuurder een dronkaard was die de controle over zijn auto verloor. Het laatste wat ze wilden, was dat degene die het op hen gemunt had, zich realiseerde dat iemand Team Vier op het oog had. Ondanks dat hij Tampas besten in het ongewisse liet, liet Ian de NCIS agenten en Keon weten wat er gebeurd was, met volledige openheid van zaken.

Nadat Kristen onder de dekens lag, pakte Devon een fles water en wat paracetamol, die ze volgens de dokter om de vier uur mocht innemen, en zette die op het nachtkastje naast haar. De dokter wilde niet dat ze iets sterkers nam met haar hoofdletsel. Devon verzekerde zich ervan dat ze niets anders nodig had voordat hij naast haar in bed kroop en haar tegen zich aantrok.

"Weet je zeker dat je in orde bent, schat? Ik weet dat ik je dezelfde vraag elke vijf minuten heb gesteld sinds we uit het meer zijn gezwommen, maar ik moet het antwoord blijven horen."

Ze draaide haar hoofd van zijn rustplaats op zijn schouder en drukte een zachte kus op zijn blote borst voordat ze zich weer gemakkelijk neerlegde. Haar hand rustte op zijn hart en tatoeage. "Ik ben in orde Devon, ik zweer het. Ik was doodsbang toen het gebeurde, maar het is nu voorbij. Iedereen is in orde. Ik ben opgelucht en een beetje pijnlijk, verder niets. Het had veel erger kunnen zijn, maar we leven nog en ik wil alleen dat je me vasthoudt."

Hij pakte haar hand en bracht die naar zijn lippen. "Het spijt me zo, Pet. Het is allemaal mijn schuld dat je gewond bent geraakt. God, als ik eraan denk hoe jij en Jenn gedood hadden kunnen worden, dan wil ik iemand verscheuren."

Kristen kromp ineen terwijl ze zich verschoof en haar bovenlichaam op haar elleboog steunde, zodat ze hem woedend aankeek. "Hoe durf je! Dit was jouw schuld niet, Devon. Jij hebt ons niet van de weg gereden! Een of andere maniak deed dat. Hij is waarschijnlijk de enige die de reden weet. Ik laat je jezelf niet de schuld geven voor de slechte daden van een ander. Hij heeft misschien je vrienden vermoord, voel je je daar ook verantwoordelijk voor? Wil je zeggen dat je de toekomst had kunnen voorspellen en hem had kunnen stoppen voordat Jenn's ouders of de andere twee SEALs vermoord waren? Want als jij je verantwoordelijk voelt voor alles wat er gebeurd is, ga ik doen waar Ian Brody mee bedreigd heeft en bel Meesteres China."

De spanning in zijn lichaam nam af, en hij grinnikte om haar geërgerde tirade. "Oh Pet, heb jij net je Dom bedreigd?"

Terwijl ze haar hoofd weer op zijn schouder legde, snoof ze. "Ja, dat deed ik, Sir. Omdat mijn grote, slechte Dom zichzelf de schuld gaf van iets waar hij geen controle over heeft. Het schijnt een slechte gewoonte van hem te zijn. En als je denkt dat je me mijn collar kunt afnemen en me laten gaan over dit - ja, ik heb gehoord wat Ian tegen je zei – dan ben je zo wijs als Salomo's kat."

"Slim."

Ze keek hem verward aan. "Wat?"

"Je zei 'zo *wijs* als Salomo's kat.' 'Zo *slim* als Salomo's kat."

Grijnzend om zijn arrogantie, pufte ze weer. "Echt waar Devon? Ga je discussiëren met een Master in Engels? Google het eens. Zo *wijs* als Salomo's kat. En waarom maken we hier eigenlijk ruzie over? Het punt is, je moet met een veel betere reden komen om mij bij je weg te laten lopen."

Devons mond viel open. De vrouw faalde nooit hem te verrassen, en nu deed ze het weer. "Dus, is het waar wat Ian zei? Hou je van me?"

Haar vraag schokte hem, waardoor zijn adem stokte voordat hij haar kin optilde en in haar ogen keek. Ze waren gevuld met onverwerkte tranen, maar nog belangrijker, ze waren gevuld met hoop en liefde voor hem. "Ja, juffrouw Kristen Anders, dat doe ik. Ik hou van je. Ik had nooit gedacht dat ik een vrouw zou vinden die mijn hart zo kon stelen als jij, maar ik ben zo blij dat ik het gevonden heb. Ik hou van je, Pet."

"Goed, want Ian had ook gelijk over iets anders. Ik hou ook van jou. Nadat mijn huwelijk uit elkaar viel, dacht ik dat ik die woorden nooit meer tegen een man zou zeggen. Ik ben blij dat ik het gedaan heb en ik ben blij dat jij het bent."

Devon leunde voorover en kuste haar zo teder als hij kon. Toen hield hij haar dicht tegen zich aan, lang nadat ze beiden in slaap waren gevallen.

* * *

Nadat de late nieuwsuitzending was afgelopen, gebruikte de huurmoordenaar de afstandsbediening om van tv-kanaal te veranderen vanuit zijn motelkamerbed, voordat hij het laatste van zijn fles whisky naar binnen werkte. Hij was kwaad op zichzelf. Hij had een groot risico genomen, iets wat hij zelden deed. Het was niet de moeite waard geweest. Nadat hij het terrein een paar dagen in de gaten had gehouden, was hij er niet achter gekomen hoe hij alle vier de doelen bij elkaar kon krijgen. De beveiliging was verhoogd en er was geen weg naar binnen. Hij had een kans nodig om ze buiten het terrein te krijgen.

Hij had zijn eigen bewakingscamera opgesteld in een boom, zo dicht mogelijk bij het bewaakte hek als hij durfde. Terwijl hij op achthonderd meter van de plaats geparkeerd stond, had hij op zijn laptop gezien hoe drie van zijn vier doelwitten, samen met de twee vrouwen, in een Ford pick-up klommen. Hij volgde hen op zoek naar een gelegenheid. Hoe ze allemaal waren weg gekomen van het ongeluk was hem een raadsel, maar het was ze gelukt. Daardoor was zijn werk een stuk moeilijker geworden. Als zijn werkgever niet elke dag had gebeld en onmiddellijke resultaten had geëist, zou hij het risico nooit hebben genomen. De smeerlap had het tijdsbestek ingekort en hem vijf dagen gegeven om de klus te klaren, of hij zou het restant van zijn geld niet uitbetaald krijgen.

*Godverdomme!*

# Hoofdstuk 21

Zaterdag kwam en ging zonder nieuwe informatie over de bestuurder van de Hummer die hen probeerde te vermoorden. en er werden geen aanwijzingen gevonden in de dozen met dossiers in de vergaderzaal. Ze waren pas halverwege en iedereen stond op scherp.

Kristen had op vrijdagavond maar één set nette kleren meegenomen omdat ze had gepland slechts één nacht bij Devon te blijven slapen. . In plaats van haar het terrein weer te laten verlaten, stuurde hij een van de lijfwachten naar haar appartement om nog wat kleren op te halen en een korte lijst met spullen die ze nodig had. Hij liet haar niet uit zijn bewaakte huis totdat deze nachtmerrie voorbij was. Hij vond het prettig te weten dat ze in zijn appartement was en dat hij op elk moment naar haar toe kon lopen. De gedachte om haar te vragen bij hem in te trekken was vanmorgen verschillende keren bij hem opgekomen. Hij dacht niet dat een van beiden klaar was voor die grote stap.

Terwijl Devon met zijn team, zonder Brody, pagina's en pagina's missieverslagen doornam, zaten Jenn en Beau bij Kristen in zijn appartement. De twee vrouwen waren pijnlijk en stijf, dus had hij ze met kussens en dekens aan weerskanten van zijn L-vormige bank gezet. Hij liet water, paracetamol, snacks, de huistelefoon, computers, boeken en de afstandsbediening van de TV binnen handbereik en zei tegen Beau dat hij ze met zijn harige leven moest bewaken voordat hij eindelijk naar kantoor ging.

Ondanks een bonzende hoofdpijn en wat aanhoudende misselijkheid, slaagde Brody erin om zichzelf uit het ziekenhuis te laten ontslaan en werd hij laat in de middag door zijn bodyguards teruggebracht naar het terrein. Hij plofte meteen neer in de slaapkamer naast degene die Boomer gebruikte.

Devon had Kristens laptop en haar plunjezak uit haar auto gehaald. Ze werkte aan haar dagelijkse aantal woorden en slaagde erin meer te schrijven dan ze verwacht had. Jenn had verschillende opdrachten voor school die haar ook overdag bezig hielden. Will had gebeld en wilde per se zelf zien of zijn nicht in orde was, dus nodigde Devon hem, evenals Kayla en Roxy in zijn appartement uit voor een eenvoudige Chinese afhaalmaaltijd. Omdat hij niet het risico wilde nemen om met Kristen weg te gaan, was dit de enige andere optie. Jenn, Ian en Beau sloten zich bij hen aan, terwijl Jake en Boomer zich over een wakkere en humeurige Brody ontfermden terwijl ze in de recreatieruimte boven de kantoren pizza aten en naar een wedstrijd keken.

De twee groepen familie en vrienden die aan Devons eettafel zaten, vonden elkaar meteen aardig en het gesprek verliep vlot. Toen Jenn hoorde dat Kayla maatschappelijk werkster was, klampte ze zich aan de vrouw vast en stelde haar allerlei vragen die de oudere vrouw graag beantwoordde. Jenn was nog steeds bezig haar toekomstige plaats in de wereld te vinden en overwoog maatschappelijk werk als hoofdvak. Roxy en Ian ontdekten dat ze gemeenschap-pelijke kennissen hadden. Tussen hen en The Covenant hadden de twee genoeg om over te praten. Ondanks zijn verwijfde voorkomen, vond Devon Kristens neef grappig en makkelijk om mee te praten. Hij was verbaasd toen hij hoorde dat Will assistent curator was bij het *Tampa Museum of Art*, want die stoffig klinkende baan paste niet bij de luidruchtige en bruisende persoonlijkheid van de man. Hij had gelachen toen Will hem vertelde hoe Kristen naar Devon en zijn teamgenoten verwees als de Sexy Six-Pack, wat een kreun en een oogrol van zijn Ninja-girl ontlokte.

De avond was plezierig en ontspannend ondanks hun ontmoeting met de dood een dag eerder. Devon en Kristen waren opgelucht en uitgeput toen iedereen iets na negenen vertrok. Kristen was dankbaar dat Devon de zorgen van haar neef over haar veiligheid had weggenomen en beloofde hem op de hoogte te houden. Nadat hij er voor haar was geweest toen haar huwelijk instortte, wist ze dat het moei-lijk was voor Will om haar veiligheid aan Devon over te laten. Haar neef besloot uiteindelijk dat de man te vertrouwen was en haar met zijn eigen leven zou bescher-men. Will grapte zelfs dat als haar nog iets zou overkomen, hij wel een manier zou vinden om binnen te sluipen en haar Doms appartement opnieuw in te richten in paars en fluo-rescerend groen met stoffen in boerderijdierenthema.

Nog geen tien minuten nadat ze de deur achter hun gasten hadden dichtgedaan, had Devon Kristen naakt in zijn bed liggen. Geen van beiden had zin in iets vermoei-ends, dus in plaats daarvan vrijde hij langzaam en harts-tochtelijk met haar. Hij streek met zijn zachte lippen over elke snee en blauwe plek, van haar hoofd tot haar tenen. Toen ze bleef aandringen dat ze hetzelfde met hem wilde doen, dwong hij haar op haar rug te blijven liggen met haar hoofd op haar kussen. Door zijn lichaam te bewegen en te draaien, bracht hij elk van zijn blauwe plekken naar haar mond. Nadat ze tevreden was dat ze ze allemaal gekust had, nestelde hij zich tussen haar benen en genoot van haar. Ze waren allebei zo opgewonden tegen de tijd dat hij een condoom omdeed en zich tussen haar natte plooien liet glijden, dat het maar een minuut of twee duurde voor zij haar bevrediging vond en hij een paar tellen later. Het was niet het explosieve einde geweest dat ze gewoonlijk bereikten, maar een zachte vrije val over de rand. Wat het miste aan fysieke intensiteit, maakte het meer dan goed in emotionele kracht. Het was een bevestiging dat ze leefden . . . en verliefd waren.

* * *

De volgende ochtend begon als een herhaling van de dag ervoor, met pagina's en pagina's van verveling waardoor Devons ogen scheel keken. Ze geraakten nergens, ondanks het feit dat ze alle zes terug de verslagen aan het lezen waren, samen met de twee NCIS agenten. Brody's dubbel zicht en misselijkheid waren deze morgen zo goed als verdwenen. Hij zat aan de vergadertafel met de rest van hen, zijn stoel achterover gekanteld en zijn voeten op de tafel. Na het eerste uur hield Ian eindelijk op met zeuren dat hij zijn maatje zesenveertig op de grond moest houden.

Ze stonden op het punt te pauzeren voor de lunch toen er op de gesloten deur werd geklopt. Niemand kreunde, want het kon Paula niet zijn omdat ze dit weekend vrij was. Vanaf zijn stoel riep Ian: "Kom binnen."

Een van de militaire politieagenten zwaaide de deur open. Ze verstijfden allemaal bij het zien van een bleke en trillende Jenn met Kristens opengesperde ogen die de arm van het meisje vasthield om haar in evenwicht te houden. Jenns ogen waren gevuld met tranen. Haar kin trilde. "Oom Ian."

Iedereen sprong op van zijn stoel toen Ian naar zijn nichtje rende. Op de een of andere manier slaagde hij erin de korte flits van paniek te verbergen die door hem en alle anderen in de kamer schoot. "Wat is er, Jenn? Wat is er gebeurd?"

Ze hief haar vrije arm naar hem toe. Toen zagen ze dat ze een dun CD-doosje vasthield. Het was een lege die gebruikt werd om bestanden te kopiëren. "Ik vond dit in de opbergdoos bij mijn Cd's."

Toen ze verder niets zei, keek Ian om naar zijn teamgenoten en zag dezelfde verwarring die hij voelde op hun gezichten. Hij nam het doosje van haar aan en opende het deksel. "Wat is . . ."

Devon zag hoe het gezicht van zijn broer een paar tinten verbleekte. "Wat is het?"

Ian las hardop de woorden op de disk. *"Ian, als mij iets overkomt, is dit mijn laatste wil en testament, Jeff."*

"Wat krijgen we nou?" Brody stapte naar Ian toe en nam de disk van hem over, waarna hij zijn laptop uit de slaapstand haalde. "Waarom zou dit in hemelsnaam in de spullen van Baby-girl zitten? Zou dit niet bij zijn advocaat moeten liggen? Ik bedoel, zijn advocaat had toch zijn testament?"

Ian knikte terwijl hij Jenn in zijn armen trok en haar stevig omhelsde. "Ik weet zeker dat het niets is, lieverd. De advocaat van je vader heeft hem waarschijnlijk een kopie van het testament gegeven en op de een of andere manier is het schijfje bij jouw spullen terechtgekomen toen we alles inpakte." Hij keek aandachtig naar Kristen over Jenns schouder.

"Waarom ga je niet met Kristen terug naar Dev, dan zullen wij het onderzoeken. Als er iets is wat je moet weten, beloof ik je dat ik het je zal vertellen, oké? Kristen, wil je wat pizza bestellen voor iedereen. Bestel ook genoeg pizza's voor de militaire politieagenten en de bewakers. De lunch kwam snel en we hebben allemaal honger."

Devon was trots op Kristen. Ze besefte dat Ian zich zorgen maakte over wat er op de schijf stond en nam de leiding over Jenn door haar arm om de schouders van de jonge vrouw te slaan. Met een geruststellende glimlach en valse bravoure draaide ze zich om, om het meisje terug naar de gang te leiden. "Natuurlijk, geen probleem. En geen ansjovis, toch?" Voordat de deur weer dichtviel, hoorde hij haar zeggen: "Zie je wel, ik zei toch dat het waarschijnlijk een kopie was. Kom Beau, we geven jou ook wat brokjes."

Terwijl hij ging zitten en de disk in zijn laptop stopte, mopperde Brody: "Weet je, ik had nooit gedacht dat ik dit zou zeggen, maar ik word echt ziek van pizza." Zijn teamgenoten en Dobrowski verdrongen zich om hem heen toen het bestand werd gescand. "Het is maar één bestand. Een Word document." Het document kwam op het scherm. "Drie pagina's lang."

"Print het," beval Ian.

De printer begon de pagina's uit te spugen en Ian nam ze. De rest begon te lezen over Brody's schouder. De computernerd was de eerste die commentaar gaf. "Neemt Jeff me in de maling?"

Barbara Chan was blijven zitten, omdat ze niets zou kunnen zien met zes grote mannen die het vijftien inch scherm omringden en lazen. "Wat staat er?"

"Het is een lijst van SEALs met wie hij in de loop der jaren heeft samengewerkt en wat hij hen heeft nagelaten bij zijn dood."

De agent keek verbaasd en haalde haar schouders op. "En? Wat is daar mis mee?"

"Nou, hij heeft me zijn sneeuwblazer en een paar sneeuwschoenen nagelaten. Wanneer heeft het voor het laatst gesneeuwd in Tampa? Hij liet Ian zijn collectie borrelglaasjes van over de hele wereld na. Ik wist niet dat hij die had en een paperback van *Uncle John's Bathroom Reader*. Prichard zou een surfplank krijgen en een van die zingende opgezette vissen, wat belachelijk is aangezien de man in het verdomde Iowa woonde."

Boomer grinnikte en las over de schouder van zijn vriend mee. "Het is niet zo slecht als wat ik kreeg. Een dansend rendier en zijn oude gevechtslaarzen. Mijn voeten zijn twee maten groter dan de zijne. Wat moet ik daar in godsnaam mee?'

Wijzend naar een naam op de lijst, begon Jake te lachen. "Oh man, Urkel moet hem op een gegeven moment kwaad hebben gemaakt. Hij liet de man een collectie van gebruikte jockstraps en een leeggelopen basketbal. " Steve "Urkel" Romanelli was hun zware wapen operator, en de man om te verslaan op het basketbalveld als ze één tegen één speelden.

"De hele lijst is zo - het is abnormaal gek," voegde Brody eraan toe. "Had Jeff een schroefje los en wisten wij daar niets van?"

Ian had plaatsgenomen aan de andere kant van de tafel en bladerde door de pagina's die voor hem lagen. "Nee, het is een gecodeerde boodschap. Zie je hoe de namen niet ingesprongen zijn, maar de rest van de tekst wel?

"Ja."

"Het lijkt erop dat de namen in willekeurige volgorde staan. Ze zijn niet alfabetisch of in volgorde van dienstdatum, of zelfs hoe hij dichter bij sommigen stond dan anderen. Devon staat pas onderaan de tweede bladzijde op de lijst, en hij staat er in als *Sawyer, Devon*. Marco staat twee lijnen boven hem, en hij staat op de lijst als *Marco DeAngelis*. Trouwens, Reverend, hij heeft jou zijn lelijke kersttrui en een geel badeendje nagelaten. Ooit zult je ons moeten vertellen waar dat allemaal over gaat." Jake rolde met zijn ogen toen Ian een van de pagina's omsloeg en een pen pakte. "Hij gebruikt een paar voornamen, een paar achternamen en een paar bijnamen. Begin de namen af te lezen, Brody, precies zoals hij ze heeft."

"Oké, jij bent eerst. 'I.' Daarna komt *Archer, Pete* . . . . . *Neil Radovsky* . . . *Boomer* . . . . . *Urkel...*" Brody ging de hele lijst af, en keek toen naar Ian, samen met alle anderen.

"*Ian, begraaf me op de plek die ik het meest haat, Jeff Mullins.*" Terwijl de rest verward toekeek, sprong Ian op van zijn stoel en begon de inhoud te doorzoeken van de papieren die op de voorkant van elke doos waren geplakt.

Dobrowski haastte zich om te helpen. "Welke?" vroeg hij.

"Colombia. Ernesto Diaz."

"Die staat hier denk ik." De agent stapte opzij naar verschillende stapels dozen onder het grote videoscherm aan de muur. "Ja, hier staat het. Vier dozen."

Ian haastte zich en pakte de bovenste kartonnen doos, terwijl Dobrowski de tweede oppakte. Devon krabde verward op zijn hoofd. "Uhm, Boss-man, ga je de rest van ons inlichten?"

Ian liet de doos op de tafel vallen, gooide het deksel eraf en begon de grote dossiers eruit te halen. Hij gooide er een naar elk lid van zijn team. "Weet je nog hoe Jeff klaagde dat hij in de jungle zat? Hij zei dat hij liever ergens anders op aarde was. Hij haatte het daar. Het was zijn laatste missie met ons. Hij zeurde dat het met al die verdomde muggen en insecten moest zijn." Ian hield een dossier voor zichzelf en nam weer plaats. "Jeff heeft iets bedacht. Iets wat met deze missie te maken had. Om wat voor klote reden hij ook had, hij was het zelf aan het onderzoeken. Hij moest ons een aanknopingspunt geven, maar kon niet riskeren dat de hint gevonden werd als hem iets overkwam. Iedereen die naar de lijst kijkt zou denken dat hij een grapje maakte of, zoals Egghead zei, gewoon gek was. Wat voor bewijsmateriaal of notities hij ook had, ze zijn waarschijnlijk gestolen met de rest van de spullen om het op een inbraak te laten lijken die verkeerd afliep. Het antwoord dat we zoeken zit ergens in deze vier dozen."

"Wel bij hemel en hel." Net als de rest van het team pakte Devon het dossier dat voor hem was neergelegd, ging zitten en begon elk klein detail van de maandenlange missie door te nemen.

# Hoofdstuk 22

De huurmoordenaar zat voor de tweede dag op rij weer in zijn boom, het terrein in de gaten houdend. Hij was daar al sinds zonsopgang, gehuld in camouflage om niet ontdekt te worden. Hij nam een slok warme, bruine vloeistof uit de veldfles die hij bij zich had, geërgerd door het feit dat er nog maar een paar druppels in zaten. Terwijl hij het sluipschuttersgeweer bijstelde dat op zijn benen rustte, ging hij verder met het scannen van het gebied een paar graden bergafwaarts van zijn positie met zijn hightech verrekijker.

Het eerste wat hij had gedaan was de afstand berekenen tussen zijn verstopplek en de deur van het gebouw waar zijn doelwitten zich allemaal hadden verzameld. Ook al had hij nog twee dagen om ze uit te schakelen, hij werd nerveus en wilde de klus klaren zodat hij naar de tropen kon gaan en zich kon verliezen in zijn twee W's - whisky en een warme, gewillige vrouw.

De haren in zijn nek stonden het afgelopen uur overeind, maar hij kon niet bedenken waarom. Hij zag niets op het terrein of in de bosrijke omgeving dat zijn onbehagen zou kunnen opwekken. Het gevoel liet hem niet los.

Hij zag de twee militaire politieagenten het gebouw verlaten nadat hun vervangers waren aangekomen en wierp een blik op zijn horloge toen ze het terrein afreden. Negentien uur dertig. Het zou nu niet lang meer duren. Zodra zijn doelwitten in de open lucht waren, zouden vier snelle schoten een eind aan hun leven maken. Hij had geen opties meer. Behalve een bom laten vallen op het terrein of hulp inroepen, was dit zijn laatste redmiddel. Na zijn mislukte poging twee dagen geleden, waren de mannen nu alert. Ze zouden alles doen om verdere pogingen om hen uit te schakelen te dwarsbomen. Hij had een gestolen motorfiets verstopt op een fietspad ongeveer vijfhonderd meter achter hem. Met de paniek en verwarring, samen met geen poort in het hek aan deze kant, zou hij genoeg voorsprong hebben om zonder problemen weg te komen. Hij legde zijn verrekijker weg en maakte zijn geweer klaar. Terwijl hij door de richtkijker tuurde, haalde hij diep adem en wachtte.

* * *

Acht uur, acht pizza's en een heleboel koffie en flessen water later, waren er twee punten waar ze het allemaal over eens waren en hadden ze geen idee wie hen dood wilde hebben. Ten eerste waren Polo en Boomer waarschijnlijk geen doelwit, en ten tweede stond Prichards naam door omstandigheden op de lijst van daders. De eerste twee waren niet op die specifieke missie geweest. Boomer was uitgevallen met een gebroken enkel, terwijl Marco's grootmoeder, de vrouw die hem en zijn zus had opgevoed, was overleden in New York. een paar dagen voor ze op missie vertrokken. Hij had verlof genomen om zijn zus te helpen met de begrafenis en de afwikkeling van het schamele, rommelige nalatenschap van de chagrijnige oude vrouw. Helaas voor Eric Prichard had hij Marco's plaats voor de missie ingenomen - een plaats die hem uiteindelijk het leven kostte. Een feit dat Marco meer en meer begon te dagen naarmate ze de dossiers doornamen.

Slechts een team van zeven personen was voor een maand naar Colombia gestuurd om inlichtingen in te winnen over drugsbaron Ernesto Diaz. De man had zijn handen in een paar andere potjes dan die waarin zijn coca-ïne-imperium zich bevond. Daaronder een seksslavernij- en wapenhandel. Hij werd gedood tijdens een inval in een van zijn opslagplaatsen terwijl hij hoogwaardige wapens verkocht aan leden van Al Qaeda. Team Vier had deelgenomen aan de inval zes maanden na hun oorspronkelijke missie. Wegens een diagnose van reumatoïde artritis met toenemende symptomen, aanvaardde Lt. Jeff Mullins een promotie naar een basispositie in Little Creek, Virginia, en beëindigde zijn tijd in het veld na de missie die ze nu aan het herzien waren. Hij was niet bij de raid geweest, dus dat dossier zat niet bij degene die ze moesten doorzoeken.

Hoewel zitten en lezen geen inspannende bezigheid was, waren ze allemaal uitgeput en keken hun ogen uit toen Ian het eindelijk voor gezien hield. "We gaan morgenvroeg weer verder. Ik weet dat het hier is, we hebben het alleen nog niet gevonden. Keon stuurde me eerder een sms. Hij zal hier rond tien uur zijn."

Terwijl het team de pizzadozen en koffiekopjes opruimde, raapten de twee NCIS agenten hun spullen bij elkaar met de belofte dat ze rond acht uur voor iedereen ontbijt zouden brengen. Ergens in het afgelopen uur hadden de militaire politieagenten van dienst gewisseld en stonden er twee nieuwe mannen in de gang. Nadat iedereen de vergaderzaal had verlaten, werd de deur achter hen weer op slot gedaan.

Het was nog licht buiten toen ze zich uitstrekten op de parkeerplaats en de frisse lucht inademden. Devon stond te popelen om Kristen te zien en Jenn te controleren. Ian en hij waren eerder naar Devons appartement gegaan met een van de pizza's voor de twee vrouwen, en om hun nichtje te vertellen wat ze op de schijf hadden gevonden. Natuurlijk hadden ze het gebagatelliseerd als een komische wilsbeschikking van dingen die haar vader wilde nalaten aan de mannen met wie hij had gewerkt en van wie hij hield als broers. Ze aanvaardde hun uitleg, maar ze konden zien dat ze nog steeds last had van haar vondst.

Na een paar vuistslagen met zijn team en een verbaal afscheid van de agenten, draaide Devon zich om in de richting van zijn appartement toen er een schot klonk uit een krachtig geweer dat door de lucht om hen heen galmde. Bijna als één, met de adrenaline die door hen heen gierde, vielen het team, de agenten en de mannen die het terrein bewaakten op de grond, terwijl ze hun wapens losmaakten en op zoek gingen naar een doelwit. Degene die achter het team aanzat, werd wanhopig als hij op het zwaarbewapende terrein vuurde.

De tijd leek stil te staan terwijl ze allemaal de situatie probeerden in te schatten. Er werden geen andere schoten gelost terwijl iedereen dekking zocht. Toen de echo weerklonk en het stil werd, riep Ian met meer kalmte dan iemand van hen voelde: "Iemand geraakt? Samenvatting!"

Terwijl iedereen antwoordde dat alles in orde was, dat niemand geraakt was, en dat het schot uit het noordwesten kwam, buiten de omheining, ging Devons mobiele telefoon. Hij dacht dat Kristen of Jenn doodsbang waren en beantwoordde het gesprek zonder op het scherm te kijken. Het was niet een van de twee bange vrouwenstemmen die hij verwachtte te horen. Een onverstoorbaar en vertrouwd diep gerommel kwam over de lijn. "Tango uitgeschakeld. Een halve klik van jouw elf uur. Ik kom binnen als ik zeker weet dat hij alleen was. Bel Keon om het op te ruimen."

Het gesprek werd verbroken en een verbijsterde Devon staarde een moment of twee naar de telefoon in zijn hand. Vertaald betekende het korte, eenzijdige gesprek dat hun vijand dood was ongeveer een halve kilometer bijna recht voor Devons positie en de adjunct-directeur was nodig om te verdoezelen wat er gebeurd was. Het enige probleem was dat Devon geen idee had wat er gebeurd was. Hij schreeuwde het uit, voor iedereen te horen: "Alles ok, maar blijf alert. Tango is uitgeschakeld door een van ons. Hij controleert het gebied voor hij binnenkomt." Kijkend naar de verwarde gezichten van de NCIS agenten en zijn teamgenoten, zei hij met een veel lagere stem één naam, "Carter."

* * *

Dric uur later liep de onderdirecteur van de FBI de vergaderzaal van Trident Security binnen en ging met een zware zucht zitten. Larry Keon had de eerstvolgende beschikbare vlucht uit Jacksonville genomen nadat hij Ians telefoontje had ontvangen en had een plaatselijke agent hem op het vliegveld laten oppikken in plaats van te wachten op een huurauto. Personeel van het FBI veldkantoor van Tampa zwermde door de bossen achter het terrein en verwerkte de plaats delict, waaronder een lijk dat een groot deel van zijn schedel en hersenen miste. Het lijk was te danken aan Carter en zijn vertrouwde MK11 scherpschuttersgeweer dat nu in de kofferbak van Devons klassieke Mustang verborgen lag. De man nam geen enkel risico dat de plaatselijke federalen zijn baby in beslag zouden nemen en zijn eigen voertuig stond op dit moment te ver weg. Twee andere plaatsen delict, een waar een gestolen motorfiets geparkeerd stond en bij een plaatselijk motel, werden ook uitgekamd. De motelkamer van de dode man werd gelokaliseerd nadat een sleutel op het lichaam was gevonden.

Omdat het terrein voorlopig als plaats delict werd beschouwd, moest de club voor de nacht sluiten. Gelukkig was het een zondag en vroeg genoeg op de avond om hun leden te waarschuwen via een massa sms, nog zo'n idee van Brody dat af en toe van pas kwam. Er waren geen leden op de parkeerplaats geweest toen het schot werd afgevuurd, en het handjevol personeel en leden die al in de club waren, hebben het nooit over de muziek heen gehoord. Ian belde Mitch nadat Carter het sein "veilig" had gegeven en zei hem de club te sluiten en iedereen naar huis te sturen. Het complex was nu afgesloten met alleen het noodzakelijke personeel.

Devon verhuisde Kristen en Jenn, samen met hun harige bodyguard, van zijn appartement naar de recreatieruimte boven de vergaderzaal, omdat hij ze zo dicht mogelijk bij zich wilde hebben. Hij was doodsbang geweest toen hij en Boomer, luttele seconden na Carters telefoontje, over het terrein sprintten, de trap op en zijn woonkamer in, alleen om te ontdekken dat de vrouwen er niet waren. Zijn hart begon weer te kloppen toen hij ze in zijn inloopkast aantrof, met Beau in gevechtsmodus, een stel keukenmessen en een van zijn 9 mm pistolen, waarvan Jenn wist hoe ze ermee moest schieten als dat nodig was. Devon wilde het niet toegeven, maar hij had bijna gehuild van opluchting toen hij zag dat beide vrouwen veilig en ongedeerd waren. Omdat de twee geen federale veiligheidsmachtiging hadden om bij het team te zijn terwijl ze de onderzoekers ontmoetten, was boven de dichtstbijzijnde comfortabele plek voor hen om te zijn.

De vergaderzaal zat nu bijna vol met de zes mannen van Trident, Carter, Dobrowski, Chan, Keon, en drie FBI agenten van het lokale kantoor. De hoofdonderzoeker was op de hoogte gebracht, hoewel Keon opzettelijk wat informatie had weggelaten na het incident op de brug twee nachten eerder. Verantwoordelijke Speciaal Agent Frank Stonewall was niet blij met Carter, die weigerde een woord tegen hem te zeggen, inclusief zijn naam en voor wie hij werkte, totdat de adjunct-directeur zich bij hen voegde. Het hielp niet dat Ian, zijn team en de twee NCIS agenten hem niet veel informatie gaven. Zij hadden hem tenminste een paar beperkte antwoorden gegeven.

Stonewall had de laatste twee uur om de paar minuten vragen op Carter afgevuurd, zonder resultaat. De rood aangelopen federale agent dreigde hem zelfs te arresteren, wat alleen maar een schamper gelach en het schudden van het hoofd van de undercover agent opleverde. Nadat Jake de laatste drie stukken overgebleven pizza voor hem had opgewarmd, at hun vriend in stilte, leunde toen achterover in zijn stoel en sloot zijn ogen. Niemand in de kamer werd voor de gek gehouden. De spion was honderd procent alert. Hij zat nog steeds ontspannen in zijn stoel met zijn ogen weer open en zijn voeten rustend op de tafel spiegelend aan Brody's eigen relaxte houding. Ian werd er gek van als iemand zijn voeten omhoog deed, maar de baas liet de overtredingen voor nu gaan.

Toen de deur weer dicht was, keek SAC Frank Stonewall de man aan, die nog steeds zijn camouflage droeg, en snauwde: "Oké, Keon is hier. Begin nu maar te praten."

Carter verroerde zich niet en zijn lege gezicht veranderde niet terwijl hij een blik wierp op de twee mannen bij

Stonewall en toen op Keon. De laatste begreep wat de agent nooit had gezegd. "Frank, waarom laat je jouw agenten hier niet even buiten controleren hoe het staat met de plaatsen delict."

Stonewall kon wel uit zijn sloffen schieten, maar gaf toe dat Keon een hogere rang had. Met een korte hoofdknik ontsloeg hij zijn even pissige ondergeschikten. Hij was een typische man uit een slechte film: kort, kalend, te zwaar, met een verfomfaaid, slecht zittend pak en een arrogantie die je uit hem wilde slaan. Nadat de anderen waren vertrokken, sloeg hij zijn armen over elkaar en trok een wenkbrauw op naar de geheim agent en wachtte.

Carter trok zijn voeten langzaam naar beneden, leunde voorover met een strenge, niet-met-me-neuken-uitdrukking waar de meeste mannen bang voor waren, en liet zijn ellebogen op tafel rusten. Devon grinnikte bijna toen Stonewall terugdeinsde. Als hij niet rechtstreeks naar de Speciaal Agent had gekeken, zou hij het gemist hebben, maar het was er toch. Het team wist wat Carter ging zeggen, want hij had hen ingelicht voordat iemand anders er was. Eerst zou hij een paar basisregels vastleggen voor de overmoedige Stonewall.

Hij keek de man aan en sprak hem toe met wat zijn vrienden kenden als zijn beste Dom en superspionnenstem. "De naam is Carter . . . één woord . . . en dat is alles wat je over me moet weten. Schrijf het niet op en vergeet het nadat je deze kamer verlaten hebt. Vraag niet voor wie ik werk, want dan krijg je geen antwoorden die je leuk vindt. In dit geval kun je zeggen dat ik aan Keon rapporteer. Noem het een tijdelijke opdracht of wat je maar wilt, het kan me geen reet schelen. Bedreig me nooit meer met arrestatie of iets anders. Ik ben jou geen verantwoording schuldig en ik kan je laten degraderen naar een klote weegstation voor middernacht waar je nog nooit van gehoord hebt. Ik heb meer federale veiligheidsmachtiging dan waar jij ooit van zou kunnen dromen, dus ga zitten en doe niet alsof ik een van je slaafjes ben. Of erger nog, een crimineel, want die onzin maakt me alleen maar kwaad. En aangezien iemand het op mijn vrienden gemunt heeft, en er vanavond bijna in geslaagd is minstens één van hen uit te schakelen, wil je me niet nog kwader maken dan ik al ben."

Een paar monden rond de tafel trokken en sommige onderlippen werden afgebeten, maar niemand durfde te glimlachen. Na een blik op Keon, die hem een enkel knikje gaf, en een pauze om te laten weten dat hij nog steeds niet blij was, deed een merkbaar blekere Speciaal Agent Stonewall wat hem gezegd werd en ging zitten. Met een beleefde handbeweging gaf hij Carter te kennen dat hij verder moest gaan, hoewel het hem waarschijnlijk bijna het leven kostte om dat te doen. De federaal agent werd eindelijk een beetje slimmer.

Hij leunde weer achterover in zijn stoel, maar hield zijn voeten deze keer op de grond. Carter ontspande zich en vertelde over de informatie die hij had. Ovver de gebeurtenissen die hadden geleid tot het moment waarop hij de huurmoordenaar had gedood. "Keon, zoals je weet ben ik de hele tijd bezig geweest om uit te zoeken waarom die kerels een prijs boven hun hoofd hebben. Afgezien van een paar vage en ongefundeerde geruchten, is er niemand gekomen met een wie of een waarom. Na het ongeval onder invloed waarbij Brody's truck per total raakte en iedereen moest zwemmen, besloot ik terug te komen om alles beter in de gaten te houden."

"Ik kwam terug in het gebied rond achttienhonderd uur en deed een kleine verkenning buiten de lijn van detectie van Eggheads beveiligingssysteem om te zien of ik kon achterhalen wie het op hen gemunt had. Ik wist dat het team was afgezonderd in het gebouw, dus het was een goede gok dat de Tango een andere manier zou zoeken om bij hen te komen. Het systeem van de nerd is een van de beste die ik ooit ben tegengekomen, dus..."

"Wacht eens even. Eén van de beste, mijn vriend? Oh, nee . . . het is het beste." Brody werd altijd verontwaardigd als zijn bijna onverslaanbare systeem in twijfel werd getrokken. Iedereen in de kamer die het wist, kreunde, behalve Carter die met zijn ogen rolde.

"Of dat zeg je toch steeds tegen iedereen. Hoe dan ook, ik nam een defensieve positie in voorbij dat punt en scoutte het gebied door mijn vizier. Het was een geluk dat ik hem zag, want hij maakte zich klaar om te schieten." Hij haalde emotieloos zijn schouders op. "Ik schoot voordat hij schoot. Mijn schot was gerechtvaardigd. Ik had geen kans om het team of iemand anders te waarschuwen en er was geen gelegenheid om hem levend te pakken. Nadat ik de dreiging had geëlimineerd, ging ik kijken of ik erachter kon komen wie hij was. Helaas is zijn gezicht zo goed als verdwenen, en zijn vingerafdrukken zijn lang geleden met zuur verwijderd." Zijn blik ging terug naar Keon. "Dat is alles wat ik heb. Schrijf het op, en zoals gewoonlijk, Larry, laat mijn naam erbuiten en versnipper het dan."

Ook al was dat niet alles wat Carter te zeggen had, en zou het bewerkte rapport niet echt versnipperd worden, Keon erkende hem met een enkele knik. Hij zou de rest van de informatie van de man krijgen nadat de plaatselijke Speciaal Agent buiten gehoorsafstand was.

# Hoofdstuk 23

Nadat Carter klaar was met praten, ging hij achterover zitten en sloeg zijn armen over elkaar. Speciaal Agent Stonewall keek zijn superieur met een verbijsterde blik aan en begon weer rood te worden. "Is dat alles? Is dat alles wat ik krijg? Wat moet ik daar verdomme mee doen? Ik heb drie plaatsen delict en een dode John Doe daar, verdomme."

Keon zuchtte met wat voelde als het gewicht van de wereld op zijn schouders. Hij zette zijn bril af en wreef in zijn ogen. Verdomme, hij was uitgeput en met zijn vijfenvijftig jaar werd hij veel te oud voor deze onzin. "Je zult precies doen wat de man zei en vergeten dat je hem ooit hebt gezien. Vanaf dit moment is dit hele incident een geheim dossier. Ik zal morgenvroeg een paar mensen naar je kantoor sturen. Ze nemen alles in beslag - foto's, SIM kaarten, bewijsmateriaal, rapporten . . . alles. Als ik erachter kom dat er kopieën zijn, of als er per ongeluk iets is achtergebleven of kwijtgeraakt, krijg jij de schuld, Frank. Begrijp je ? Er is al iemand die reageert om het lichaam op te halen. Waarom ga je niet even bij je agenten kijken? Ik heb nog een paar dingen te bespreken met deze mensen."

De woedende federale agent stond op en stormde de kamer uit zonder de moeite te nemen de deur achter zich dicht te doen. Nadat een van de militaire politieagenten in de hal de honneurs had waargenomen, deed Brody zijn beste James Bond-imitatie, ook al had hun spionnenvriend geen Brits accent. "De naam is Carter . . . één woord . . . en dat is alles wat je over me moet weten. Schrijf het niet op en vergeet het nadat je deze kamer verlaten hebt' . . . . . verdomme, ik wou dat ik de rest kon onthouden." Gelach vulde de kamer, terwijl de man die geplaagd werd alleen maar een kleine grijns gaf en stil bleef. "Verdorie. Ik hou van je, man. Elke keer als ik je zie, moet ik bijna in mijn broek plassen."

Boomer grinnikte harder. "Ik denk dat Stonewall er even dichtbij was en niet omdat hij dacht dat Carter grappig was. Jij bent de enige bij wie ik nooit aan de verkeerde kant wil staan."

"Amen," voegde Devon eraan toe toen iedereen instemmend knikte.

Keon wilde het gesprek weer op de rails krijgen, zodat hij naar zijn hotel kon gaan om de broodnodige slaap te pakken, en wierp een blik op Ian. "Nog geen geluk met de Colombia dossiers?" Het laatste wat hij had gehoord was dat ze de gecodeerde boodschap van hun voormalige luitenant hadden gekregen en hun zoektocht tot één missie hadden beperkt.

Ian schudde lichtelijk geërgerd zijn hoofd. "Nee. We waren bijna klaar met het papierwerk tussen het wachten op jullie komst en Stonewall's vragen door. We maken het morgen af en dan is er nog een ton aan foto's die we hebben genomen en die we moeten doornemen. Wat Jeff vond of dacht gevonden te hebben, moet daar ergens in staan. Ik ben er absoluut zeker van."

De adjunct-directeur knikte. Als Ian zei dat de informatie die ze nodig hadden daar was, dan was dat ook zo. "Zoals ik al zei, ik reken wel af met Stonewall en zorg dat hij jullie met rust laat. Hebben jullie nog iets anders nodig?"

Ian scande de gezichten van zijn team en ze schudden allemaal hun hoofd. "Nee, we zijn in orde. We hebben alleen wat rust nodig en een paar uur slaap."

Keon draaide zijn hoofd terug naar de black-ops agent en zuchtte. "Oké, vertel me de rest."

Terwijl hij in zijn comfortabele positie bleef zitten, vulde de man de gaten in de informatie voor iedereen. "Ik herkende ons lijk daar, vlak voordat ik zijn hoofd eraf knalde. Zijn naam is Rueben Vega, huurling uit Colombia. De vraag is nog steeds, wie heeft hem ingehuurd? Jammer genoeg, hebben mijn contacten nog geen mogelijke antwoorden kunnen geven. Ze werken eraan. Vega had diepe banden met Ernesto Diaz en zijn broer Emmanuel. Hij was één van de beste, maar het gerucht gaat dat hij het laatste jaar teveel gedronken heeft en slordig is geworden. Ik was een beetje verrast hem hier aan te treffen. Het is een tijd geleden dat ik vernam dat hij in verband werd gebracht met een job in de Verenigde Staten. Dat wil niet zeggen dat hij niet voor andere redenen kwam. Hij werkte niet uitsluitend voor Diaz. De meeste van zijn klussen werden uitbesteed via hun imperium. Zijn mobiele telefoon was een wegwerptelefoon en de geschiedenis was gewist . . . met een nieuwe technologie om het schoon te vegen en er is geen manier om het te herstellen."

"Jullie weten allemaal dat Emmanuel opnieuw heeft opgebouwd wat de VS heeft vernietigd toen ze Ernesto uitschakelden. Hij is nog niet op het punt om op dezelfde schaal te opereren als zijn broer, maar hij komt er wel. Ik dacht dat de aanslag op de SEALs een soort wraak was voor

Ernesto. Volgens mijn bronnen daar, kwam het niet van de Diaz familie. Ik ben ervan overtuigd dat wie hem ook ingehuurd heeft, de connectie gebruikt om dat te doen. Wie het ook is, hij heeft ook een connectie ergens binnen Uncle Sam, want hoe zouden ze anders hebben geweten welke mannen op die missie waren. Ik heb veel oren aan de grond en hopelijk komt een van mijn contacten snel met iets. Voor nu, is dat alles wat ik heb. Ik wou dat het meer was." Carter keek Ian aan en trok een wenkbrauw op. "Vind je het erg als ik een douche neem en een paar uur boven ga slapen?"

Ian trok zijn kin een keer omhoog. "Mi casa es su casa. Je weet dat je hier altijd kunt blijven slapen. En nogmaals bedankt om onze ruggen te dekken. Zoals gewoonlijk staan we bij je in het krijt."

De black-ops spion stond op en glimlachte voor het eerst echt sinds hij ruim drie en een half uur eerder het terrein op was gelopen. "Altijd, en trouwens, deze keer . . . was ik hier niet alleen voor het eten."

*Godzijdank.*

* * *

Een paar minuten later stond het team buiten bij de bewakers om te controleren of de omgeving veilig was en om Keon, Chan en Dobrowski uit te zwaaien. Nadat de FBI buiten de omheining klaar was, regelde Ian dat vier sluipschutters uit voorzorg hun positie innamen buiten de beperkingen van Brody's systeem. Het was hoogst onwaarschijnlijk dat wie Vega ook had ingehuurd, vanavond nog van zijn dood zou horen. Het team nam geen enkel risico.

Terwijl ze op de passagiersstoel van de huurauto klom die haar partner bestuurde, keek Barbara Chan hen aan.

"Laten we dit nog eens proberen, heren, zullen we? Deze keer zonder het geweervuur. We zien jullie om achthonderd uur met ontbijt."

Devon en de anderen knikten naar de vrouw. Hij draaide zich om, ging terug naar binnen en nam de trap naar de tweede verdieping. Hij vond Jenn en Kristen slapend op de twee banken in de recreatieruimte. Hij sloeg een deken om zijn nichtje en waakte ervoor haar niet wakker te maken. Ze zou het daar goed hebben tot de ochtend met de rest van het team in de kamers in de gang en Beau slapend op de vloer naast haar. Hij maakte Kristen zachtjes wakker, die, hoewel ze een beetje scheel zag, gewillig opstond en zich door hem naar zijn appartement liet brengen. Hij wist dat hij egoïstisch was door haar wakker te maken. Hij had haar bij hem in bed nodig. Ze hadden weer een ontmoeting met de dood overleefd. Dankzij Carter was de enige die een spoedbestelling voor een nieuwe doodskist nodig had, de vijand. Het team had de twee vrouwen niet verteld hoe dicht ze bij een andere conclusie van de gebeurtenissen waren gekomen, omdat ze al genoeg geschrokken waren van het geweerschot.

Tegen de tijd dat ze de trap naar zijn huis opliepen, was Kristen weer klaarwakker. Devon zag zijn eigen verlangen weerspiegeld in haar ogen. Op het moment dat hij de deur van zijn appartement dichtdeed, had hij haar tegen zich aan gedrukt, zijn handen in haar haar en zijn heupen tegen de hare. Hij kuste haar met een intensiteit die hij niet in bedwang kon houden en zij gaf het hem in overvloed terug. De enige geluiden waren hun zware ademhaling, gekreun, en natte monden en tongen die met elkaar duelleerden.

Hij trok haar kleren van haar lichaam zo snel als hij kon zonder haar pijn te doen en verwijderde toen ook de zijne. Hij greep haar onder haar kont en tilde haar op zodat ze haar benen om zijn heupen kon slaan, en drukte zijn stalen erectie tegen haar heuvel. De verandering van positie bracht haar borsten omhoog, zodat hij gemakkelijk zijn hoofd kon buigen om ze te likken en te zuigen tot ze hem om meer smeekte. Haar vingers grepen in zijn haar, haar lichaam kronkelde in zijn armen.

"Neuk me alsjeblieft," hijgde ze terwijl haar hoofd met een plof tegen de deur viel en haar ogen dichtfladderden. Haar kreunen van genot en verlangen waren bijna zijn ondergang.

Ze schoof met haar heupen, probeerde wanhopig zijn pik bij haar ingang te plaatsen toen hij zijn greep verstevigde en zijn hoofd optilde. "Rustig, Pet. Rustig aan. Ik heb geen condoom bij me."

"Maakt niet uit."

Devon verstarde bij haar woorden en ze opende haar ogen weer. "Ik heb me laten testen nadat ik ontdekte dat mijn ex me bedroog. Jij bent de enige man met wie ik sindsdien ben geweest. Ik slik al een paar jaar de pil om mijn menstruatie te reguleren. Alsjeblieft. Ik wil je voelen, helemaal."

Starend naar haar mooie gezicht, wist hij dat hij geen nee tegen haar kon zeggen. Dat wilde hij ook niet. De gedachte haar te nemen met niets tussen hen in, wond hem op. "Ik word elke zes maanden getest voor de club en had mijn laatste onderzoek vlak voor we elkaar ontmoetten. Ik heb nog nooit seks gehad zonder condoom. Schatje, ben je hier zeker van? Dit is een grote stap voor ons en ik wil dat je zeker bent."

Een gefrustreerde kreun ontsnapte haar. "Ja, ik ben zeker. Neuk me nu alsjeblieft."

Toen ze weer probeerde zich aan hem te spietsen, stond hij dat niet toe. "Op mijn manier," was alles wat hij gromde terwijl hij haar van de deur weg tilde. Terwijl hij zijn handen naar haar kont verplaatste, droeg hij haar door de hal naar zijn slaapkamer.

Hij legde haar op zijn bed, beval haar in het midden te gaan liggen en haar hoofd op de kussens te leggen. Terwijl zij zich haastte om te doen wat haar was opgedragen, werkte hij zich een weg rond het bed en haalde de leren riemen tevoorschijn die hij eerder die week aan de vier poten had bevestigd. Hij had ze onder het matras verborgen gehouden, wachtend tot hij de juiste gelegenheid zou vinden om haar te verrassen. Het leek erop dat nu het perfecte moment was. Aan het einde van de riemen zaten pols- en enkelbanden. Ze was nog steeds gekneusd van het ongeluk en hij was blij dat hij er had gekozen met een dikke kunstbont voering.

Devon grijnsde toen ze met grote ogen keek. "Ik wil dit al met je doen sinds de middag dat ik je polsen in de club in de boeien sloeg. Strek je armen omhoog naar de hoeken en spreid je benen wijd. Vertrouw je me, Pet?"

Er was geen aarzeling in haar verbale en fysieke antwoorden op zijn bevelen en vraag. "Ja, Sir."

Hij kon zien dat haar hartslag toenam door het snelle kloppen van de slagader in haar nek. De aanblik deed zijn eigen hartslag omhoog schieten. Hij pakte haar rechterarm en bracht de leren handboei naar haar pols. Voordat hij het vastmaakte, vroeg hij: "Wat is je stopwoord?"

"Rood, Sir."

Zijn pik sprong op bij haar hese antwoord. Hij werkte snel om haar polsen vast te binden en nam een moment nadat elke band was vastgemaakt om te controleren of hij twee vingers tussen de bontvoering en haar huid kon plaatsen. Ze moesten strak genoeg zitten zodat ze er niet uit kon, maar ook los genoeg om haar bloedsomloop niet te belemmeren en haar tere huid niet verder te kneuzen. Toen hij er zeker van was dat ze comfortabel lag, maar toch aan zijn genade was overgeleverd, draaide hij zich naar zijn nachtkastje en haalde verschillende dingen uit de lade. Hij grijnsde kwaad toen hij haar adem hoorde stokken bij het zien van de martelwerktuigen die hij had uitgekozen: een kleine leren flogger, een klem en de grootste anaalplug uit de set van vier die hij al op haar had gebruikt. Hij had de plugs die hij haar de afgelopen week enkele uren achter elkaar liet dragen steeds groter gemaakt. Dit zou de laatste zijn die hij nodig zou hebben om haar voor te bereiden op het moment dat hij haar strakke kontje voor de eerste keer zou neuken.

Hij legde de flogger en de met juwelen bezette klem op de rand van het bed naast haar, waar ze ze vanuit haar benauwde positie kon zien. Hoewel hij haar had gezegd dat hij haar tepels niet zou klemmen vanwege haar angst, stond het kwellen van haar clitoris wel op haar lijstje van zachte limieten en het was dus eerlijk spel. Hij had de met groene en amberkleurige stenen versierde klem de vorige dag in de clubwinkel uitgezocht met haar harde, kleine klitje in gedachten. Met de plug en een tube glijmiddel liep hij naar de andere kant van het bed en bestudeerde haar even.

Verdomme, wat was ze mooi. Haar mond was rood en gezwollen van hun vrijpartij in de andere kamer en haar haren zaten in de war doordat hij er met zijn vingers doorheen was gegaan. Haar wangen bloosden en haar tepels waren stijf, schaamteloos smekend om meer aandacht. En haar kutje . . . verdomme, haar kutje was doordrenkt van haar behoefte aan hem. Hij sloeg een strakke vuist om zijn pik, sleepte zijn hand een paar keer op en neer langs de schacht terwijl hij toekeek hoe haar tong naar buiten schoot en haar droge lippen bevochtigde. Hoe graag hij haar zoete, hete mondje ook neukte, had hij op dit moment andere ideeën voor haar lichaam.

Terwijl hij de plug en het glijmiddel binnen handbereik liet vallen, klom hij op het bed tussen haar wijd gespreide benen, haalde zijn vingers door haar natte plooien en bracht ze naar zijn mond. Hij kon het niet laten om even van haar te proeven. Ze kreunde bij zijn handelingen en hij keek toe hoe meer van haar sappen uit haar binnenste stroomden. Nadat hij zijn vingers had schoongelikt, pakte hij de achterkant van haar knieën vast en boog ze omhoog naar haar borst. Daarna ging hij op zijn knieën zitten, spreidde ze en legde haar dijen op de voorste van de zijne. De positie waarin ze zich nu bevond was perfect voor wat hij van plan was te doen. Terwijl hij naar achteren reikte, pakte hij de tube en bracht een ruime hoeveelheid glijmiddel aan op haar blootgestelde kontgaatje. Zachtjes ging hij naar haar ingang en stootte één, dan twee vingers naar binnen, om haar klaar te maken voor het grotere voorwerp. Kristen hijgde hard. Ze concentreerde zich om haar kontspieren en sluitspier zo ontspannen mogelijk te houden. "Oh God, Sir. Het voelt zo goed. Alstublieft . . . meer, alstublieft."

Hij vond het heerlijk om haar te horen smeken. Het was muziek in zijn Dom oren. Hij wisselde af tussen zijn vingers in en uit haar gat steken en ze open te scharen om haar verder uit te rekken. "Oh, je zult zeker meer krijgen, Pet. Geloof me, je krijgt nog veel meer."

Terwijl hij het ritme aanhield dat hij had ingesteld, pakte hij met zijn andere hand de anaalplug en smeerde die in met meer glijmiddel. Toen hij zeker wist dat ze er klaar voor was, trok hij zijn vingers uit haar nauwe holte en verving ze door de plug. Haar kringspier spande zich even aan toen hij het grotere voorwerp bij haar naar binnen werkte. Plotseling was hij in staat om langs haar natuurlijke afweer te komen en de plug gleed naar binnen. Haar rand sloot zich rond de inkeping en hield hem gulzig op zijn plaats. Meer vocht stroomde uit haar kutlippen en ze kreunde.

"Vergeet niet dat je niet mag klaarkomen zonder toestemming."

"J-Ja, Sir. Oh God!"

Haar dijen trilden en haar heupen schoten omhoog toen hij haar nog verborgen clitje beroerde. Dat stond op het punt te veranderen. Hij liet haar benen zakken toen hij weer van het bed klom. Hij greep een enkel en daarna de andere en hield ze vast tot ze wijd open lag, haar kutje blootgesteld voor wat hij nu met haar van plan was. Hij ging naar zijn badkamer en waste haastig zijn handen voor hij naar haar toe ging en zijn volgende martelwerktuig pakte.

De flogger was gemaakt van zacht zwart leer met een knoop aan het eind van elk van de twaalf strengen die uit het handvat staken. Beginnend bij haar rechtervoet, sleepte hij de uiteinden naar haar schouders en dan weer naar beneden aan haar andere kant, haar ogen elke centimeter van de weg volgend. Hij herhaalde het hele proces, een keer dan twee keer, haar plagend tot haar ademhaling kort en zwaar was en haar heupen begonnen te bewegen in ongeduld. "Verlies de plug niet, Pet."

Zijn mondhoeken draaiden omhoog toen hij zag dat ze de spieren in haar kont aanspande, wat op zijn beurt kleine schokgolven stuurde door de zenuwen die werden beïnvloed door het vreemde voorwerp. De sensaties deden haar kreunen. Ze smeekte hem opnieuw om verlichting. "Smeek maar zoveel je wilt, liefje, maar ik ga door in mijn eigen tempo. Je zult niet krijgen wat je wilt totdat ik klaar ben om het je te geven."

Terugkerend naar haar rechtervoet, begon hij de

strengen van haar huid te tillen en liet ze dan weer zachtjes naar beneden vallen. Na nog een volledige omwenteling rond haar lichaam, begon hij opnieuw en maakte het contact elke keer een beetje harder. Toen het kloppen toenam tot het punt dat haar huid bleekrood begon te worden, concentreerde hij zich alleen op haar dijen, heupen en borsten. Hij kwam dicht bij haar kruis, maar niet dicht genoeg voor het contact waarvan ze niet eens wist dat ze er om smeekte. Tenslotte haalde hij hard uit met zijn pols, en de geknoopte strengen maakten contact met haar clitoris en haar kutlippen. Ze slaakte een kreet toen het genot en de pijn door haar heen schoot en haar lege vagina zich samenkneep op zoek naar iets om zich aan vast te houden. Devon herhaalde de slag steeds weer, totdat ze afwisselend zijn naam, vloeken en smeekbeden om genade uitschreeuwde. Haar polsen spanden zich tevergeefs tegen de leren en bont boeien. Toen hij eindelijk de flogger op de grond gooide, was ze zo dicht bij haar orgasme dat het over haar heen zou zijn gekomen als hij nog een keer op haar clit had geslagen. Hij gaf haar een paar momenten om terug te komen van de rand van extase.

Hij greep de klem en plaatste zich weer tussen haar benen. Haar kleine pareltje was niet langer verborgen en hij kon de klem zonder verder aandringen vastmaken. Kristen was zo ondergedompeld in de verschillende sensaties die door haar lichaam gierden, dat hij dacht dat haar hersenen de klem niet eens opmerkten. De kleine verzwaarde steentjes waren met een dun stukje visdraad aan de met rubber beklede uiteinden vastgemaakt. Het was zo ontworpen dat ze naar beneden zouden hangen, trekkend aan de kleine nop. Voorlopig zouden ze echter in de weg zitten, dus legde hij ze langs de plooi van haar heup.

Hij bukte zich, maakte de banden rond haar enkels los

en boog opnieuw haar knieën naar haar borst. Hij knielde bij haar kletsnatte ingang, zette zijn onbedekte pik op een rij en stootte vloeiend in haar, terwijl hij zich zonder pauze tot het uiterste begroef, ondanks de enorme plug in haar kont. Haar wanden sloten zich om hem heen en hij zag sterretjes. "Oh verdorie, liefje. Je voelt zo goed aan, als zijde." Ze schokte met haar heupen om hem in beweging te krijgen. Hij hield haar stil met zijn handen. "Nee, Pet. Geef me een momentje of het is allemaal te snel voorbij. Verdomme, ik heb nog nooit zoiets gevoeld. Jij bent mijn hemel en hel, verpakt in één ongelooflijk strak, heet pakketje."

"O, alsjeblieft, Sir. O God, Sir, alstublieft . . . Ik moet . . . Ik moet..." Devon vond het heerlijk dat het woord 'Sir' nu zo natuurlijk voor haar was. Het vloeide zonder nadenken uit haar mond als hij haar zo opgewonden had gemaakt dat ze gedachteloos smeekte.

Toen hij dacht dat hij kon bewegen zonder te ontploffen, trok hij zijn lul uit haar gang om hem meteen weer naar binnen te stoten. Hij benadrukte zijn woorden op het ritme van zijn korte, trage stoten. "Ik weet precies wat je nodig hebt, mijn liefste, en ik ga het je nu geven."

Hij versnelde en vond een ritme dat haar naar de krachtigste bevrediging bracht die ze ooit had meegemaakt. Toen ze de rand bereikte, liet hij abrupt de klem van haar clitoris los waardoor het bloed weer naar binnen stroomde. Ze schreeuwde haar keel rauw toen ze in een enorme afgrond stortte. Golf na golf van genot en pijn overviel haar terwijl ze rond hem pulseerde. Het was slechts twee stoten later toen hij haar volgde, zijn zaad diep in haar baarmoeder schoot en haar orgasme verlengde, overtuigd dat hij nooit zou herstellen van de impact.

# Hoofdstuk 24

Nadat hij haar handboeien had verwijderd, deed Devon er langer dan ooit over om bij te komen van hun explosieve vrijpartij van de vorige avond. Toen hij van het bed af kon komen en kon staan zonder te vallen, was hij naar de badkamer gestrompeld en had hij een natte doek gepakt om Kristen mee schoon te maken. Zijn lieve Ninja-girl was onmiddellijk in slaap gevallen nadat hij haar plug had verwijderd en haar op haar zij had gelegd zodat hij haar van achteren kon lepelen en de rest van de nacht in zijn armen kon houden.

Nu was de zon op. Het was kwart voor acht. Hij had nog vijftien minuten voordat hij iedereen in de vergaderzaal moest ontmoeten om de naam te achterhalen van de persoon die sommigen van hen dood wilde hebben. Hij had gedoucht, een comfortabele bruine militaire broek aangetrokken, een marineblauw T-shirt en zijn lichte zwarte gevechtslaarzen en zat nu op de rand van het bed naast een nog slapende Kristen. Ze verdiende de rust nadat hij haar rond drie uur 's nachts had gewekt om eerst haar mond en daarna nog eens haar kutje te nemen. Hoe graag hij ook

haar lekkere kontje had willen nemen, hij had er gisteravond van afgezien omdat ze dan allebei te uitgeput zouden
zijn geweest voor het bad dat ze direct daarna nodig zou
hebben om vanmorgen geen extreme pijn te krijgen.

Met een lichte aanraking speelde hij met haar haren en
staarde naar haar gezicht toen zijn ogen vielen op de
eenvoudige zwartleren band die nog steeds om haar hals zat.
Het was niet goed genoeg voor haar en in gedachten begon
hij een permanente collar te ontwerpen die hij haar wilde
geven. Permanent? Allemachtig! Ja, het was zo goed als officieel. Devon Sawyers bevestigde vrijgezellendagen waren
voorbij . . . voorgoed. Hij had zijn ware liefde gevonden,
zijn perfecte onderdanige, en toch zijn gelijke. Zij was de
vrouw waarvan hij niet wist dat ze bestond en nu wilde hij
de rest van zijn leven met haar doorbrengen. Eerst zou hij
haar in een ceremonie in de club haar permanente collar
geven, en als ze er klaar voor was, zou hij ook een ring om
haar vinger schuiven. Eerlijk gezegd zou de ring hun verbintenis wettig maken. Het was de collar die het meest voor
Devon zou betekenen. Het zou een symbool zijn van Kristens ultieme vertrouwen in haar Dom om haar op alle mogelijke manieren te koesteren - geest, lichaam en ziel. Om haar
te beschermen tegen kwaad, om haar te verwennen en
vooral om van haar te houden, elke dag van hun, hopelijk,
zeer lange leven.

Nu moest zijn team de persoon vinden die verantwoordelijk was voor de moorden op vier leden van de Team Vier
familie. Zo snel mogelijk, voordat iemand anders gewond
zou raken of, God verhoede, gedood zou worden. Hij drukte
een kus op haar voorhoofd, liet haar slapen en begaf zich
naar het kantoor.

Zoals beloofd brachten de NCIS agenten bagels en eier-
broodjes mee voor iedereen. Terwijl ze hun ontbijt en koffie

namen, stortten ze zich op de zware taak die hen wachtte. Gelukkig volgde Paula de bevelen en adviezen op die Ian haar vrijdag onder vier ogen had gegeven en was ze weer een efficiënte office manager met een minimum aan onderbrekingen.

Het was even na tienen toen Devon een stapel van ongeveer 120 foto's van 8 bij 10 doorkeek die hij had genomen op de avond van het gala in Rio de Janeiro. Er waren meer dan vijfhonderd mensen aanwezig geweest in het grootste hotel van de stad, dus probeerde Devon een foto te maken van iedereen met wie Diaz contact had gemaakt. Op een gegeven moment was de drugsbaron verdwenen in een kleine zitkamer in de hal van de grote balzaal. Devon had enkele ogenblikken gewacht voordat hij hem volgde en deed alsof hij op zoek was naar zijn verloren afspraakje voor de avond.

Hij was er ternauwernood in geslaagd drie snelle, maar wazige foto's van Diaz in de kamer te maken met behulp van een verborgen camera in een valse bril - een beetje James Bond-achtig, maar heel effectief. De foto's die hij nam kwamen uit de gang en keken langs de gedeeltelijk openstaande deur de kamer in, voordat Diaz' lijfwachten tussenbeide kwamen en hem opdroegen terug te keren naar de balzaal of lichamelijk letsel te riskeren. Hij had geen andere keus en werd teruggeleid naar de gang. Hij was boos dat hij geen foto's kon maken van de persoon of personen die Diaz zou ontmoeten zonder zijn dekmantel in gevaar te brengen. Het was onwaarschijnlijk dat hun spionnenvriend zou weten wie Diaz ontmoette, want de Colombiaan was niet Carters doelwit geweest toen hij daar was.

Devon was klaar met het bekijken van de duidelijkste foto van de drie en wilde net naar een andere foto gaan toen hij zich realiseerde dat er een reflectie was in een middelgrote spiegel aan de muur achter Diaz. "Hé, Egghead, kun je hier iets mee doen?" Hij hield de foto omhoog met zijn vinger wijzend naar de spiegel zodat Brody hem kon zien.

De nerd tuurde even naar wat zijn teamgenoot bedoelde, sprong toen op uit zijn stoel en liep naar de deur. "Ja, ik zou het moeten kunnen vergroten en wat verbeteren. Ik pak even mijn scanner uit de oorlogskamer."

De oorlogskamer was het extra grote kantoor dat Brody gebruikte en waar zijn vele computers, meerdere HD-schermen, servers en allerlei gadgets stonden. Het team was ervan overtuigd, dat als het nodig was, Egghead een space shuttle kon lanceren vanuit deze kamer. Het was ook één van de plaatsen in het kantoor waar Paula geen toegang toe had en de man genoot ervan te weten dat het de office manager gek maakte van nieuwsgierigheid.

Een paar minuten later had Brody de foto in zijn laptop laten scannen en verscheen de foto op het grote scherm aan de muur van de vergaderzaal. Hij speelde met een beeldvergrotingsprogramma en de persoon in de spiegel werd groter en duidelijker. Toch leek hij nog een beetje wazig voor iedereen . . . nou ja, iedereen behalve Brody. "Vuile klootzak! Je neemt me in de maling!"

Iedereen staarde naar de verbijsterde en woedende man alsof hij twee hoofden had. Ian vroeg, "Weet je wie het is?"

De nerd staarde terug naar iedereen. "Weet je dat niet?"

Toen ze allemaal hun hoofd schudden, opende Brody zijn mond om iets te zeggen. Sloot hem toen snel weer en haalde de foto van het grote scherm voordat hij Ian aankeek met duidelijke bezorgdheid in zijn ogen. Na lang met hem getraind en gewerkt te hebben, begreep zijn baas de aarzeling van de man. Zich tot de twee NCIS agenten wendend, zei hij: "Ik weet dat jullie een bepaald niveau van veiligheidsmachtiging hebben. Ik heb het gevoel dat we op iets zijn gestoten dat mogelijk jullie carrières of levens en die van jullie families in gevaar kan brengen als bekend wordt dat jullie deze informatie hebben. Jullie hebben twee opties, het risico nemen of even naar buiten gaan. Ik zweer het u, geen enkel bewijs zal worden verwijderd of gewist uit deze kamer."

De twee agenten keken elkaar aan en na een moment was het duidelijk dat ze hun beslissing hadden genomen. Terwijl ze beiden opstonden, wenkte Barbara Chan naar haar partner: "Ik denk dat ik mijn gsm in de auto heb laten liggen, vind je het erg om me te helpen zoeken?"

Dobrowski knikte en draaide zich naar de deur van de vergaderzaal. "Tuurlijk, het zal waarschijnlijk vijf minuten duren om hem te vinden."

Op het moment dat de deur achter hen dichtviel, bracht Brody het beeld weer naar voren op de grote monitor en begon weer te typen achter zijn computer. Het grote scherm splitste zich in tweeën en een foto van CNN verscheen rechts van de foto die Devon had genomen. De rest van het team staarde vol ongeloof naar de twee beelden. De man op de vijf jaar oude foto was iets jonger en slanker en had een snorretje en een sikje, maar het was zonder twijfel dezelfde man op de nieuwsfoto: senator Luis Beltram uit Brody's geboortestad Dallas, Texas. En als de geruchten klopten, de volgende Democratische kandidaat voor President van de Verenigde Staten. *Wel godverdomme!*

Beltram, de eerste Latijns-Amerikaanse kandidaat voor het Oval Office, werd iets meer dan twee jaar geleden verkozen in de Senaat van zijn staat en snel door de Democratische Partij geloodst. De advocaat die politicus werd, was geboren en getogen in Texas, verloor als tiener zijn alleenstaande arbeidersmoeder aan kanker en slaagde er op de een of andere manier in de middelbare school af te maken en zichzelf eerst door de universiteit en vervolgens door de rechtenfaculteit te loodsen. Hij had zijn politieke programma's met zorg gekozen en was geliefd bij zijn kiezers, mede-Democraten en zelfs een paar Republikeinen. Een aankondiging van zijn kandidatuur werd door de pers binnen een week of zo verwacht. Het bewijsmateriaal dat zich momenteel in de vergaderzaal van Trident Security bevindt, zou sneller een einde maken aan de politieke carrière van de man dan een konijn op amfetamines.

De wetenschap dat de senator een privé-ontmoeting had met een Colombiaanse drugsbaron die niet alleen een van de grootste drugskartels in Zuid-Amerika leidde, maar ook een seksslavenhandel, zou niet in goede aarde vallen bij het Amerikaanse publiek. Het feit dat Diaz ook wapens leverde aan terroristen die vastbesloten waren om de Amerikaanse manier van leven te ondermijnen, zou de laatste nagel aan Beltrams doodskist zijn. Het team zat op politiek dynamiet.

Via de luidspreker in de kamer, nam Ian contact op met Keon om de man een van de grootste schokken van zijn leven te geven. "We hebben hem, en het is niet goed."

Er was een korte pauze aan de andere kant van de lijn. "Ik ben er over vijftien minuten."

Tegen de tijd dat Keon achttien minuten later de kamer binnenliep, waren de twee agenten teruggekeerd en was de grote monitor weer leeg. Niemand zei de naam van de senator in het bijzijn van de agenten, want voor de rest van het onderzoek gold: hoe minder ze wisten, hoe beter ze af waren. Brody hackte tal van systemen en slaagde erin de dunne connectie te vinden tussen Beltram en Diaz, die ook in Texas was geboren voordat zijn familie op zijn zesde terug naar Colombia verhuisde. Beltrams onwettige vader was een neef van Ernesto Diaz' moeder, waardoor de twee mannen achterneven waren. Luciano Esperanza was een oude bondgenoot van het Diaz kartel en was een naam die het team herkende. Hij stierf zeven maanden na zijn neef aan kanker.

Toen de toekomstige advocaat op de universiteit zat, had Beltram de vaderlijke informatie op zijn geboorteakte, die bij het Texaanse ministerie van volksgezondheid lag, veranderd van de naam van zijn spermadonor in "geen informatie beschikbaar". Helaas voor de senator wist hij niet, of vergat hij, dat het originele exemplaar in het bestand bleef met het nieuwe certificaat, en zo kwam Brody aan de informatie.

Keon ging zitten en zuchtte. "Vertel op."

Ian knikte naar Dobrowski en Chan, die opnieuw de kamer verlieten. Deze keer, met de adjunct-directeur van de FBI aanwezig om een oogje in het zeil te houden op de dozen met geheime informatie, was er geen noodzaak voor uitvluchten. Ian wierp een blik op Brody die op een knop van zijn laptop drukte en de twee foto's weer tevoorschijn haalde.

Het team had Keon, doorgaans een passieve man, nog nooit zien verbleken van ongeloof, maar dat was precies wat ze nu zagen. Hij had echter maar een paar seconden nodig om van zijn schok te bekomen. "Godver," mompelde hij voor hij zijn keel schraapte. "Is Carter nog hier?"

Ian schudde zijn hoofd. "Nee, hij was weg toen iedereen vanochtend opstond. Een van de bewakers zei dat hij rond vijfhonderd was vertrokken."

* * *

Drie nachten later forceerde de man bekend onder één naam het slot van de achterdeur van het comfortabele twee-niveau huis aan de rand van Dallas. Binnen twintig seconden was hij binnen en trok met zijn gehandschoende handen zijn wapen. De twee mannen van de privébeveiliging van het doelwit waren uitgeschakeld door een door drugs gedrenkte zakdoek en zaten verborgen achter wat struikgewas op het vier hectare grote terrein. Het inbraakalarm en de back-upsystemen waren onderbroken met een snelle beweging van een Zwitsers zakmes, waardoor ze onbruikbaar werden. De vrouw en de schoolgaande kinderen van het doelwit waren niet thuis. Het was verbazingwekkend hoe gemakkelijk het was om iemand te benaderen die dacht dat hij onoverwinnelijk was.

Senator Luis Beltram dacht dat hij veilig in zijn huis zat toen het alarm even was afgegaan. Hij ontspande zich weer in zijn kantoor thuis, nippend aan een glas amberkleurige vloeistof uit een fles Macallan scotch van achthonderd dollar. Zijn grijze colbert en stropdas lagen over de rugleuning van een van de twee gaststoelen tegenover het bureau waaraan hij zat. De mouwen van zijn witte overhemd waren opgestroopt tot aan zijn ellebogen. Dit was de laatste avond dat hij alleen zou zijn voordat de Secret Service zijn bescherming zou overnemen wanneer morgenmiddag zijn presidentiële nominatie bekend zou worden gemaakt. De pers zou dan beginnen kamperen aan het einde van zijn oprit. Hij glimlachte in zichzelf, genietend van de stilte die de ranch met vijf slaapkamers doordrong. Tenminste, dat deed hij tot de deur van zijn kantoor geluidloos openging en hij in de loop van een SIG Sauer P226 keek, compleet met geluiddemper. Beltram bevroor bij het zien van de loop voordat hij zijn drankje neerzette en zijn hand naar zijn bureaula bracht.

"Kom op, nu. Ik weet dat je geen moraal hebt, maar je bent niet echt dom. Je was tenslotte zo dichtbij om de volgende Amerikaanse president te worden." Carter zette drie voorzichtige stappen in de kamer, goed wetende dat de senator een pistool had in de lade waar hij naar reikte. De spion maakte zich echter geen zorgen, want de arrogante klootzak zou dood zijn voor zijn vingers ooit de koperen trekhendel zouden aanraken.

Zonder bruuske bewegingen bracht Beltram zijn hand terug en legde die naast zijn andere hand op het houten oppervlak van zijn bureau, in het volle zicht van zijn onwelkome bezoeker. Zweet vormde zich op zijn voorhoofd en bovenlip en zijn huid was bleker dan een paar minuten geleden. Dat waren de enige tekenen van de angst van de man. Hij knipperde nauwelijks met zijn ogen. "Wie bent u en wat wilt u?"

Carters mond tikte omhoog tot een grijns. "Wie ik ben is niet belangrijk. Wat ik wil, echter, is iets heel anders. Ik wil deze geweldige natie waarin ik leef redden van een verraderlijke klootzak als jij als president. Ik wil de dood wreken van drie Navy SEALs en een heel aardige dame die het niet verdienden om te sterven. Maar eerst, ben ik nieuwsgierig. Waarom werden ze in de eerste plaats gedood? Wraak voor het doden van Ernesto Diaz? Hoe kwam je erachter dat Team Vier verantwoordelijk was voor de dood van je neef?"

Als de man geschokt was te horen dat Carter wist van zijn familieband met de Colombiaanse drugsbaron, liet hij dat niet merken. Sterker nog, de zelfvoldane klootzak snoof, pakte zijn glas whisky weer op en leunde achterover in zijn zwarte leren stoel. Daarbij drukte hij zijn knie tegen het binnenpaneel van zijn bureau en drukte daar op de stille paniekknop. De beweging bleef niet onopgemerkt door de man met het pistool. Hij had nu minder dan tien minuten om de klus te klaren en te ontsnappen zonder ontdekt te worden op de plaats van een moordaanslag. De senator was gek als hij dacht dat hij hier een uitweg had.

"Alstublieft. Degene die het schot in Ernesto's hart heeft afgevuurd, heeft me een plezier gedaan. Ik zou hem op een gegeven moment toch moeten laten elimineren. Als iemand achter mijn relatie met hem zou komen, zou mijn carrière voorbij zijn."

Met zijn wapen nog steeds op Beltrams hoofd gericht, deed Carter nog een paar stappen naar voren en stopte tussen de twee gaststoelen aan zijn kant van het grote bureau. "Waarom dan? Wat had Jeff Mullins tegen jou?"

Voordat hij antwoord gaf, nam de senator een slok van zijn dure whisky en proefde de smaak op zijn tong en het branderige gevoel in zijn keel. De man was verwaander dan een haan in een kippenhok. "Ik was op een politieke functie voor een van mijn kieskringen in Virginia en werd door admiraal Richardson aan Mullins voorgesteld. Ik wist niet wie Mullins was. Ik kreeg het gevoel dat hij mij kende en daar niet blij mee was. Ik liet een vriend een beetje discreet onderzoek doen en ontdekte dat Mullins een gepensioneerde SEAL was, in het bijzonder iemand die op een onderzoeksmissie in Colombia en Rio de Janeiro was geweest om Ernesto te onderzoeken. Ik herinnerde me een ontmoeting met mijn neef in Rio op een grote bijeenkomst daar en zag het verband. Mullins moet mij van daar herkend hebben en als hij het verband legde, was de kans groot dat de rest van zijn team dat ook zou doen. Het was een risico dat ik niet kon nemen." Hij haalde zijn schouders op alsof de dood van zeven hooggeplaatste SEALs geen probleem was.

"Wist je altijd al dat Diaz familie van je was of kwam het als een verrassing?

"Nadat mijn moeder was overleden, God hebbe haar arme ziel, vond ik een kopie van mijn geboorteakte en besloot mijn bastaardvader te zoeken. De zoektocht leidde me naar familie waarvan ik niet wist dat ik die had. Ernesto en ik werden . . . partners, zo kun je het noemen. Hij financierde mijn opleiding en levensstijl, en ik, in ruil, werd een waardevolle aanwinst in Dallas voor hem."

Hij pauzeerde. De reserve bewakers van zijn vermiste beveiliging konden elk moment hier zijn, dus hij moest gewoon blijven praten. Het maakte niet uit wat hij zei, want de indringer zou over een half uur niet meer in leven zijn. "Nu ik je vragen heb beantwoord, hoeveel gaat het me kosten om je hier weg te laten lopen en me in leven te laten?"

Carter schoot een nauwelijks hoorbare kogel in het hoofd van senator Luis Beltram en nog een in zijn borst, draaide zich toen om en liep de deur uit voordat het voorhoofd van de dode man het bureau voor hem raakte.

"Geen rooie cent."

# Epiloog

***Tien Weken Later . . .***

Devon keek naar Kristen die naast hem zat in hun eersteklas
stoelen op hun vlucht naar Nepal. Normaal gesproken
pronkte hij niet met zijn geld door dure aankopen te doen.
Hij vloog wel altijd eerste klas, vooral als ze zestien uur in
de lucht zaten. Ze staarde uit het raam en hij kon zien dat ze
nerveus was door de manier waarop ze met de diamanten
en platina halsketting om haar nek speelde. Het stond haar
prachtig. Het was eenvoudig genoeg om het elke dag te
dragen. Voor als ze zich opmaakte, was er een grote blauwe
saffieren hanger die kon worden toegevoegd met een klein
verborgen slotje en haakje. De saffier was haar geboorte-
steen en hij hield ervan hoe de kleur haar ivoorkleurige
huid complimenteerde. Ze zei dat ze het mooi vond omdat
het bij zijn ogen paste. Hij had haar zwarte leren collar
verwijderd en vervangen door de collar die hij en een juwe-
lier met BDSM-ervaring voor haar hadden ontworpen
tijdens een verrassings-collar-ceremonie in de club zeven
weken geleden. Wat ze niet wist, was dat hij tegelijkertijd

ook een bijpassende verlovingsring voor haar had gekocht. De ring zat veilig in zijn kleine blauwe doosje in zijn handbagage. Hij was van plan om hen te verloven voor ze over twee weken naar de Verenigde Staten zouden terugkeren, op tijd voor Kerstmis.

Ze waren op weg om zijn ouders te ontmoeten in een medische kliniek op ongeveer een uur afstand van de luchthaven waar ze spoedig zouden landen. Het was de eerste keer dat ze zijn ouders zou ontmoeten en hoewel hij haar probeerde te verzekeren dat Chuck en Marie Sawyer nuchter waren en meteen van haar zouden houden, wilde ze toch graag dat de kennismaking voorbij was.

Hij had haar ouders en stiefouders met Thanksgiving ontmoet. Haar stiefmoeder had haar moeder en Ed uitgenodigd voor de vakantie, nadat Kristen hen had laten weten dat ze een speciaal iemand mee naar huis zou nemen. Devon had haar ouders vrijwel meteen aardig gevonden en aan het eind van hun eerste dag samen had hij hen voor zich gewonnen. Voordat ze twee dagen later weer naar Tampa vertrokken, had hij Kristens vader apart genomen om toestemming te vragen om op een dag een ring om de hand van zijn dochter te schuiven en Bill Anders had die toestemming gegeven met een handdruk en een klap op zijn rug. Haar vader vertelde Devon dat Kristens slappe ex nooit om zijn zegen had gevraagd en als hij dat wel had gedaan, zou Bill nee hebben gezegd. Hij dacht vond de man niet goed genoeg voor zijn dochter. Op dat moment leek ze gelukkig en hij wilde haar niet teleurstellen door zijn afkeuring te uiten.

Er was veel gebeurd in de afgelopen tien weken. Nadat ze waren teruggekeerd uit Pennsylvania, was Kristen permanent bij hem ingetrokken. Het was zo dat ze daar elke nacht en bijna elke dag doorbracht, maar ze wilde dat haar ouders Devon zouden ontmoeten voordat ze de laatste stap zou zetten. Ze had haar spullen al ingepakt sinds hij haar enkele weken eerder had gevraagd bij hem in te trekken, dus het eigenlijke verhuisproces was een paar dagen na Thanksgiving gemakkelijk geweest. Met de hulp van het team en een paar medewerkers van de club hadden ze de klus snel geklaard. Binnen één middag woonden ze officieel samen. Hij vond het prachtig dat Kristens persoonlijke spullen nu bij de zijne stonden. De meubels die niet naar Devons huis waren verhuisd, werden aan een plaatselijk opvangtehuis voor vrouwen geschonken.

Nina DeAngelis was vijf weken geleden aan haar kanker bezweken. Marco en de vriendin van zijn zus, Harper, waren allebei kapot van hun wederzijdse verlies. Het team was blij dat er een grote opkomst was van Trident medewerkers en clubleden op de begrafenis. Het was een mooi, maar triest moment toen ongeveer vijfentwintig van Nina's oud-leerlingen vooraan in de kerk stonden en "Amazing Grace" zongen ter ere van hun geliefde lerares.

Brody had een huis met drie slaapkamers gekocht dat dichter bij de compound lag dan zijn appartement met één slaapkamer en zou het na de eerste januari betrekken. Hij had Devon verteld dat hij de extra ruimte niet nodig had, maar dat het een goede investering was en een aftrekpost voor de belasting die hij nodig had. Hij verving ook zijn total-loss truck door een gloednieuw model dankzij het verzekeringsgeld.

Jake had Devon in vertrouwen genomen toen hij het had uitgemaakt met de man met wie hij omging, kort na het drama dat hij het doelwit was van een huurmoordenaar. Zijn nu ex-vriend was een agent in het nabijgelegen Clearwater en was behoorlijk kwaad omdat Jake hem nooit had verteld over de moordpogingen op zijn leven. Hij kwam er een paar dagen later achter nadat hij een krantenfoto tegenkwam. De foto was genomen na het ongeluk op de brug en toonde een drijfnatte Jake en Devon die over Jenn en Kristen waakten terwijl zij door de hulpverleners werden verzorgd. Jake zei dat hij het de man niet verteld had omdat hij hem niet ongerust wilde maken, maar Devon kreeg de indruk dat er meer aan de hand was.

Jenn was bijna klaar met haar eerste semester maar had het moeilijk met de komende feestdagen. Dit zou haar eerste Kerst zonder haar ouders zijn. Ze deden allemaal wat ze konden om het voor haar wat minder deprimerend te maken. Ze konden haar tenminste vertellen dat, hoewel de dader van de moord op haar ouders nooit een dag in de gevangenis zou zitten, het recht had gezegevierd. En Carter, niemand bij Trident had hem nog gezien sinds de avond dat hij hun leven had gered met één kogel.

Kristen was nu ook officieel voltijds lid van de club, samen met haar vriendinnen Kayla en Roxy London. Het echtpaar had Will Anders als gast meegenomen voor de ceremonie van Devon en Kristen, en Will overwoog de levensstijl nadat hij Shelby en Matthew had ontmoet, de onderdanige die aan de balie van de club werkte. Will had een klik met de andere twee en werd snel vrienden met hen. De onderdanigen hadden veel van Wills vragen over de levensstijl beantwoord en hoewel Will nog geen lidmaatschapsaanvraag had ingediend, verwachtte Devon er snel een. Er was een Dom in wie Will geïnteresseerd was en zijn nieuwsgierigheid naar BDSM leek met de week groter te worden.

Devon wierp een blik op het opgevouwen exemplaar van de Tampa Tribune dat op het dienblad voor hem lag. Het artikel waarnaar het was omgeslagen was een vervolgverhaal over de moord op senator Luis Beltram twee en een halve maand geleden aan de vooravond van zijn verwachte Democratische presidentsnominatie. Gisteren meldde de onderdirecteur van de FBI, Larry Keon, in een persbericht hoe de man die Beltram in zijn huis had vermoord, op zijn beurt was gedood door U.S. Navy SEALs in een poging hem gevangen te nemen in de jungles van Colombia, waar hij heen was gevlucht. Het was nog steeds onduidelijk waarom Rueben Vega de senator vermoordde, en het onderzoek was tot stilstand gekomen. Het Trident Beveiligingsteam wist dat er nooit een motief zou worden gevonden en het zou niet lang duren voor Beltram oud en vergeten nieuws was.

Devon besefte pas dat Kristen iets had gezegd toen ze zijn hand in de hare nam en met haar andere zijn kin aanraakte en zijn hoofd naar haar toedraaide. "Het spijt me, schat, wat zei je?"

Ze glimlachte omdat ze hem had betrapt op dagdromen. "De piloot zei dat we ons moeten klaarmaken om te landen. Je moet je stoel en dienblad omhoog doen."

Hij was verbaasd dat hij de aankondiging van de piloot niet had gehoord.

"Waar zat je daarnet aan te denken?" vroeg ze terwijl ze zich klaarmaakten voor de afdaling.

Met een verleidelijke grijns leunde hij naar voren en plaatste zijn mond tegen haar oor. "Ik zat te denken dat ik niet kan wachten tot je me het laatste hoofdstuk voorleest dat je een paar uur geleden hebt geschreven. Terwijl je aan het typen was versnelde je ademhaling en hartslag een paar keer, en ik weet dat ik het mooi ga vinden." Hij draaide haar hand in de zijne zodat hij zijn vingers op haar pols kon leggen en was blij die weer te voelen versnellen terwijl haar gezicht roze werd. Hij hield ervan hoe hij haar nog steeds zo gemakkelijk kon laten blozen en wist dat als hij zijn hand tussen haar benen legde, hij haar klaar kon krijgen voor ze geland waren. De stewardess met haar strenge gezicht, die nu op minder dan drie meter voor hen in haar springstoel zat, zou een woedeaanval krijgen.

Tijdens het schrijven van haar boek had Kristen hem veel van de hete passages voorgelezen en de seks die ze daarna hadden was altijd ongeëvenaard. Een paar avonden geleden liet hij haar met zichzelf spelen terwijl ze voorlas, en hij dwong zichzelf om tegenover haar in de woonkamer te gaan zitten terwijl haar vingers in en uit haar drijfnatte kutje drongen. Uiteindelijk draaide hij haar over de rand van de bank en neukte haar de vergetelheid in nog voor ze het hoofdstuk uit had.

"Ik weet dat je dat zult doen, aangezien gisterochtend mijn inspiratie was," fluisterde ze.

Zijn gezicht lichtte op en zijn lul werd harder toen hij zich herinnerde dat hij hun ochtendkoffie onderbrak om haar over het keukeneiland te buigen en haar billen te spreiden. Voordat hij zijn pik in haar strakke gat had geramd, knielde hij eerst achter haar en tongde haar omrande opening, haar hoger en hoger drijvend totdat ze hem smeekte haar hard en snel te neuken, wat hij meer dan graag deed nadat hij haar twee keer had laten klaarkomen. Gelukkig had hij ervoor gezorgd dat er in elke kamer van hun appartement en in hun beide auto's een tube glijmiddel lag, want het bleek dat zijn kleine pet het heerlijk vond om in haar kont geneukt te worden wanneer hij maar wilde. Hoewel hij graag haar kont en mond nam, zou hij nooit genoeg krijgen van haar hete, natte poesje. En dat was waar hij van plan was om zijn pik te schuiven bij de eerste kans die hij had nadat ze uit het verstikkende vliegtuig waren gestapt. Hij verschoof zijn heupen om zijn stijve wat adem-ruimte te geven.

"Weet je zeker dat ze me leuk zullen vinden?"

Het kostte hem een seconde om haar verandering van onderwerp te volgen. "Lieverd, ze gaan van je houden. Zelfs Ian en Jenn zeiden dat voor we vertrokken. Ik kan je garanderen dat mijn moeder je verwent voor de dag voorbij is. Ze zeurt al tien jaar tegen Ian en mij om ons te settelen. Ik ben blij dat ik niet meer op haar zeurlijstje sta."

Ze giechelde naar hem. "Tenminste totdat ze kleinkinderen wil."

Devons duim die over haar pols had gewreven stopte abrupt en zijn hersenen grepen in. "Eh, wow. We . . . uh . . . we hebben het nooit over kinderen gehad, of wel?"

Haar mooie ogen vulden zich met bezorgdheid. "Je wilt geen kinderen?"

Hij dacht er even over na. Hoe had hij er ooit aan kunnen denken om vader te worden als hij zich niet als echtgenoot kon voorstellen voordat hij Kristen ontmoette? Er was geen twijfel dat hij een goede vader kon zijn, opgevoed door een van de besten. Een beeld van een klein meisje of jongetje met zacht bruin haar en opvallende hazelnootkleurige ogen kwam in hem op en hij wist wat hij moest zeggen. "Zolang ze maar lijken op de mooiste vrouw van de wereld, wil ik er zoveel mogelijk hebben." Hij bracht haar hand naar zijn mond en kuste haar knokkels. "Ik hou van je, Ninja-girl."

"Ik hou ook van jou, Meester Devil Dog."

* * *

Binnenkort beschikbaar -
Zijn Engel: Trident Security boek 2

# andere boeken van Samantha Cole

Momenteel Verkrijgbaar in Nederlands

**The Trident Security Series**
*Leder & Kant*
*Zijn Engel*
*Wachtend op hem*

# over de auteur

USA Today Bestseller Author en Award-Winning Author Samantha A. Cole is een gepensioneerde politieagente en voormalig paramedicus. Met behulp van haar levenservaring en opleiding, streeft ze ernaar om de perfecte mix van spanning en romantiek te vinden voor haar lezers om van te genieten.

www.samanthacoleauthor.com

facebook.com/SamanthaColeAuthor

instagram.com/samanthacoleauthor

bookbub.com/profile/samantha-a-cole

goodreads.com/SamanthaCole

amazon.com/Samantha-A-Cole/e/B00X53K3X8

tiktok.com/@samanthacoleauthor